말라스트라나 이야기

말라스트라나 이야기

초판 1쇄 펴낸 날 / 2012년 6월 15일

지은이 • 얀 네루다 | 옮긴이 • 신상일, 유선비, 이정인 | 펴낸이 • 임형욱
편집장 • 정성민 | 디자인 • 조현자 | 영업 • 이다윗
펴낸곳 • 행복한책읽기 | 주소 • 서울시 중구 필동3가 15 문화빌딩 403호
전화 • 02-2277-9216,7 | 팩스 • 02-2277-8283 | E-mail • happysf@naver.com
필름출력 • 버전업 | 인쇄 제본 • 동양인쇄주식회사 | 배본처 • 뱅크북
등록 • 2001년 2월 5일 제2-3258호 | ISBN 978-89-89571-77-3 03890 값 • 14,000원

ⓒ 2012 행복한책읽기
Printed in Korea

말라스트라나 이야기

Povídky malostranské

얀 네루다 지음
신상일, 유선비, 이정인 옮김

행복한책읽기

차례

백합 세 송이 · 7

훼방 선생 · 13

성 벤체슬라오의 미사 · 27

물의 정령 · 49

올해 위령의 날에 쓴 글 · 63

보렐 씨가 해포석 파이프를 길들인 사연 · 87

한밤의 이야기 · 97

리샤네크 씨와 슐레글 씨 · 121

다정한 루스카 부인 · 143

그녀가 거지를 망하게 만든 방법 · 155

1849년 8월 20일 오후 12시 30분에 오스트리아가
  멸망하지 않은 이유 · 173

인간 군상 — 어느 수습 변호사의 목가적이고
  단편적인 기록들 · 207

1890 · 361

· 해설 천년 독서의 이야기_ 이바나 보즈데호바 · 393
· 지은이 소개 · 408
· 옮긴이 소개 · 411

| 일러두기 |

1. 체코어 표기법은 체코어와 독일어를 사용하는 체코문학의 특성을 고려하여 인명과 지명 등에서 독일어로 나타내야 하는 부분을 제외하고는 체코어로 통일하였다.
2. 작가의 부연 설명은 괄호 안에 묶었으며, 역자의 주석은 작은 괄호 안에 묶어 본문에 함께 넣었다.
3. 이 책의 한국어 번역은 체코 문화부가 주관하는 "체코문학 해외번역" 프로그램의 지원을 받아 이루어졌다.

백합 세 송이
U tří lilií

당시 나는 제정신이 아니었음이 틀림없다. 나의 혈관은 격렬하게 요동쳤고, 피가 끓어올랐다.

때는 어둡고 더운 여름밤이었다. 며칠 간 이어진 지옥불처럼 뜨겁고 탁한 공기는 급기야 시커먼 먹구름의 모습으로 변해 있었다. 폭풍이 먹구름을 세차게 밀어 올리자 무시무시한 호우가 밤늦게까지 쏟아져 내렸다. 나는 스트라호프 문 근처의 선술집 '백합 세 송이' 앞의 아치형 나무 지붕 아래에 자리를 잡았다. 백합 세 송이는 조그만 가게였고, 일요일이면 춤을 추려고 몰려드는 사관생도와 하사관들로 붐볐다. 그날이 바로 일요일이었다. 나는 가게 안이 들여다보이는 창가 자리에 앉아 있었다. 하늘에서 천둥소리가 우르릉거렸고, 머리 위에서는 빗줄기가 지붕을 때렸다. 물이 세차게 땅바닥으로 떨어져 내렸다. 백합 세 송이 안에서는 피아노 연주가 흘러나왔는데, 곡과 곡 사이의 쉬는 시간이 매우 짧았다. 이따금씩 나는 창문을 통해 빙글빙글 춤을 추며 웃는 사람들을 바라보다가, 바깥의 어두운 정원으로 시선을 돌렸다. 간혹 유난히 밝은 번개가 주위를 환하게 밝힐 때면, 기다란 나무 지붕의 끄트머리 저편으로, 정원의 담장 곁에 하얀 유골들이 쌓여 있는 것이 보였다. 이곳은 예전에 작은 공동묘지였는데, 묻혀 있는 뼈들을 파내어 다른 곳으로 이장하는 작업이 그 주에 진행되고 있었다. 파헤쳐진 무덤들은 아직 메워져 있지 않았다.

어쨌든 나는 자리에 진득하게 앉아 있을 수 없는 상태였다. 틈날 때마다 끊임없이 일어나서는 열려 있는 가게 문으로 다가가 춤추는 사람들을 바라보았다. 나의 마음을 사로잡은 것은 열여덟 살쯤으로 보이는 아름다운 소녀였다. 그녀는 날씬하면서도 풍만했고, 검은 머리카락이 뒤쪽에서 짧게 잘려 있었다. 둥글고 매끈한 얼굴과 매력적인 눈을 지닌 아름다운 소녀! 나를 강렬하게 매료시킨 것은 바로 그녀의 눈이었다. 소녀의 눈은 호수처럼 맑았고,

바닷물처럼 신비로웠다. 나는 끝없는 욕망이 서린 그녀의 눈을 보자마자 불이 나무를 피하고, 바다가 물을 사양할지언정, 이 아름다운 눈을 지닌 소녀가 이성을 지겨워할 일은 절대 없을 거라는 생각이 들었다.

소녀는 쉴 새 없이 춤을 췄지만, 그녀를 향한 나의 시선을 분명 의식하고 있었다. 그녀는 춤을 추다가 문가를 지나칠 때면 내게 시선을 고정시켰고, 방 안쪽에서 춤을 출 때는 몸을 돌리면서 나를 향해 시선을 던졌다. 그녀는 누구와도 말을 하지 않았다.

나는 또다시 출입구로 가서 섰고, 저 멀리 안쪽에 있는 그녀와 곧바로 눈이 마주쳤다. 카드리유(프랑스 사교춤의 하나)가 막바지에 달하여 다섯 번째 춤동작이 끝날 무렵, 비에 흠뻑 젖은 또 다른 소녀가 숨을 헐떡이며 백합 세 송이 안으로 뛰어들어 왔다. 그녀는 밴드가 여섯 번째 춤곡을 시작하려는 참에 방을 가로질러, 반짝이는 눈을 지닌 그 소녀에게 다가가 무언가 속삭였다. 반짝이는 눈을 지닌 소녀는 그 속삭임을 들으며 묵묵히 고개를 끄덕였다. 그리고 그녀는 날렵하게 생긴 사관생도와 여섯 번째 춤을 췄다. 춤은 아까보다 조금 더 오래 이어졌다. 춤이 끝나자 그녀는 또다시 내가 있는 쪽을 쳐다본 뒤, 문밖으로 걸어

나오며 외투를 뒤집어썼다. 그러고는 곧, 사라졌다.

나는 내 자리로 돌아갔다. 예전의 폭풍은 시작에 불과하다는 기세로, 또다시 폭풍이 몰아쳤다. 위력을 되찾은 바람이 울부짖었고, 천둥번개가 폭발하였다. 나는 넋을 잃은 채 그 소리를 들었다. 머릿속은 마력적인 눈을 가진 그 소녀로 가득했다. 집에 돌아갈 생각이 들지 않았다.

15분쯤 지나서 문득, 그 소녀가 다시 백합 세 송이의 입구 안쪽에 서 있는 것이 보였다. 그녀는 비에 젖은 드레스를 매만지며 머리카락에서 빗물을 짜냈다. 그녀보다 나이 많은 여자 하나가 그것을 도왔다.

"이렇게 비가 쏟아지는데 집에는 왜 갔던 거니?"

여자가 물었다.

"언니가 절 데리러 왔었거든요."

나는 처음으로 그녀의 목소리를 듣게 되었다. 그것은 비단처럼 부드럽고 낭랑한 목소리였다.

"집에 무슨 일 있어?"

"방금 엄마가 죽었어요."

나는 몸서리를 쳤다.

아름다운 눈을 지닌 소녀는 몸을 돌려서는 혼자 백합 세 송이 밖으로 나왔다. 그녀는 옆에 서 있는 나를 가만히 바라보았다. 나의 떨리는 손 옆에 그녀의 손이 있었다. 이윽고, 나는 그녀의 손을 잡았다. 부드러운 손이었다.

나는 아무 말 없이 소녀를 데리고 기다란 나무 지붕 끄트머리로 걸어갔다. 그녀는 순순히 나를 따랐다.

폭풍은 이제 절정에 달했다. 바람이 급류처럼 몰아쳤고 하늘과 땅은 비명을 지르는 듯했다. 우리 두 사람의 머리 위로는 천둥이 폭탄처럼 터졌다. 마치 무덤 속에서 죽은 자들이 울부짖는 것 같았다.

그녀가 내게 몸을 기댔다. 소녀의 축축한 드레스가 내 가슴에 달라붙었고, 따뜻하고 부드러운 몸과 열정이 서린 숨결이 느껴졌다. 마치 내가 그녀로부터 사악한 영혼을 빨아내야만 할 것 같은 마음이 들었다.

(1876)

훼방 선생
Doktor Kazisvět

그가 원래부터 그런 별명으로 불린 것은 아니었다. 그에게 이 별명이 붙은 것은 신문에 실릴 만큼 희한한 사건 하나가 발생한 이후였다. 그의 진짜 성씨는 '헤리베르트'였다. 그리고 이름이 좀 특이했는데, 그것까지는 지금 기억이 나지 않는다. 헤리베르트 씨는 의사였는데, 뭐, 사실 의학박사 학위를 갖고 있긴 했지만, 사람이든 동물이든 실제로 진료해 본 적은 없었다. 그 스스로도 자신이 의학생 시절부터 단 한 명의 환자도 담당한 적이 없었음을 시인했을지도 모른다. 그러니까 다시 말해, 만약에 헤리베르트 선생이 누군가와 대화라는 것을 나눈 적이 있다면 기꺼이 시인했을 것이라는 뜻이다. 그는 무척이나 괴팍한 사람이었다.

헤리베르트 선생은 말라스트라나 사람들의 사랑을 받던 의사인 고故 헤리베르트 씨의 아들이었다. 모친은 그가 어릴 때 세상을 떠났고, 부친 역시 그가 의과 대학을 졸업하기 직전에 사망했다. 헤리베르트 선생은 우예스트 거리에 있는 2층짜리 건물과 얼마간의 돈을 물려받았다. 선생은 바로 이 2층 건물에 살았고, 건물 1층에 세를 든 가게 두 곳과 건물 정면 쪽 2층에 있는 방들로부터 약간의 임대 수입을 벌었다. 선생 자신은 안마당을 면한 2층의 다른 방들에 거주했다. 지붕 없는 개인용 계단이 그의 방에서 안마당으로 이어졌는데, 그 끝은 나무 격자문으로 막혀 있었다. 헤리베르트 선생이 사는 곳이 정확히 어떤 모습인지는 몰라도, 나는 적어도 그가 퍽 단출하게 살고 있다는 점은 알고 있었다. 세를 들어 있는 가게 중 하나는 잡화점이었고, 잡화점의 안주인이 헤리베르트 선생의 방들을 돌보았다. 그녀의 아들이자 내 친구였던 요시페크(얼마 전 요시페크가 대주교의 마부가 되면서 거만해진 탓에 나는 이제 그를 상대하지 않는다)의 말에 따르면, 헤리베르트 선생은 아침을 직접 만들어 먹었고, 점심은 구시가지의 값싼 식당에서 해결했으며, 저녁도 알아서 때웠다.

헤리베르트 선생은 원하기만 한다면 그의 부친처럼 말라스트라나 사람들의 사랑을 받을 수도 있었다. 부친이 사망하자 말라스트라나의 환자들은 그 아들을 의지하려고 했지만, 정작 그는 빈부를 막론하고 진료를 거부했다. 점차 사람들은 의지하려는 마음을 접었고, 헤리베르트 선생을 버릇없는 의과생이라고 부르기 시작했다. 그리고 급기야 그들은 선생을 대놓고 비웃게 되었다. "의사 좋아하네! 고양이 한 마리도 치료 못할 인간이!"

하지만 헤리베르트 선생은 전혀 개의치 않는 것 같았다. 그는 타인에게 일말의 관심도 보이지 않았다. 사람들에게 인사를 건네지도, 인사를 받지도 않았다. 거리를 걸을 때면 헤리베르트 선생은 마치 강풍에 휘몰리는 나뭇잎처럼 보였다. 그는 체구가 작았는데, 요즘의 측정 단위로 계산하자면 키가 150cm 정도 되었다. 그 작고 여윈 몸은 사람들로부터 적어도 두 걸음은 떨어질 요량으로 길 위를 이리저리 움직여 다녔고, 그래서 마치 바람에 흩날리는 것처럼 보였다. 그의 푸른 눈에는 발길질을 당한 개처럼 겁먹은 빛이 서려 있었다. 얼굴에는 옅은 갈색 구레나룻을 기르고 있었는데, 이는 당시의 풍속에 어긋나는 용모였다. 겨울이면 그는 제분업자들이 입는 회색 외투를 입었고, 어린 양의 모피로 만든 옷깃까지 빵모자를 푹 눌러 썼다. 여름에는 옅은 회색 체크무늬 재킷이나 색깔이 밝은 리넨 재킷을 걸쳤다. 걸을 때 목 위에서 흔들거리는 그의 머리는 마치 가느다란 줄기 위에 얹혀진 듯 보였다. 여름이면 헤리베르트 선생은 새벽 네 시에 마리안 성벽 주변의 정원들을 산책하거나, 손에 책을 펼쳐들고 어딘가에 느긋이 앉아 있고는 했다. 어쩌다 선량한 말라스트라나 사람이 옆에 앉아 말을 걸라치면 선생은 책을 탁 닫고 일어나 아무 대꾸 없이 자리를 떴다. 그런 연유로 사람들은 언제부터인가 선생을 건드리지 않았고, 그가 아직 마흔도 되지 않은 나이였음에도 말라스트라나의 미혼 여성 누구도 그에게 관심을 갖지 않았다.

그런데 그러던 어느 날, 내가 신문에 실렸다고 말했던 바로 그 사건이 벌어졌다. 지금부터 그 이야기를 들려드리도록 하겠다.

때는 화창한 6월, 흡족한 미소가 하늘과 땅과 온 인류의 얼굴을 뒤덮은 듯한 그런 날이었다. 이날 늦은 오후, 성대한 장례 행렬이 우예스트 문을 향해 거리를 지나가고 있었다. 그것은 다름 아닌 지역 재무국 의원이었던 셰펠러 씨의 장례식이었다. 이런 말을 하면 벌 받을지도 모르겠지만, 아까의 흡족한 미소는 심지어 이 장례 행렬에까지 적용되는 것이었다! 물론, 사망자의 얼굴은 밖으로 드러나지 않았다. 남쪽에서는 시신이 땅에 묻히기 전에 마지막으로 따뜻한 햇볕을 쬘 수 있도록 관 뚜껑을 여는 것이 보통이지만, 우리 동네의 풍습은 그렇지 않았다. 장례 행렬 참석자들은 셰펠러 씨의 죽음을 애도하며 짐짓 비장한 표정을 짓고 있었지만, 주변의 흡족한 기운이 그들 깊숙이 서려 있음은 누구도 부정할 수가 없었다. 그들은 마치 마음속으로 "날도 좋은데 마음껏 즐겨야 하지 않겠나!" 하고 외치는 듯했다.

그중에서도 가장 흡족해 했던 것은 셰펠러 의원을 관대棺臺 위에 올려 나르던 시청 직원들이었을 것이다. 시신을 짊어진 그들은 당당하고 초연하게 행진하면서, 온 세상이 "저 사람들이 지역 재무국 직원들이래!" 라고 속삭이며 자신을 바라보고 있으리라고 생각했다. 셰펠러 의원의 진료를 담당했던 키 큰 링크 선생도 흡족해 하는 사람 중 하나였다. 의원의 죽음으로 인해 진료는 일주일 만에 끝났지만 고인의 부인은 링크 선생에게 진료비로 금화를 스무 냥이나 지불했고, 그 소식은 이미 말라스트라나 구석구석에 쫙 퍼져 있었다. 지금 링크 선생은 깊은 생각에 잠긴 듯 머리를 푹 숙인 채 걷고 있었다. 의원의 이웃이자 가장 가까운 친척인 마구馬具 제작자 오스트로흐라드스키도 흡족해 했다. 셰펠러 의원은 살아생전 조카인 오스트로흐라드스키를 그다지 신경 쓰지 않았지만, 이제 조카는 삼촌으로부터 5천 길더의 유산을 물려받게 되었다. 장례 행렬 도중 오스트로흐라드스키는 양조업자 케이르지크 씨에게 "그래요, 삼촌은 천국에 갈 거예요. 마음씨가 좋았거든요!"라는 말을 반복했다. 그와 함께 관 바로 뒤에서 걷고 있던 둥글둥글한 케이르지크 씨는 고인의 가장 절친하고 신실한 친구였다. 그들 뒤로는 고 셰펠러 씨보다 직급이 낮은 재무국 의원들인 크도예크 씨, 무지크 씨, 호만 씨가 따르고 있었다. 보아하니 이들도 분명 흡족해하고 있었다. 그리고 말하기 좀 뭣하지만, 선두의 마차에 홀로 올라탄 셰펠러 부인 역시 주변의 흡족한 분위기에 동참하고 있었는데, 안타깝게도 6월의 화창한 날씨가 직접적인 원인이었던 것 같지는 않았다. 이 선량한 부인도 어쩔 수 없는 여자인지라, 지난 사흘 동안 쏟아졌던 진심 어린 연민의 말들 덕분에 기분이 좋아진 상태였다. 게다가, 어두운 상복은 그녀의 호리호리한 몸매에 잘 어울렸고, 검은 베일은 그녀의 매력적이고도 조금은 창백한 얼굴을 돋보이게 했다.

셰펠러 의원의 죽음을 비통해 하며 괴로워했던 유일한 사람은 아까 언급했듯이 의원의 절친하고 신실한 친구이자 아직 미혼인 양조업자 케이르지크 씨뿐이었다. 젊은 미망인 셰펠러 부인은 남편이 살아있는 동안 정절을 지켰으니 이제 그 보답을 받아도 되지 않겠느냐는 취지의 말을 케이르지크 씨에게 넌지시 던졌다. 오스트로흐라드스키는 "그래요, 삼촌은 천국에 갈 거예요. 마음씨가 정말 좋았거든요!"라고 말했고, 케이르지크 씨는 슬픈 목소리로 "심장도 좋았더라면 이렇게 급하게 갈 필요는 없었을 텐데"라고 대답했다. 오스트로흐라드스키는 이후에도 그 말을 반복했지만 케이르지크 씨는 더 이상 대꾸하지 않았다.

장례 행렬이 마침내 우예스트 문에 이르렀다. 그 당시 우예스트 문을 지나는 것은 지금처럼 간단하지 않았다. 문으로 들어서면 길고 어두운 터널 두 개가 차례로 구불구불하게 이어졌고, 그 끝에는 통로의 이런 모습과 어울리는 자브란스키 공동묘지가 나타났다.

시신을 담은 관이 장례 행렬보다 먼저 우예스트 문 앞에 도착했다. 사제들이 뒤돌아서자 재무국 직원들은 천천히 관대를 땅에 내려놓았고, 곧 성수를 뿌리는 예식이 시작되었다. 마부들이 마차에서 이동식 밑판을 빼내자 재무국 직원들은 관을 그 위에 얹기 위해 들어올렸다. 바로 그때, 일이 벌어졌다! 관의 한쪽을 너무 높이 들어 올렸는지 아니면 양쪽 다 잘못 들어 올렸는지 관이 갑자기 땅바닥으로 미끄러져 내리더니, 관 뚜껑이 쿵 하는 소리와 함께 떨어져 나온 것이다. 시신은 관 밖으로 튀어나오지는 않았지만 아래로 쑥 내려가는 바람에 무릎이 굽혀졌고, 오른쪽 손이 관 밖으로 삐져나왔다.

경악한 사람들은 아무 말이 없었고 옆 사람 호주머니에 있는 시계의 째깍거림이 들릴 정도로 정적이 흘렀다. 사람들의 시선은 죽은 셰펠러 의원의 굳어진 얼굴에 고정되었다. 그런데, 그때 하필 관 옆에 서 있었던 것이 바로 헤리베르트 선생이었다. 선생은 산책을 마치고 우예스트 문을 지나 집으로 돌아가고 있었는데, 군중을 헤치며 이동하던 중 어쩌다보니 사제들 뒤에 멈춰 서게 되었다. 그래서 지금, 회색 외투 차림의 헤리베르트 선생이 검은 수의를 입은 시신 바로 옆에 서 있는 것이다.

이 상황은 오래 지속되지 않았다. 헤리베르트 선생은 내키지 않다는 듯 관 밖으로 덜렁거리는 시신의 오른팔을 집어 들었다. 아마도 관 속에 다시 집어넣으려는 의도였을 것이다. 하지만 그는 팔을 잠시 붙든 채 그것을 자신의 손가락으로 초조하게 더듬으며 시신의 얼굴을 들여다보다가, 시신의 오른쪽 눈꺼풀을 열었다.

"저 사람 지금 뭐하는 거야?" 오스트로흐라드스키가 소리를 질렀다. "다들 시신을 관에다 집어넣지 않고 뭐하는 거야? 여기서 마냥 서 있을 작정이야?"

젊은 재무국 직원들 몇 명이 움직이려는 동작을 취했다.

"잠깐!" 몸집이 작은 헤리베르트 선생이 의외로 풍부하고 낭랑한 목소리로 외쳤다. "이 사람은 죽은 게 아니야!"

"무슨 헛소리야!" 링크 선생이 고함을 질렀다. "미쳤구먼!"

"경찰을 불러!" 오스트로흐라드스키가 소리쳤다.

한바탕 난리가 났다. 오로지 양조업자 케어르지크 씨만은 평정을 잃지 않고 재빨리 헤리베르트 선생에게 다가가 물었다. "그게 무슨 말입니까? 정말로 안 죽었다는 건가요?"

"안 죽었어. 경직되어 있긴 하지만 죽진 않았어. 어디든 안으로 데리고 들어가서 정신이 돌아오게 해야 돼!"

"그런 미친 소리가 어디 있어!" 링크 선생이 소리를 질렀다. "만일 죽지 않았다면……"

"저 사람은 누구요?" 오스트로흐라드스키가 물었다.

"의사라던데요."

"감히 훼방을 놓다니! 경찰을 불러!" 마구 제작자 오스트로흐라드스키는 5천 길더를 잃을지도 모른다는 생각에 정신이 번쩍 들었다.

"훼방꾼!" 크도예크 의원과 무지크 의원도 그렇게 반복하며 외쳤지만, 어느새 다른 젊은이들과 함께 케이르지크 씨의 절친한 친구가 담긴 관을 근처의 선술집 '석회가마 여관'으로 옮기고 있었다.

길거리는 소음과 혼란으로 아수라장이 되었다. 영구靈柩 마차를 포함한 마차들이 방향을 틀었고 크도예크 의원은 "가요, 갑시다! 일이 어떻게 될지 두고 보자고요!" 하고 외쳐댔다. 하지만 뭘 어떻게 해야 좋을지 아는 사람은 아무도 없었다.

"서장님, 잘 오셨습니다!" 이쪽으로 걸어오는 경찰서장을 향해 오스트로흐라드스키가 말했다. "법에 저촉되는 말도 안 되는 일이 벌어졌어요! 백주 대낮에 프라하 시민 절반이 보는 앞에서 시신을 훼손하다니 이게 웬 말입니까!' 그는 경찰서장의 뒤를 따라 선술집 석회가마 여관으로 들어갔다. 링크 선생의 모습은 보이지 않았다. 잠시 후, 오스트로흐라드스키가 선술집에서 나왔고 이어서 나온 경찰서장이 거리의 군중을 정리했다. "자, 어서들 가세요. 출입금지입니다. 헤리베르트 선생이 셰펠러 의원을 확실히 살릴 수 있다고 하는군요."

셰펠러 부인은 마차에서 내리다가 그만 기절하고 말았다. 기쁨이 지나쳐도 몸에 좋지 않은 법이다. 여인들이 정신을 잃는 셰펠러 부인을 둘러싼 가운데, 케이르지크 씨가 선술집에서 뛰어나와 그녀의 마차로 달려갔다. "천천히 몰아서 집까지 모셔가요! 돌아가면 정신을 차릴 겁니다!' 이어서 그는 혼잣말을 중얼거렸다. "확실히 매력이 있어. 아주 매력적인 여자야." 곧, 케이르지크 씨는 뒤돌아 그의 마차로 뛰어들더니 헤리베르트 선생이 시킨 심부름을 하기 위해 어딘가로 돌진했다.

마차들이 떠나고 장례식 참석자들도 흩어졌지만, 여전히 많은 사람들이 우예스트 문 근처를 서성였고 질서 유지를 위해 경찰관 하나가 선술집 앞에 배치되었다. 사람들은 뒤숭숭한 얘기들을 쑥덕이기 시작했다. 어떤 사람들은 링크 선생을 욕하고 비난하는 한편, 어떤 사람들은 오히려 헤리베르트 선생을 조롱했다. 케이르지크 씨가 이따금 밖으로 나와 밝은 얼굴로 "큰 희망이 보입니다"라든가 "제가 직접 맥박을 느꼈습니다. 저 의사 선생님은 진짜 마술사에요!" 같은 말을 늘어놓더니, 마침내 황홀한 목소리로 "숨이 돌아왔어요!"라고 외쳤다. 그는 셰펠러 부인에게 기쁜 소식을 전하기 위해 마차로 뛰어올랐다.

그날 밤 열 시가 채 못 되어 덮개가 있는 들것 하나가 석회가마 여관에서 옮겨져 나왔다. 들것의 한쪽 옆에는 헤리베르트 선생과 케이르지크 씨가, 반대편에는 경찰서장이 따르고 있었다. 그날 말라스트라나의 선술집들은 자정이 훨씬 넘은 시간까지 붐비는 사람들로 떠들썩했다. 다들 헤리베르트 선생과 셰펠러 의원의 부활에 관한 이야기로 열을 올리고 있었다.

"선생은 라틴어 의학 서적들을 전부 합친 것보다 더 많은 지식을 가졌다더군!"

"딱 보면 알 수 있잖아! 부친도 아주 훌륭한 의사였는걸! 부전자전이야!"

"그런데 왜 진료를 안 하는 걸까? 왕실 의원이 될 수도 있을 텐데!"

"돈을 벌 필요가 없는 모양이지."

"그런데 '훼방 선생'이라는 별명은 어떻게 생긴 거야?"

"훼방 선생? 처음 들어보는데."

"난 오늘 백 번은 들은 거 같아."

두 달 후, 셰펠러 의원은 예전처럼 업무를 볼 수 있게 되었다. 그는 "나에게는 천상의 하느님과, 지상의 헤리베르트 선생이 있어!"라고 말하고는 했다. 그리고 이따금 "케이르지크는 정말 고귀한 사람이야!"라는 말도 했다.

말라스트라나는 온통 헤리베르트 선생의 이야기로 떠들썩했고, 타국의 신문들이 그의 이야기를 보도했다. 말라스트라나는 자부심을 느꼈다. 희한한 소문들도 들려 왔다. 남작, 백작, 공작을 아우르는 온갖 귀족들이 헤리베르트 선생을 주치의로 삼기 위해 경쟁을 했고, 심지어 이탈리아의 어떤 왕은 어마어마한 양의 돈을 제안했다는 것이다. 세상을 떠나면 여러 사람들을 기쁘게 할 인물들이 가장 지속적으로 그런 소문들 속에 등장했다. 그러나 헤리베르트 선생은 마치 담장에 둘러싸여 세상으로부터 격리된 듯했다. 셰펠러 부인이 상당한 양의 금화를 들고 선생을 찾아왔지만, 선생이 발코니에서 양동이로 퍼부은 물벼락을 맞는 바람에 문 앞에 이르지도 못했다.

헤리베르트 선생이 인간을 인지하지 못하는 예전 상태로 되돌아왔음은 분명했다. 사람들은 인사를 했지만 그는 대꾸하지 않았다. 선생은 예전과 똑같이 조그맣고 얄팍한 머리를 깃털처럼 까딱거리면서 사람들을 피해 거리를 걸어 다녔다. 그는 환자를 진료하지 않았지만 사람들은 계속 그를 훼방 선생이라고 불렀다. 마치 하늘이 그 이름을 내려주시기라도 한 듯 말이다.

내가 헤리베르트 선생을 마지막으로 본 것은 벌써 10년도 넘었다. 선생이 아직 살아 있는지, 아니면 죽었는지 모르겠다. 그의 작은 집은 여전히 우예스트 거리에 남아 있다. 나는 선생의 근황을 알아볼 생각이다.

(1876)

성 벤체슬라오의 미사

Svatováclavská mše

 나는 성당의 위층 회랑으로 이어지는 계단 아래에 숨을 죽이고 앉아 있었다. 조금 열려 있는 쇠창살 문 너머로는, 오른편 성 요한의 은색 무덤에서 반대편 성물 안치소에 이르기까지 성당 내부의 광경이 훤하게 보였다. 저녁 기도는 한참 전에 끝났다. 지금 성 비트 대성당 안에 있는 것은 성 요한의 무덤 앞에서 무릎을 꿇고 기도하는 우리 엄마밖에 없었다. 늙은 성당 관리인이 마지막 순찰을 돌기 위해 성 벤체슬라오 예배소에서 나오는 것이 보였다. 관리인은 내게서 세 걸음 떨어진 지점까지 왔다가 왕실 기도실 아래의 출입구로 방향을 틀었다. 그는 덜거덕거리며 열쇠를 꺼내어 자물쇠 안에 넣고 돌린 뒤, 딸깍 하는 소리와 함께 문손잡이를 확인했다. 관리인이 다음 지점으로 이동하자, 엄마는 자리에서 일어나 가슴에 성호를 긋고 그를 따라갔다. 성 요한의 무덤이 그들과 나 사이를 가로막았고, 들리는 것은 성당 안에 울리는 발자국 소리와 대화의 단편들뿐이었다. 곧, 반대편 성물 안치소 근처에서 두 사람이 모습을 나타냈다. 관리인이 쾅 하는 소리와 함께 문을 닫더니 덜거덕대는 열쇠를 구멍에 집어넣어 문을 잠갔다. 두 사람은 오른쪽 출입구를 향해 걸어갔다. 철제 자물쇠가 딸각 하고 잠기는 소리가 두 번 더 들리자, 나는 성당 안에 홀로 갇히게 되었다. 기묘한 감각이 나를 엄습했다. 뜨거운 무언가가 등을 타고 내렸는데, 불쾌한 감각은 아니었다.

나는 벌떡 일어나 손수건을 꺼내어 문고리만 걸린 쇠창살 문을 그것으로 최대한 꽉 묶었다. 나는 재빨리 계단을 올라 회랑의 첫 번째 층계참에 이른 뒤, 벽에 몸을 딱 붙인 채로 다시 계단에 앉았다. 이렇게 주의를 기울이는 이유는, 곧 성당 문이 열려 야간 경비견들이 뛰어 들어오리라고 생각했기 때문이다. 물론 사제의 시중을 드는 우리 복사들은 실제로 경비견들을 보기는커녕, 개 짖는 소리도 들은 적이 없었다. 하지만 소문에 따르면 중심 제단

위에 걸린 성 벤체슬라오 초상화에 등장하는 개와 똑같이 커다랗고 사나운 세 마리의 얼룩덜룩한 개들이 존재했다. 이 개들은 절대로 짖는 법이 없었는데, 이는 오히려 놈들이 무시무시하게 사나운 종자라는 증거였다.

  손수건으로 문을 묶은 이유는 커다란 개들이 문을 열어젖힐 수 있다는 것을 알았기 때문이다. 나는 개들의 발길이 미치지 않을 위쪽 성가대석에 머물기로 결정했다. 아침에 관리인이 개들을 데리러 오면 아래로 달려 내려가 무사히 달아날 수 있으리라. 그렇다. 나는 성 비트 대성당에서 밤을 지새우기로 마음먹은 것이었다. 당연히 아무한테도 내 계획을 알리지는 않았다. 이 밤샘 계획은 나에게는 매우 중요했다. 우리 복사들은 매일 밤 자정이 되면 벤체슬라오 성인이 성당에 나타나 그의 예배소에서 미사를 드린다고 굳게 믿고 있었기 때문이다. 사실, 이 소문을 친구들 사이에 퍼뜨린 것은 다름 아닌 나였다. 그러나 나름의 근거가 있었다. 성당 관리인 하벨 씨(그는 코가 무지 길었기 때문에 우리는 그를 '칠면조 하벨'이라고 불렀)가 우리 집에 왔을 때 부모님에게 그 이야기를 한 것이었다. 그때 하벨 씨가 자꾸 나를 곁눈질로 쳐다봤었기에, 나는 그가 그 이야기를 나로부터 숨기고 싶어한다는 것을 눈치 챌 수 있었다. 나는 절친한 친구 둘에게 이 이야기를 들려줬고, 우리 셋은 성 벤체슬라오의 자정 미사를 지켜보기로 마음을 먹었다. 성 벤체슬라오는 우리의 영웅이었던 것이다. 당연히 우리들 중에서도 최고참 신자인 내게 선취권이 있었기에, 오늘밤 나는 이렇게 세상으로부터 격리되어 대성당 2층 회랑에 앉아 있게 되었다.

집에서는 나를 기다리지 않을 것이다. 나는 영특한 아홉 살 소년의 능력을 십분 발휘하여, 구시가지에 사는 이모 댁에 가서 저녁을 보낼 거라고 엄마에게 거짓말을 했다. 나는 물론 성당에서 밤을 샌 다음 내일 아침 기도에 나가 복사의 임무를 수행할 생각이다. 혹시 나중에 들통 난다고 해도 상관은 없다. 부모님께 성 벤체슬라오가 미사를 집전하는 것을 봤다고 말하면 괜찮을 것이다! 나는 프라하 성이 있는 흐라드차니 지역에 거주하는 장롱 제작자 빔머 씨의 노모처럼 유명해질 테지. 그녀는 콜레라가 만연하던 어느 날 밤, 황금색 가운을 입은 카푸친 수도회의 성모마리아가 로레타 광장을 거닐며 이집 저집 성수를 뿌리는 것을 목격했다. 처음에 사람들은 성모의 현현顯現이 콜레라의 완화를 의미한다고 해석했지만, 그녀가 성수를 뿌린 집들에서 콜레라는 오히려 한층 심해졌다. 따라서 성모 마리아가 조만간 하느님의 나라에 함께 머물게 될 사람들의 집에 성수를 뿌린 것이라는 결론이 내려졌다.

한 번쯤 잠시라도 텅 빈 대성당 안에 혼자 있어 본 사람이라면 이 광막한 정적의 공간이 인간의 감각에 어떤 영향을 끼치는지 알 것이다. 그 영향력은 어른보다 상상력이 풍부해서 비현실적 사건의 발생 가능성을 믿는 어린아이에게는 훨씬 더 강렬하다. 나는 잠시 동안 가만히 기다렸다. 15분을 알리는 종소리가 울리고, 잠시 후에는 30분을 알리는 종소리가 이어졌다. 종소리는 물속에 잠기듯 점점 잦아들었고 문가에서는 아무런 소리도 들리지 않았다. 오늘밤은 대성당의 경비를 하지 않을 셈인가? 어쩌면 날이 저문 다음에야 경비견들을 들일지도 몰라. 나는 계단에서 천천히 일어났다. 근처의 커다란 창문을 통해 어스름의 희미하고 침울한 빛줄기가 새어 들고 있었다. 지금은 카타리나 성녀의 축일이 지난 11월 말이어서 낮의 길이가 짧았다. 이따금 바깥의 소리들이 안으로 스며들어 크게 울려 퍼졌다. 1년 중에서도 특히 이 시기의 정적은 왠지 음산했다. 바깥에서 발자국 소리가 드문드문 들려왔다. 잠시 후, 더 많은 발자국 소리와 함께 지나쳐가는 두 남자의 목소리가 들렸다. 그리고 멀리에서 들리는 둔중한 굉음. 무거운 손수레가 성의 출입구를 통과하는 것이 틀림없었다. 굉음이 점점 커져 왔다. 덜그럭덜그럭 발굽 소리, 철그렁철그렁 쇠사슬 소리, 거대한 바퀴들이 덜커덩거리는 소리. 보아하니 성 게오르그의 막사로 돌아가는 군용 마차가 근처를 지나는 중인 듯했다. 그 소리가 아주 컸던 탓에 성당의 창문들은 덜컹대며 흔들렸고, 3층 회랑 어딘가에서 동요한 참새들이 지저귀었다. 나는 참새의 지저귐을 듣고 매우 마음이 놓였다. 이곳에 나 말고 다른 생명체가 존재한다는 사실은 곤두선 나의 신경을 가라앉혀 주었다.

그러나 대성당에 혼자 있다고 해서 내가 무섭다거나 불안했던 것은 아님을 밝혀야겠다. 그럴 이유가 없지 않은가? 지금 나의 행동이 평범한 것이 아님은 잘 알고 있었지만, 그렇다고 결코 부적절한 것도 아니었다. 영혼을 옥죄는 죄악감 같은 것은 조금도 없었다. 오히려 내 안에서는 흥분과 활력이 넘쳐났다. 일종의 종교적 황홀감 때문에 나는 뭐랄까, 고결한 존재로 탈바꿈한 기분이었다. 시인하건대, 나 스스로를 이렇게까지 완벽하고, 만인의 부러움을 살 만한 존재로 여겼던 적은 없었다. 아이에게도 어른 특유의 어리석은 자아도취가 가능하다면, 나는 나

자신에게 엎드려 절이라도 했을지 모르겠다. 이곳이 만약 다른 장소였다면 귀신이 나올까봐 겁을 먹었을지도 모르지만, 성당 안에서 귀신은 아무런 힘도 없었다! 성당에 묻혀 있는 성인들의 혼령은 어떠냐고? 나는 성 벤체슬라오를 보러 온 것이다. 주님을 찬미하는 그의 영광스러운 모습을 보기 위해 내가 고군분투했다는 사실을 안다면, 성 벤체슬라오는 분명 기뻐할 것이다. 그가 원한다면 나는 기꺼이 그의 복사가 될 마음도 있었다. 나는 테두리가 쇠로 만들어진 미사 전서를 조심스럽게 이쪽에서 저쪽으로 들어 옮길 것이고, 미사 종을 제때에 울리도록 명심할 것이다. 내가 오르간의 페달을 밟으면서 아름다운 목소리로 노래하면 성 벤체슬라오는 감동한 나머지 눈물을 흘리며 내게 손을 얹고 "참 훌륭한 아이로구나!"라고 말하겠지.

다섯 시를 알리는 커다란 종소리에 나는 문득 명상에서 깨어났다. 나는 어깨에 메고 있던 가방에서 책을 꺼내어 난간 위에 펼쳐놓고 읽기 시작했다. 주위는 어두웠지만, 팔팔한 나의 두 눈은 글을 읽을 수 있었다. 하지만 바깥에서 들리는 조그만 소음도 글을 읽는 데 방해가 되었기에, 나는 읽기를 멈추고 완전한 정적이 돌아올 때까지 기다려야 했다.

갑자기, 발자국 소리가 이쪽을 향해 빠르고 가볍게 다가오다가 창문 아래에서 멈추는 것이 들렸다. 나는 발소리의 주인이 나의 두 친구들임을 알았기에 몹시 기뻤다. 우리들끼리 사용하는 특별한 휘파람 소리가 들려왔다. 나는 친구들이 나를 생각하여, 집에 돌아가 매 맞을 것을 감수하면서까지 (아, 가여운 친구들!) 이곳에 와 준 것에 몸이 떨릴 정도로 기뻤다. 동시에, 나는 그들이 나를 향해 부러움과 경외심을 느꼈고, 단 한 시간이라도 좋으니 나 대신 이곳에 있었으면 하고 바랐으리라는 생각에 몸이 떨릴 만큼 자긍심도 느꼈다. 녀석들, 밤새 한숨도 못 자겠지! 나는 기꺼이 친구들을 안으로 들여 한 시간이라도 함께 있고 싶었다.

지금 소리치고 있는 것은 구두장이의 아들 프리체크였다. 어떻게 녀석의 목소리를 모를 수가 있겠는가! 프리체크는 내가 참 좋아하는 친구인데, 불쌍하게도 오늘은 하루 종일 수난을 겪었다. 그는 아침 미사 시간에 신부님의 신발에다 물을 엎질렀고(프리체크는 늘 성당 안을 두리번거리느라 신부님을 쳐다보지 않는다), 오후에는 교장의 딸인 아닌카에게 키스를 하고 쪽지를 건네다가 선생에게 걸렸다. (우리 셋은 모두 아닌카를 좋아했고, 아닌카도 우리들을 좋아했다.) 아, 지금 소리치고 있는 것은 쿠비체크다! 야, 쿠비체크! 나는 친구들을 향해 똑같이 소리치든지 휘파람을 불든지 아니면 내가 여기 있다는 걸 알리기 위해 아무 말이라도 하고 싶었지만 성당 안이라서 그럴 수가 없었다. 두 친구는 나에게 들리게끔 큰 목소리로 말하거나 소리를 질렀지만, 알아들을 수 있는 거라곤 "거기 있냐?", "어이, 거기 있어?", "겁 안 나냐?" 같은 몇 마디뿐이었다. 나 여기 있어! 겁 안 나! 누군가가 다가오면 둘은 얼른 달아났다가 곧 다시 돌아오고는 했다. 벽 너머에 있을 그들의 움직임 하나하나라든가 환한 웃음을 띤 얼굴이 눈에 선했다. 그때 뭔가가 창문에 부딪혔고 나는 화들짝 놀랐다. 친구들이 창문을 향해 조약돌을 던지고 있었다. 이윽고 근처에서 남자의 욕지거리가 들리자 친구들은 도망쳤다. 그들은 이번에는 돌아오지 않았다.

처음으로 나는 불안감을 느꼈다. 나는 가방에 책을 집어넣고 반대편 난간으로 걸어가 성당 안을 내려다보았다. 모든 것이 아까보다 쓸쓸해 보였는데, 어두워서 그렇다기보다는 사물들 자체가 그렇게 보였다. 나의 시각은 여전히 사물들을 낱낱이 쉽게 감지할 수 있었다. 나는 성당 안을 잘 알고 있었으므로 이보다 더 어두웠다고 해도 사물들을 알아볼 수 있었을 것이다. 하지만 마치 성聖 금요일에 사용되는 푸른색 천이 기둥들과 제단에 길게 드리워져서 모든 것을 단일한 색상으로, 아니, 어쩌면 무색無色으로 감싸버린 듯한 느낌이 들었다. 난간에 기대자, 왕실 기도실 바로 아래로 '영원의 불빛'이 보였다. 진짜 사람처럼 채색된 광부 석조상 하나가 기둥에서 공중으로 불쑥 튀어나와 있었고, 이 유명한 기둥 조각상이 꺼지지 않는 등불을 들고 있었다. 등불은 말이 없는 별들처럼 조금의 흔들림도 없이 꾸준히 그리고 고요히 타올랐다. 성당 바닥은 마치 조약돌이 깔린 것처럼 보였고, 내 바로 맞은편 신자들을 위한 좌석에는 짙은 갈색 광택이 드리워져 있었다. 가장 가까운 제단 위의 성인聖人 목조상이 입은 제의祭衣에서는 옅은 노란색 띠가 희미하게 반짝이고 있었는데, 신기하게도 밝을 때 보았던 그 목조상의 모습은 전혀 생각나지 않았다. 나는 다시 광부 석조상으로 눈길을 돌렸다. 아래쪽에서부터 나오는 빛이 광부의 얼굴을 밝히고 있었다. 광부의 살찐 몸은 붉고 지저분한 공처럼 보였고, 낮 시간에 우리를 겁먹게 했던 그의 툭 튀어나온 눈은 그림자에 가려져 있었다. 광부 바로 뒤에는 성 요한의 무덤이 있었지만 옅은 빛밖에는 보이지가 않았다. 나는 또다시 광부 쪽으로 몸을 돌렸다. 문득, 나는 광부가 고개를 뒤로 약간 젖힌 채 심술궂게 웃고 있다는 느낌이 들었다. 그가 온통 붉은 빛을 띠는 것도 마치 웃음을 참느라고 그런 것 같았다. 아마도 그는 나를 곁눈질로 바라보며 비웃고 있는 것인지도 몰랐다. 갑자기 공포가 밀려왔고, 나는 눈을 감고 기도를 하기 시작했다. 하지만 곧 기분이 나아져서, 나는 일어나서 대담하게 광부를 응시했다. 그가 들고 있는 등불이 계속해서 조용히 타오르고 있었다. 탑의 종소리가 일곱 시를 알렸다.

그러나 곧 다른 종류의 불쾌한 감각이 밀어닥쳤다. 몸이 추위에 떨고 있었다. 바깥의 날씨는 서리가 얼어붙을 정도였고, 당연하게도 교회 안은 매우 쌀쌀했다. 나는 옷을 잘 입고 있었지만 따뜻하지는 않았다. 게다가 설상가상으로 갑자기 배가 고팠다. 저녁 먹을 시간은 이미 지났는데, 나는 깜빡하고 먹을 것을 하나도 가져 오지 않은 것이었다. 하지만 곧 나는 냉철하고 의연하게 허기를 참아 내기로 결심했다. 나는 이 단식을 이제 벌어질 자정의 행사를 위한 고결한 준비 과정으로 받아들였다. 그러나 뼈 속을 파고드는 추위를 견디는 것은 허기를 참는 것만큼 쉽지 않았다. 몸을 따뜻하게 하기 위해서는 움직여야 했다. 나는 2층 회랑을 가로질러서 오르간이 있는 곳까지 걸어갔다. 오르간 뒤로는 3층 회랑과 성가대석으로 이어지는 계단이 있었다. 나는 계단을 오르기 시작했다. 첫 번째 단段이 삐걱거리자 나는 숨을 멈췄지만, 다시 계단을 천천히 조심스레 올라갔다. 성일聖日에 나와 친구들이 오르간 송풍기를 여닫는 사람에게 들켜 쫓겨나지 않도록 살금살금 위로 올라가 연주자들 뒤에 숨을 때처럼 말이다.

나는 성가대석에 올라가 천천히 앞자리까지 나아갔다. 우리들은 위험을 무릅쓰고 벌벌 떨면서 이 위까지 도착하고 나면, 항상 일종의 낭만적인 전율에 휩싸이고는 했다. 지금 이 순간, 나는 지켜보거나 감시하는 사람이 아무도 없는 이곳에 혼자 머뭇거리고 있었다. 오르간 양쪽으로는 기다란 의자들이 로마의 원형 경기장처럼 겹겹이 층을 이루며 올라가 있었다. 나는 우리를 묘한 매력으로 사로잡는 팀파니들 옆의 가장 낮은 의자에 앉았다. 지금은 내가 팀파니를 친다해도 아무도 막을 사람이 없었다. 나는 가장 가까운 팀파니의 표면을 건드려 봤지만, 행여 팀파니가 생기를 잃을세라 겨우 슬쩍 쓰다듬어 본 정도였다. 나는 다시 팀파니를 좀 더 강하게 건드려 봤다. 부드러운 타격의 소리가 났지만, 감지하기도 힘들 정도로 약했다. 나는 장난을 멈췄다. 마치 무엄한 죄를 저지른 기분이 들었다.

내 앞의 스탠드들과 높은 난간 위에는 커다란 시편집들이 올려져 있었다. 나는 한 권쯤 건드려 보거나 심지어 들어올려볼 수도 있었을 텐데, 만일 낮이었다면 분명 그러한 유혹에 굴복했을 것이다. 거대한 시편집들은 우리에게 언제나 신비로운 물건이었다. 이 놋쇠 장정의 육중한 책들은 오래되고 해진 두꺼운 표지와 양피지 낱장들로 구성되어 있었고, 넘길 때는 얇은 나무 막대기가 사용되었다. 책들의 가장자리는 얼룩이 졌고, 각 페이지는 금박이라든가 색깔이 입혀진 머리글자들로 반짝거렸다. 검은 고딕체 활자와 함께, 제일 위쪽의 자리에서도 내려다 보일 만큼 커다란 검고 붉은 음표들이 넓은 오선 위에 기보되어 있었다. 시편집들이 이렇게나 엄청나게 거대한 이유는 프라하 성城에서 온 저 삐쩍 마른 테너(우리는 그를 몹시 싫어했다)가 손을 못 대도록 하기 위해서임이 틀림없다. 시편집의 이동은 뚱뚱하고 혈색 좋은 베이스가 담당했는데, 그조차도 옮길 때 항상 헐떡이며 낑낑대고는 했다. 우리 소년들은 그 베이스를 아주 좋아했다. 그가 노래하는 음들은 마치 따뜻한 기류처럼 우리 사이를 지나가곤 했다. 기도 행렬 때마다 우리는 늘 그의 옆에 붙어 있었다.

지금, 바로 저 앞이 그가 주요 성일마다 서 있는 곳이다. 그 밖에도 두 명의 베이스가 더 있었지만 위력은 훨씬 약했다. 왼쪽으로 두 걸음 떨어진 곳은 두 명의 테너가 서 있는 자리였다. 우리는 테너들을 그리 좋아하지 않았으나, 키 작은 테너는 존경했다. 그는 팀파니도 연주했는데, 그가 북채를 집어 들고 상인 로이코 씨가 트롬본을 들어 올릴 때는 우리들에게 있어서 무척이나 엄숙한 순간이었다. 저 멀리 왼쪽은 전권을 지닌 지휘자가 소년 성가대와 함께 위치하는 자리였다. 나의 머릿속에서 미사 시작 직전 지휘자의 훈계와 일렁이는 음악 소리, 그리고 바깥의 종소리가 들려왔다. 곧이어, 성물 안치소의 종이 울리고 오르간이 전주를 연주하자, 성당은 온통 오르간의 깊고 풍부한 울림으로 떨리기 시작했다. 지휘자가 제단으로 몸을 돌려 들고 있던 지휘봉을 별안간 휙 하고 움직이자 풍성하고 아름다운 음악이 터져 나오고, 장엄한 기리에(미사 때 드리는 탄원의 기도로 '주여 우리를 불쌍히 여기소서'라는 뜻)가 둥근 천장으로 솟아올랐다. 나는 "우리에게 평화를 주소서"가 불리는 순간까지 이어지는 미사 전반의 소리들을, 그 노래와 음악 소리들을 들을 수 있었다. 그렇게 아름다운 미사는 전무후무할 것이다. 달콤한 선율의 베이스, 팀파니,

그리고 트롬본이 음악의 흐름 속으로 스며들어 환호하고 있었다. 내 상상 속의 미사가 얼마나 오랫동안 집전되었는지는 모르겠지만, 나는 탑에서 울려오는 종소리가 그 마법의 음악 속으로 드문드문 섞이는 것을 들을 수 있었다. 그러다가 불현듯, 나는 매서운 추위가 온몸을 관통하는 것을 느꼈고, 무심결에 벌떡 일어났다.

밝은 은빛이 성당 입구에서 안쪽까지 통하는 본당 중심부에 떠올라 있는 것이 보였다. 별빛, 그리고 아마도 달빛이 수많은 창문들을 통해 스며들고 있었다. 나는 난간 근처의 계단에 올라 성당 안을 바라보았다. 숨을 들이쉬자 향과 곰팡이가 뒤섞인 성당 특유의 냄새가 폐를 가득 채웠다. 아래쪽에서는 거대한 대리석으로 만들어진 장엄한 영묘가 어렴풋이 빛났고, 제단 위에는 또 다른 꺼지지 않는 등불이 제단의 황금색 벽에 조그만 분홍빛을 던지며 타오르고 있었다. 여전히 나는 종교적 황홀감에 젖어 있었다. 성 벤체슬라오의 미사는 어떻게 집전될까! 아마 탑에서 종이 울리지는 않을 거야. 사람들에게 들키면 비밀리에 미사를 진행할 수 없을 테니까. 그래도 성물 안치소의 맑은 종소리가 울리고 오르간이 연주되겠지. 곧이어 기도 행렬이 나타나 제단을 지나쳐 오른쪽 복도를 따라 신비롭고 희미한 빛으로 둘러싸인 성 벤체슬라오 예배소로 향할 거야. 행렬 순서는 주일 오후 미사 때랑 똑같지 않을까? 나는 다른 순서는 생각조차 할 수가 없었다.

먼저, 붉은 막대기에 달린 빛나는 금속제 등燈들이 아마도 천사들의 손에 들려 등장할 것이다. 그리고 평상시 성가대가 등장하는 자리에 나타날 사람들은……. 트리포리움(성당의 아치와 높은 창의 중간 부분) 위쪽에 놓인 색칠된 석조 흉상의 주인공들, 그러니까 룩셈부르크 왕가 출신인 체코의 왕과 여왕들, 대주교들, 성직자들, 그리고 이 대성당을 건축한 사람들이 등장하겠지. 현재의 성직자들은 행렬에 참가하지 못할 것이다. 그들은 그럴 자격이 없어! 특히, 내 자존심을 짓밟은 페시나는 절대 안 돼! 언젠가 그는 내가 무거운 금속제 등을 옮길 때 똑바로 들지 못한다면서 내 뺨을 때렸었지. 또 한 번은, 종지기가 나를 종탑에 올려 보내어 미사 시간을 알리는 성 요셉의 종을 울리게끔 했을 때였다. 나는 거대하고 흥미진진한 물건들로 가득한 종탑 위에서 혼자 두리번거리다가, 종을 울린 뒤 낭만적인 흥분에 휩싸여 탑을 내려왔다. 그런데, 페시나가 종지기에게 하는 말이 들렸다. "지금 저기서 종을 친 멍청한 놈은 누구요? 전투 준비 종소리 같구먼!"

내 머리 속에서 돌멩이 같은 눈빛을 한 나이든 신사들이 행렬을 시작하고 있었다. 그런데 기이하게도, 그들의 다리를 포함한 가슴 아래 부분은 보이지 않았다. 내게 보이는 것은 그들의 흉부胸部뿐이었지만, 어쨌건 그들은 걸어가는 것처럼 보였다. 이어서, 킨스키 궁전 뒤편에 묻힌 대주교들이 뒤따랐고, 그 뒤로 성 요한의 은빛 천사들이, 다시 그 뒤로 은빛 성 요한이 손에 십자가상을 쥐고 등장했다. 다음으로 성 지그문트의 유골이 붉은 방석 위에 올려져 등장했는데, 이 방석 역시 마치 걸어가는 듯 움직였다. 이어서 나타난 것은 갑옷을 입은 기사들과, 온 지방의 영묘들에서 나온 왕과 공작들이었다. 그들 중 몇 명은 웅장하게 드리워진 심홍색 가운을 입고 있었고, 포데브라디의 게오르그 왕을 포함한 다른 이들은 대리석처럼 하얀 가운을 입고 있었다. 이윽고, 성 벤체슬라오가 은색 천이 덮인 성배를 들고 나타났다. 키가 크고 젊음과 힘이 넘치는 벤체슬라오는 비레타(성직자가 쓰는 사각형 모자) 대신 단출한 금속 투구만 착용하고 있었지만, 몸통을 보호하는 쇠사슬 갑옷 윗도리는 빛나는 하얀 제의로 덮여 있었다. 그의 밤색 곱슬머리는 풍성하게 드리워져 있었고, 얼굴에는 기품 있는 연민과 평온함이 서려 있었다. 신기하게도 나에게는 그의 이목구비가 매우 선명하게 떠올랐다. 크고 푸른 눈, 건강함이 넘치는 뺨, 부드럽게 자라난 턱수염. 하지만 그 모습은 실제 육신이라기보다는 부드럽고 희미한 빛의 형상에 가까웠다.

나는 다음 행렬을 상상하면서 눈을 감았다. 상상에 몰두하느라 쌓인 피로가 주위의 정적과 뒤섞여 졸음이 밀려왔고, 순간 무릎이 툭 하고 굽혀졌다. 하지만 나는 재빨리 몸을 추스르고, 광활한 대성당 안을 둘러봤다. 성당 안은 여전히 죽은 듯 고요했지만, 지금의 정적이 내게 미치는 영향은 아까와는 달랐다. 피로와 추위가 몰려왔고, 갑작스러운 두려움이 나를 사로잡으며 뒤흔들었다. 무엇 때문인지 모르겠지만 나는 분명 뭔가 두려웠고, 내 마음은 연약한 아이처럼 의지할 곳을 찾지 못했다.

나는 계단에 주저앉아 울음을 터뜨리며 가슴을 들썩였다. 입으로는 커다란 딸꾹질 소리가 비어져 나왔고, 무력한 나는 그것을 억누를 수가 없었다. 딸꾹질 소리가 성당의 정적 안에서 메아리쳤다. 예기치 못한 이 소음은 나의 공포를 한층 심화시켰다. 이 넓은 성당 안에 나 혼자라니! 이렇게 갇혀 있고 싶지 않아!

나는 크게 소리를 내며 신음을 했다. 그때, 문득 그에 대답하듯이 머리 위에서 새 한 마리가 짹짹거리는 소리가 들렸다. 아, 나는 혼자가 아니었구나! 참새들이 나와 함께 밤을 보내고 있는 것이었다! 나는 층층이 올라간 의자들 위쪽으로 들보들 사이 작은 모퉁이에 참새 둥지가 있다는 것을 알고 있었다! 그곳은 우리 소년들의 변덕스러운 장난질로부터 참새들을 안전히 지켜주는 성역이었다. 사실, 우리는 마음만 먹으면 들보에 다가갈 수 있었지만 시도해 본 적은 없었다.

나는 곧바로 결심을 하고, 숨을 죽인 채 조심스럽게 계단을 올랐다. 들보에 이르러, 나는 천천히 깊게 숨을 들이쉰 다음 손을 뻗어 참새 한 마리를 붙잡았다. 붙잡힌 참새는 날카롭게 지저귀며 내 손을 아프게 쪼아댔지만 나는 녀석을 놓아주지 않았다. 참새의 조그맣고 따뜻한 심장이 격렬하게 박동하는 것을 느끼자, 어느새 나의 공포는 사라졌다. 이제 나는 혼자가 아니었다. 내가 이 안에서 가장 힘센 생명체라는 인식은 순식간에 내 활력과 용기를 새롭게 북돋웠다.

나는 기운을 유지하고 깨어 있기 위해, 잠시 동안 참새를 손에 잡고 있기로 했다. 이제 자정까지 얼마 남지 않았다. 앞으로 울릴 종소리에 주의를 기울여야 한다. 이렇게 가슴께에서 참새를 붙잡고 여기 두 계단 위에 누우면, 맞은편 성 벤체슬라오 예배소의 창문이 보인다. 기적의 미사를 알리는 빛이 비치면 그 즉시 알아볼 수 있을 것이다.

나는 자리에 앉아 창문을 바라보았다. 바깥에는 짙은 잿빛이 감돌았다. 창문을 응시한 지 얼마나 지났을까, 잿빛이 서서히 밝아지더니 푸르스름한 색깔이 번졌다. 너무도 선명하고 밝은 푸른색이라서 마치 파란 하늘을 보는 기분이었다. 그 순간, 탑에서 종소리가 울렸다. 한 번, 두 번, 무수히, 끝없이······.

느닷없이 몸을 찌르는 추위에 나는 잠에서 깨어났다. 몸 전체에서 피로와 아픔이 느껴졌다. 눈앞에는 마치 거대한 화덕이 불타오르는 듯했고, 끔찍하게 거슬리는 휘파람 소리와 비명 소리가 귀청을 때리는 것 같았다.

나는 계단 위에서 서서히 정신을 차렸다. 손바닥은 가슴에 놓인 채 펼쳐져 있었고, 손안에는 아무것도 없었다. 맞은편 벤체슬라오 예배소의 창문은 성당 내부의 불빛으로 빨갛게 빛났다. 오르간이 음들을 뿜어내는 가운데, 익숙한 아침 기도의 음악이 허공을 가로질렀.

이것은 성 벤체슬라오의 미사?

나는 천천히 일어나 조용히 계단을 내려가서 아래쪽

회랑이 보이는 창문으로 다가갔다. 나는 쭈뼛쭈뼛 유리창 너머를 바라보았다.

제단에서는 신부님이 미사를 집전하고 있었다. 종지기 한 명이 그를 보좌하고 있었고, 곧 성체 거양을 알리는 종을 울렸다. 순간, 나는 두려운 마음으로 아래쪽 의자들 사이의 낯익은 지점에 시선을 돌렸다. 엄마가 평소처럼 무릎을 꿇고 앉아 가슴을 두드리는 것이 보였다. 그리고 엄마 옆에 있는 사람은…… 구시가지에 사는 이모였다.

그때 엄마가 고개를 들었고, 눈물이 그녀의 뺨을 타고 흐르는 것이 보였다.

모든 상황이 명확했다. 나는 부끄럽고 절망스럽고 비참했다. 문득 머리가 아파오더니 회오리처럼 핑핑 돌기 시작했다. 엄마는 분명 내가 실종됐다고 생각하고는 비탄에 잠겼을 것이다. 그런 생각을 하니, 나는 슬퍼서 가슴이 아프고 숨이 막혔다. 나는 달려 내려가 엄마의 발밑에 몸을 내던지고 싶었지만, 다리가 풀리는 바람에 벽에 머리를 부딪치면서 바닥에 넘어졌다. 곧바로 나는 울음을 터뜨렸는데, 그것은 차라리 다행스러운 일이었다. 눈물은 처음엔 쓰라렸지만, 그 덕분에 나는 마음을 진정시킬 수 있었다.

밖은 여전히 어두웠다. 신자들이 성당을 나설 때쯤 하늘에서는 차가운 이슬비가 떨어졌다. 우리의 초라하지만 독실한 영웅은 실망에 잠긴 채 성당 문 앞에 서 있었다. 아무도 그를 바라보지 않았고 그도 사람들을 바라보지 않았다. 이윽고 그의 늙은 어머니가 이모와 함께 성당에서 나왔고, 그녀는 주름진 손 위로 두 방울의 뜨거운 눈물이 떨어지는 것을 느꼈다.

(1876)

물의 정령

Hastrman

 그 양반은 언제나 모자를 손에 들고 다녔다. 아무리 춥거나 아무리 더워도, 대개는 둥글납작한 실크해트를 양산처럼 머리 위에 높이 들고 있곤 했다. 반백의 머리카락은 머리 뒤로 납작하게 빗어 넘겨 전혀 흔들리지 않을 정도로 단단하게 땋아 내렸는데, 프라하에서 그런 댕기머리는 거의 마지막 남은 것이었다. 그 당시에도 이미 그런 머리를 한 사람은 한두 사람밖에 없었기 때문이다. 금단추 달린 녹색 프록코트는 앞은 짤막했지만 뒤에 긴 꼬리가 붙어 있어 키가 작은 리바르시 씨의 얇은 종아리에서 펄럭거렸다. 여윈 상체에는 하얀 조끼를 걸치고 밑에는 무릎까지만 오는 검은색 반바지를 입었는데, 바지 끝에는 반짝이는 은빛 버클이 달려 있었다. 바지 밑으로 새하얀 스타킹이 한 쌍의 은빛 버클에서 똑같이 끝났고, 그런 다음에야 마침내 큼직한 구두 한 켤레가 나타났다. 리바르시 씨가 구두를 갈아 신는지, 아니면 하나를 계속 수선해서 신는지 나는 모른다. 하지만 그의 구두는 가장 오래되고 가장 풍상을 많이 겪은 마차의 지붕 가죽을 떼어 와서 만든 것 같았다.

리바르시 씨의 뾰족하고 여윈 얼굴은 늘 미소로 환하게 빛났다. 그가 거리를 걸어 내려가는 모습은 기이한 구경거리였다. 리바르시 씨는 스무 걸음마다 멈춰 서서 좌우를 두리번거리곤 했다. 그 모습은 마치 리바르시 씨의 생각이 그의 속에 있지 않고 일정한 간격을 두고 뒤를 따르며 항상 그를 즐거운 생각들로 기분을 좋게 해주기 때문에, 때때로 멈춰 서서 그 장난꾸러기를 찾아 둘러보는 것 같았다. 누군가에게 인사할 때 리바르시 씨는 그저 오른손 집게손가락을 들어 올리고 나지막이 휘파람을 불었다. 이 작은 휘파람 소리는 리바르시 씨가 뭔가 말을 시작하려 할 때에도 늘 들렸다. 그는 보통 "다!"라는 말로 대화를 시작했는데, 그건 동의한다는 뜻을 표하려는 것이었다.

리바르시 씨는 페트르진 언덕이 보이는 홀로보카 체스

타의 왼편 나지막한 곳에 살았는데, 낯선 사람들이 프라하 성을 향해 오른편으로 올라가는 것을 보면 늘 그들을 따라나서곤 했다. 사람들이 전망 좋은 곳에 멈추어 서서 프라하의 아름다운 풍경에 감탄할 때, 그는 그들 옆에 서서 손가락을 들고 휘파람을 불었다. "다! 하지만 바다! 왜 우리에겐 바다가 없을까?" 그리고는 여행객들을 따라 성으로 들어가서 그들이 성 바츨라프 예배당(프라하 성에 있는 성 비트 대성당에 있다. 체코의 수호성자인 성 바츨라프의 왕관과 보석이 보관되고 있다.)에서 발걸음을 멈추고 귀한 체코 보석들이 아로새겨진 벽을 보며 감탄할 때 그는 두 번째로 휘파람을 불었다. "그래, 내가 생각한 게 바로 이거야! 여기 보헤미아(체코의 옛 지명)에서 양치기가 돌을 하나 집어 양떼에게 던지면, 그 돌이 양 떼보다 더 값어치가 나가기 마련이지." 리바르시 씨는 절대 그 이상은 말하지 않았다.

그의 이름(리바르시는 어부라는 뜻이다.)과 녹색 프록코트, "바다!"라고 하는 말버릇 때문에 사람들은 그를 '물의 정령'이라고 불렀다. 하지만 그는 모든 사람들의 존경을 받았다. 리바르시 씨는 투르노프 근처 어딘가에서 온 은퇴한 법정관리였다. 여기 프라하에서 그는 딸의 집에서 기거했는데, 그녀는 샤이블이라는 하급 공무원과 결혼해서 세

아이를 두고 있었다. 사람들은 리바르시 씨가 굉장한 부자라고 말했다. 돈이 많아서가 아니라 보석을 잔뜩 가지고 있다고들 했다. 사람들은 그의 방에 높다란 검은 옷장이 있다고 했고, 그 옷장 안에는 크고 네모난 검은 상자가 여러 개 있는데, 그 속은 다시 하얀색 마분지로 칸이 나누어져 있다는 거였다. 그 각 칸마다 솜 위에 찬란한 보석이 하나씩 놓여 있다는데, 자기 눈으로 직접 봤다고 말하는 사람들도 있었다. 듣기에 리바르시 씨는 보석산지로 유명한 코자코프 산에서 직접 그것들을 수집했다고 했다. 우리 아이들은 샤이블네 집에서는 바닥을 닦을 때 모래 대신 설탕을 뿌릴 거라고 이야기하곤 했다. 청소하는 날인 토요일이 되면 우리는 샤이블 집안의 아이들을 정말정말 부러워했다. 한번은 내가 브루스카 성문 왼쪽의 해자 위에서 리바르시 씨의 옆에 앉아 있었다. 리바르시 씨는 매일 한 시간 정도 거기 풀밭에 앉아 짧은 파이프를 피웠다. 나보다 나이 많은 학생 둘이 지나가다가 한 명이 놀란 듯이 말했다. "저 봐, 저 사람 수녀님의 솜옷을 태우고 있어!" 그 이후로 죽 나는 수녀님의 솜옷을 태운다는 것을 아주 부유한 사람만이 할 수 있는 사치라고 생각하게 되었다.

그러고 나서 물의 정령—하지만 우린 그를 더 이상 그렇게 부르지 않을 것이다. 우리는 이제 어린아이가 아니니까—리바르시 씨는 브루스카 성벽을 따라 산책을 했다. 리바르시 씨는 자기처럼 오후의 일과로 거기 나온 성직자를 만나면 발걸음을 멈추고 상냥하게 몇 마디를 나누곤 했다. 언젠가는 리바르시 씨가 벤치에 앉아 있는 성직자 두 사람과 대화를 나누는 것을 엿들은 적이 있었다.—나는 어른들이 이야기하는 것을 엿듣기 좋아했다. 리바르시 씨는 서 있었고, 그들은 '프랑크라이히'(Frankreich, '프랑스'를 뜻하는 독일어)와 '자유'와 그리고 온갖 이상한 일들에 대해 대화를 나누고 있었다. 갑자기 리바르시 씨가 손가락을 세우면서 휘파람을 불었다. "다, 나는 로제나우의 말에 동의합니다! 로제나우는 '자유는 독한 와인과 풍성한 음식과 같다. 그것은 그것에 익숙한 강한 본성을 가진 사람들을 강하게 키우는 반면 약한 자들은 질식시키고 중독시키고 파괴한다'라고 말했지요." 리바르시 씨는 모자를 살짝 들어 올려 인사를 한 다음 자리를 떠났다.

두 성직자들 중 키가 크고 뚱뚱한 사람이 말했다. "저 양반은 왜 만날 로제나우라는 사람의 얘기를 계속하는 걸까요?"

"틀림없이 작가 나부랭이겠죠." 역시 뚱뚱한, 키가 작은 쪽 성직자가 말했다.

하지만 난 그 문장을 마음속 깊이 새겨두었다. 그 말은 내게 높은 인간 정신을 표현하는 것으로 느껴졌다. 나는 로제나우와 리바르시 씨 두 사람을 모두 가장 고귀한 사람으로 숭상했다. 조금 지나 소년이 되었을 때 나는 온갖 종류의 책들을 섭렵하곤 했는데, 그러다 리바르시 씨가 원래의 문장을 굉장히 정확하게 인용했다는 사실을 알게 되었다. 틀린 것은 그 말을 한 사람이 로제나우(Rosenau)가 아니라 루소(Rousseau)였다는 점뿐이었다. 불행히도 식자공의 실수 때문에 잘못 알고 있었던 게 분명했다.

하지만 리바르시 씨에 대한 나의 존경심은 조금도 줄어들지 않았다. 그분은 존경할 만한 훌륭한 사람이었다.

*

햇볕이 쨍쨍한 8월 어느 날, 오후 세 시쯤 되었을 때였다. 오스트루호바 거리(말라스트라나에 있는 이 거리는 이 작품의 저자인 얀 네루다를 기념하기 위해 현재 '네루도바 거리'라고 불린다.)를 걷고 있던 사람들이 갑자기 발걸음을 멈추었다. 마침 집 앞에 있던 사람들은 재빨리 안에 있던 사람들을 불러냈고, 가게의 손님들도 밖으로 뛰어나왔다. 모든 사람들이 리바르시 씨가 거리를 걸어 내려가는 모습을 보았다.

"저 양반, 재산 자랑을 하려고 나왔구먼." 술집 '두 태양'의 주인인 헤르츨 씨가 말했다.

"아이구야." 비토우쉬 씨가 외쳤다. "보석을 팔 생각이라면 별로 좋은 때가 아닌데!" 비토우쉬 씨가 이웃들에게 별로 존경을 받지 못했다는 사실을 지적하는 건 가슴 아픈 일이다. 사람들 말에 따르면 비토우쉬 씨는 예전에 하마터면 파산할 뻔한 적이 있었는데, 오늘날까지도 말라스트라나의 점잖은 주민들은 파산한 사람을 별종으로 생각하는 경향이 있다.

리바르시 씨는 태연히 자기 갈 길을 계속 걸어갔다. 보통 때보다 좀 더 활기찬 걸음걸이였을까. 왼팔에는 사람들의 입에 너무나 많이 오르내리던 검은 상자들 중 하나를 끼고 있었다. 리바르시 씨는 그 상자를 몸에 아주 꽉 끼고 있어서 손에 들고 있는 모자가 다리에 붙어 있는 것처럼 보일 정도였다. 다른 손에는 편평한 상아 손잡이가 달린 지팡이를 들고 있었다. 리바르시 씨는 평소에 지팡이를 들고 다니지 않았기 때문에 그건 그가 지금 누군가를 방문하러 간다는 표시였다. 누군가 그에게 인사를 하면, 리바르시 씨는 다른 때보다 훨씬 더 큰 휘파람으로 응답했다.

리바르시 씨는 오스트루호바 거리를 걸어 내려와 성 미쿨라셰 광장을 건너 자므베레츠키 하우스에 들어갔다. 그리고 고등학교에서 수학과 과학을 가르치는, 그러니까 그 시절에 특출한 지식인이라고 할 수 있는 뮐벤첼 교수를 만나러 3층으로 올라갔다. 방문은 오래 걸리지 않았다.

튼튼하고 땅딸막한 교수는 막 오후 낮잠을 즐기고 난 뒤라 기분이 좋은 상태였다. 교수의 벗겨진 정수리 둘레에 난 긴 회색머리칼은 사방으로 몹시 무질서하게 뻗쳐 있었다. 늘 친절하고 밝은 파란색 눈은 활기차게 빛났고, 타고난 붉은 뺨은 빛을 발하는 것처럼 보였다. 교수의 넓은 얼굴은 마맛자국들이 가득 했는데, 그건 그에게 "알다시피, 보조개가 있는 처녀가 웃으면 사람들이 예쁘다고 하는데, 난 백 개가 넘는 보조개가 있는데도 내가 웃으면 추하다고 하는 거야" 같은 끝없는 재담의 원천을 제공했다.

교수는 리바르시 씨를 소파로 안내하며 물었다. "무슨 일로 오셨습니까?"

리바르시 씨는 탁자 위에 상자를 놓았다. 그리고 뚜껑을 열어 찬란하게 빛나는 보석들을 보여주었다.

"뭐, 선생께서 이 돌들의 값어치가 얼마나 되는지 말씀해 주실 수 있는지 궁금해서 왔습니다." 리바르시 씨가 더듬거리며 말했다.

뮐벤첼 교수는 잠시 돌들을 바라보다가 검은 돌 하나를 집어 들었다. 그는 손으로 그것의 무게를 재어보고 돌을 들어 빛에 비춰 보았다. "이건 몰다바이트(체코의 블타바 강 유역에서 발견되는 초록색의 유리질 물질. 블타바 강을 독일어로 몰다우 강이라고 하기 때문에 몰다바이트라는 이름이 붙었다.)입니다." 그가 마침내 말했다.

"뭐라고요?"

"몰다바이트요."

"다, 몰다바이트." 리바르시 씨가 휘파람을 불었다. 표정으로 볼 때 생전 처음 들어본 말이 분명했다.

"우리 학교의 소장품으로 아주 좋겠군요. 요새는 꽤 귀한 물건이니까요. 이걸 우리한테 파실 수 있겠습니까?"

"생각해 봐야겠군요. 얼마정도예요?"

"스무 개에 금화 세 닢은 어떻습니까?"

"금화 세 닢이라고요?" 리바르시 씨가 나지막한 휘파람 소리를 뱉으며 외쳤다. 그의 턱이 치켜 올라갔다가 다시 지팡이 끝으로 내려갔다.

물의 정령 57

"다른 거는요?" 그는 잠시 뒤 갑작스럽게 억누른 듯한 속삭임으로 말을 내뱉었다.

"옥수, 벽옥, 자수정, 연수정……. 아무 가치가 없는 것들입니다."

얼마 뒤, 리바르시 씨는 천천히 오르막길을 올라 오스트루호바 거리 골목으로 돌아왔다. 이웃들은 그가 모자를 쓰고 있는 모습을 처음 보았다. 리바르시 씨는 넓은 모자챙을 눈 위까지 푹 눌러 쓰고 지팡이 끝을 땅에 질질 끌고 있었다. 그는 아무에게도 눈길을 주지 않고, 단 한 번도 휘파람을 불지 않았다. 리바르시 씨는 고개를 돌리지조차 않았다. 그의 생각들이 오늘은 주위를 껑충거리며 뛰어다니지 않고 그의 속 깊숙이 숨어 있는 게 분명했다.

그는 그날 내내 밖으로 나가지 않았다. 성벽에도 성문에도 가지 않았다. 그날은 매우 아름다운 날이었다.

*

한밤이 다 되어 가고 있었다. 하늘은 새벽처럼 짙푸른 색이었다. 달은 당당하고 황홀하게 빛났고, 별들은 불꽃처럼 반짝거렸다. 아름다운 은빛 안개가 페트르진 언덕을 감싸고 있었다. 은빛 홍수가 프라하 전체에 감돌고 있었다.

열린 두 창문을 통해 흥겨운 달빛이 리바르시 씨의 방 안으로 쏟아져 들어왔다. 리바르시 씨는 창문 앞에 돌처럼 조용히 서 있었다. 멀리 블타바 강둑에서 윙윙 강하고 길게 울리는 소리가 들렸다. 노인이 그 소리를 들었을까?

갑자기 리바르시 씨가 입을 뗐다.

"바다!"

그가 속삭였다.

"왜 우리에겐 바다가 없을까?"

그의 입술이 떨렸다. 아마도 그의 내부에서 슬픔이 파도치는 바다처럼 밀려오고 있는 것이리라.

"아, 그래." 리바르시 씨가 말을 하며 창문에서 몸을 돌렸다. 그의 눈은 바닥에 흩어져 있는 열린 상자들에 가 닿았다. 그는 천천히 제일 가까이 있는 상자 하나를 집어 들고 돌을 한 움큼 꺼냈다. "돌덩어리들!" 리바르시 씨는 불만스럽게 중얼거리며 그것들을 창밖으로 던져 버렸다.

리바르시 씨는 돌들이 유리에 부딪쳐 쨍그랑 하는 소리를 들었다. 아래 정원에 온실이 있다는 걸 잊어버리고 있었다.

"어르신, 뭘 하고 계십니까?" 밖에서 남자의 유쾌한 목소리가 들렸다. 옆방 창문에서 들려오는 소리가 분명했다.

리바르시 씨는 자기도 모르게 한 걸음 뒤로 물러섰다.

문이 열리고 샤이블 씨가 들어왔다. 아마도 아름다운 야경이 그를 창문으로 이끌었거나, 평소와 다르게 동요하는 리바르시 씨의 모습을 눈여겨보고 방에서 나는 부산스런 소리를 들었을 것이다. 아마도 노인의 한숨 소리 몇 개가 창문을 통해 그의 방으로 흘러들었을지 모르리라.

"어르신, 그 예쁜 우리 돌들을 버리려고 하시는 건 아니겠지요?"

노인이 움찔하더니 페트르진 언덕을 가만히 바라보며 자그맣게 말했다. "아무 값어치가 없는 것들인걸, 그냥 돌덩어리들일 뿐이야……."

"전 그게 별 값어치가 없는 줄 알고 있었어요. 진작부터 알고 있었는걸요. 하지만 그것들에는 다른 종류의 가치가 있잖아요. 우리와 어르신 모두에게요. 어르신께서 그것들을 모으는 데 들인 시간들을 생각해 보세요. 그것들을 제 아이들에게 주세요. 아이들은 그 돌들의 이름을 배울 것이고, 어르신께선 아이들에게 그것들을 어떻게 모았는지 이야기해 주실 수 있을 거예요."

"그렇지만 너희들은 내가 부자라고 생각했을 텐데,"

노인이 어렵게 말을 꺼냈다. "하지만 사실은……."

"어르신." 샤이블 씨가 노인의 손을 잡으며 단호하지만 부드럽게 말했다. "어르신께선 이미 충분히 부자이지 않나요? 어르신이 아니었다면, 우리 아이들에겐 할아버지가 없었을 테고, 제 아내에겐 아버지가 없었을 거예요. 어르신이 계셔서 우리가 얼마나 행복해 하는지 보이지 않으시나요?"

갑자기 노인이 다시 창문 쪽으로 몸을 돌렸다. 노인의 입술이 파르르 떨렸다. 눈으로 형언하기 어려운 무엇인가 밀려왔다. 그는 밖을 쳐다보았다. 리바르시 씨는 아무것도 볼 수 없었다. 모든 것이 다이아몬드처럼 반짝였고, 바다처럼 밀려왔다. 바로 그의 창문으로, 그의 눈으로. 바다, 바다!

*

내 이야기는 여기서 끝낼 것이다. 나는 이제 이야기를 계속할 수 없다.

(1876)

올해 위령의 날에 쓴 글
Psáno o letošních Dušičkách

그녀가 위령의 날마다 코시르제 공동묘지를 방문하는 일을 앞으로 얼마나 더 할 수 있을지 모르겠다. 오늘 그녀는 말을 듣지 않는 두 다리를 이끌고 힘겹게 걷고 있지만, 모든 것은 여느 해와 똑같이 반복되었다. 오전 열한 시경에 무겁고 커다란 그녀의 몸이 마차로부터 모습을 드러냈고, 마부는 하얀 천에 싸인 추도용 화환들과 따뜻하게 껴입은 다섯 살배기 여자아이를 마차에서 내렸다. 올해로 15년째. 마리 양은 해마다 이웃집 여자아이 하나를 빌려 데리고 왔고 아이들의 나이는 늘 다섯 살이었다.

"그래그래, 귀여운 아가야. 저기 사람들 좀 보렴! 저기 불빛들, 등불들이랑 꽃들이 보이지? 자, 어서 걸어가렴.

겁내지 말고. 아무데나 가고 싶은 쪽으로 가렴. 아줌마가 바로 뒤에 있을게."

조그만 여자아이는 쭈뼛쭈뼛 앞으로 걸어간다. 마리 양은 아이의 걸음을 재촉하지만 딱히 방향을 지정하지는 않는다. 마리 양은 잠시 아이를 따라 정처 없이 돌아다니다가 불현듯 "잠깐!" 하고 외친다. 그녀는 아이의 손을 붙잡고 무덤들 사이로 들어간다. 그중 한 무덤의 십자가에서 비바람에 해진 화환을 떼어낸 뒤, 검고 하얀 조화로 만든 새 화환을 걸어 놓는다. 그리고 비어 있는 손으로 십자가의 한쪽 팔을 잡더니 기도하기 시작한다. 무릎을 꿇는 것은 무리였다. 그녀는 말라붙은 땅과 무덤의 갈색 흙을 내려다보다가 갑자기 고개를 든다. 크고 착실한 푸른 눈이 먼 곳을 응시하더니 어느새 촉촉해진다. 양쪽 입가가 움찔거리고 입술이 파르르 떨리는가 싶더니 눈물이 쏟아지기 시작한다. 여자아이가 놀란 눈으로 올려다보지만 마리 양에게는 아무것도 들리지도 보이지도 않는다. 마침내 그녀는 굳건한 의지로 기운을 차린 뒤 길고 먹먹한 한숨을 내쉬고는 아이에게 서글픈 미소를 지어보이며 조금 쉰 목소리로 속삭인다. "애야, 걸어 보렴. 아무데나 가고 싶은 쪽으로 가렴. 아줌마가 뒤에 있을게."

다시 한 번 마리 양은 아이가 걸어가는 방향으로 정처 없이 무덤들 사이를 돌아다니다가, 갑자기 "잠깐!" 하고 내뱉고는 또 다른 무덤 앞으로 가서 선다. 그녀는 직전의 무덤에서 했던 것과 똑같은 행동을 똑같은 시간을 들여 반복한다. 낡은 화환을 또다시 천에 담으며 마리 양은 꼬마 안내자의 손을 잡고 말한다. "춥지 않니? 이리 오렴, 감기 걸리겠구나. 마차 타고 집으로 가자꾸나. 마차 타는 거 재미있지?" 둘은 천천히 마차로 걸어간다. 마리 양은 여자아이와 화환을 마차에 집어넣고는 뒤따라 힘겹게 마차에 올라탄다. 마차가 삐걱거리다가 두어 차례의 채찍질과 함께 출발한다. 바로 이런 식으로, 매년 되풀이되는 것이다.

내가 여전히 젊고 순진한 작가였다면 이쯤에서 "분명 독자들은 그 무덤들이 누구의 것인지 궁금해 할 것"이라고 생각했으리라. 하지만 나는 독자들이 절대 질문 같은 것을 하지 않음을 오랜 경험을 통해 알고 있다. 도리어 작가가 독자에게 물어봐달라고 부탁이라도 해야 한다. 그러나 방금 것은 대답하기 쉬운 질문은 아니다. 마리 양은 사생활의 언급에 관해서는 퍽 노골적으로 냉담하고 과묵하다. 그녀는 아주 가까운 이웃들에게조차 자기 얘기를 하지 않는다. 마리 양에게는 딱 한 명 어린 시절부터 절친했던 친구가 있는데, 바로 루이자 양이다. 루이자 양은 소싯적에 귀여웠지만 지금은 재무부 고급 공무원이던 고故 노카르 씨의 늙다리 미망인인 노카르 부인일 뿐이었다. 오늘 오후 두 사람은 노카르 부인의 방에서 함께 시간을 보낼 것이다. 마리 양이 노카르 부인을 만나러 블라슈스카 거리까지 오는 일은 많지 않았다. 사실, 일요일 이른 아침에 미사를 보러 성 니콜라스 대성당에 갈 때를 제외하면, 마리 양은 성 요한 언덕 밑 건물 1층에 있는 그녀의 방을 거의 나오지 않았다. 그녀는 비만 때문에 예전부터 걷는 것이 힘들었고, 노카르 부인 쪽에서 매일 찾아와 주는 덕택에 수고를 덜고 있었다. 오랜 기간의 절친한 우정은 두 사람을 더욱 가깝게 만들었다.

하지만 마리 양은 오늘 집에 있는 것이 너무나도 슬프고 우울하다. 그녀는 여느 때보다 허전하고 쓸쓸해 보이는 자신의 방을 벗어나 친구의 집으로 피신하기로 한다. 따라서 노카르 부인은 마리 양과 휴일을 보낼 것이다. 위령의 날이면 노카르 부인은 어느 때보다도 정성 들여 커피콩을 갈았고, 마블 케이크를 운반할 때에도 떨어지지 않도록 각별한 주의를 기울였다. 오늘 둘의 휴일은 차분한 축제 분위기를 띠고 있다. 두 사람은 말을 많이 하지 않는데, 그나마 오가는 말들에는 음조나 억양은 없지만 풍성한 울림이 있다. 눈물이 이따금씩 반짝이고, 두 사람은 평소보다 빈번하게 서로를 껴안는다.

이윽고 소파에 나란히 앉아 있던 두 사람의 위령의 날 맞이 연중 대화는 그 정점에 이른다.

"그러니까……" 노카르 부인이 말을 이었다. "하느님은 우리 둘에게 아주 비슷한 운명을 주신 거야. 나에게는 멋지고 훌륭한 남편이 있었지만 결혼한 지 2년 만에 저 세상으로 떠나버렸잖아. 사랑을 줄 아이도 낳지 못했는데 말이야. 그때부터 나는 쭉 혼자였지. 사랑하는 사람을 잃는 것과 사랑했던 사람이 아예 없는 것 중 어떤 게 더 나쁜 건지 모르겠구나."

"응, 너도 알다시피 나는 언제나 하느님의 뜻을 따를 뿐이야." 마리 양이 진중하게 말한다. "나는 처음부터 내 운명을 알고 있었어. 꿈속에서 봤지. 스무 살 때 나는 무도회에 가는 꿈을 꿨어. 너도 알겠지만 나는 평생 진짜로 무도회에 가본 적이 없잖아. 짝을 지은 사람들이 음악에 맞춰 무도회장의 밝은 조명 속으로 행진했어. 무도회장은 마치 지붕 바로 아래의 거대한 다락방 같았지. 갑자기, 앞쪽의 짝들이 계단을 내려가기 시작했어. 나는 얼굴이 기억나지 않는 내 파트너와 대열의 맨 끝에 있었지. 위층에는 사람들이 조금 남아 있었는데, 뒤돌아보니 초록색 벨벳 망토와 하얀 깃털이 꽂힌 모자 차림에 칼을 든 '죽음'이 우리를 따라오고 있는 게 아니겠니. 그래서 파트너와 함께 서둘러 계단을 내려가려는데, 보니까 파트너와 사람들이 모두 사라지고 없는 거야. 그 순간 죽음은 내 손을 잡더니 나를 어디론가 끌고 갔어. 그 후 오랫동안 나는 어떤 궁전에서 살게 되었고, 죽음은 나의 남편이 되었지. 죽음은 나를 사랑하여 극진히 대했지만, 나는 그가 너무도 싫었어. 그곳은 굉장히 화려한 물건들로 둘러싸여 있었지. 온통 수정, 황금, 벨벳 같은 것들뿐이었어. 하지만 그 무엇도 나를 기쁘게 하진 못했지. 나는 오로지 세상으로 돌아가고 싶었고, 전령 역할을 하던 또 다른 죽음이 세상의 일들을 내게 알려줬어. 집으로 돌아가고 싶어 하는 나 때문에 마음 아파하는 남편을 보고 나는 미안해지기 시작했어. 그리고 그때 나는 내가 결코 결혼 같은 건 하지 못할 것이며 죽음이 나의 영원한 신랑이 될 것임을 깨달았지. 그러니까, 루이자, 내 인생은 두 번의 죽음으로 인해 타인들의 인생으로부터 격리되어 버린 거야."

그동안 수도 없이 들었던 꿈 이야기였지만 노카르 부

인은 오늘도 눈물을 터뜨렸고, 그 눈물은 향기로운 진통제가 되어 마리 양의 괴로운 영혼을 달랜다.

생각해 보면, 마리 양이 결혼한 적이 없다는 것은 꽤나 의외이다. 그녀는 어린 나이에 부모를 잃고 성 요한 언덕 아래에 위치한 멋진 2층집을 물려받았다. 외모에 매력이 없는 것도 결코 아니었는데, 그 점은 나이 든 지금도 분명했다. 그녀는 여자치고는 키가 큰 편이었다. 푸른 눈은 무척 아름다웠고 얼굴은 좀 넓긴 했지만 보기 좋고 균형도 잘 잡혀 있었다. 다만, 그녀는 어릴 때부터 '뚱보 마리'라는 별명으로 불릴 만큼 좀 뚱뚱한 편이었다. 몸이 큰 탓에 그녀는 주로 앉아서만 지냈고, 다른 아이들과 어울려 놀거나 사교계에 모습을 나타낸 적이 없었다. 날마다 마리안 성벽을 따라 걷는 것이 그녀의 유일한 나들이였다. 하지만 나는 말라스트라나 사람들이 마리 양이 미혼인 이유를 궁금해 할 거라고 생각하지 않는다. 말라스트라나의 사교계는 구성원의 범주를 매우 명확히 구분하였고, 마리 양은 노처녀 범주에 속했다. 따라서 누구도 그녀가 그 이외의 범주에 속했을 가능성에 관해서는 생각조차 하지 않는 것이다. 하지만 여자들이 늘 그러하듯, 웬 여자가 이 문제를 무심코 언급할 때면 마리 양은 조용히 미소를 지으며 "미혼이라도 하느님을 섬기는 데에는 아무 문제없 잖아요?"라고 대답하고는 했다. 사람들은 친구인 노카르 부인에게 마리 양에 관해 물어보기도 했는데, 그럴 때면 그녀는 뾰족한 어깨를 으쓱하며 "마리는 결혼을 원하지 않았어요! 사실 기회는 여러 번 있었죠. 하늘이 알고 땅이 아는 진실이에요. 나도 구혼자들 중 두 사람은 알고 있어 요. 아주 훌륭한 남자들이었죠. 그런데 마리가 청혼을 거 절했지 뭐에요!"

그러나 말라스트라나에 거주하는 내가 목격한 바로 그 두 남자는 정말로 아무짝에도 쓸모없는 건달들이었다! 마 리 양이 마음에 두었던 두 남자는 다름 아니라 상인 치불 카와 조각사 레흐네르였다. 이 두 사람의 이름 뒤에는 항 상 "그 악당 놈들!"이라는 호칭이 뒤따르곤 했다. 그들이 범죄자였다는 뜻은 아니다. 그 정도까지는 아니었다. 하 지만 제멋대로이고 미성숙하고 무분별한 그들에게는 칭 찬할 점이라고는 조금도 없었다. 레흐네르는 항상 수요일 은 되어야 작업을 시작하였고, 그나마도 토요일 아침에는 멈춰버리곤 했다. 그는 손재주가 좋았기 때문에 (적어도 우리 어머니와 동향인 사무원 헤르만 씨는 늘 그렇게 말 했다.) 마음만 먹으면 큰돈을 벌 수도 있었겠지만 일하는 것에 전혀 흥미가 없었다. 치불카의 경우는, 자기 가게보다 와인 저장고에서 더 많은 시간을 보냈다. 그는 항상 늦게 일어났고 가게 계산대에 서 있을 때면 무뚝뚝하고 무례했다. 사람들 말로는 프랑스어도 할 줄 알았다지만, 여하튼 가게 일에는 소홀했고 덕분에 점원은 자기 하고 싶은 대로 일을 했다.

치불카와 레흐네르는 거의 매일 함께 붙어 다녔는데, 어쩌다가 둘 중 한 명의 영혼에 고상한 기운이 깃들라치면 다른 한 명이 그것을 사그라뜨려 버리고는 했다. 만일 당신에게 쾌활하고 재미있는 술친구가 필요하다면, 이들만 한 사람은 없을 것이다. 윤곽이 뚜렷하고 말끔히 면도가 된 레흐네르의 얼굴은 들판을 비추는 햇살처럼 항상 웃음을 띠고 있었다. 긴 밤나무색 머리카락은 머릿기름이 발려 넓은 이마 뒤로 넘겨졌고, 창백하고 얇은 입술에는 영원할 것 같은 조소가 가시질 않았다. 언제나 노란색 (그가 가장 좋아하는 색깔이었다.) 옷차림인 마르고 빳빳한 그의 몸은 어깨를 실룩이며 끊임없이 움직거렸다.

친구인 치불카는 늘 검은색 옷차림이었다. 그는 레흐네르보다 훨씬 침착했지만 그것은 사실 표면적인 침착함에 불과했다. 그는 레흐네르처럼 말랐지만 키가 좀 더 컸다.

작은 두상은 정사각형 이마로 마무리되었고, 반짝거리는 눈은 튀어나온 이마와 짙고 두터운 눈썹으로 가려져 있었다. 전방으로 빗겨진 검은 머리카락은 관자놀이를 뒤덮었고, 벨벳처럼 부드럽고 긴 콧수염이 예리한 모양의 입 위에 드리워져 있었다. 웃을 때면 이빨이 콧수염 아래에서 흰 눈처럼 반짝거렸다. 그의 얼굴은 사나운 느낌을 품고 있었지만 동시에 성격이 좋을 것 같은 인상도 지니고 있었다. 평소 그는 가급적 오랫동안 웃음을 참았다가 한꺼번에 터뜨린 뒤, 다시 침착한 상태로 돌아오고는 했다.

두 친구는 서로에게서 완벽한 이해를 받고 있었지만, 사람들은 그들과 함께 자리하기를 꺼려했다. 둘의 농담은 말라스트라나의 올곧은 주민들이 받아들이기에는 지나치게 저속하고 거칠었다. 사람들은 두 사람을 이해하지 못했고, 그들의 농담을 불경스럽다고까지 생각했다. 치불카와 레흐네르로서도 말라스트라나의 착실한 주민들과 굳이 어울릴 의사는 없었다. 그들은 구시가지의 술집에서 밤을 즐기는 편을 훨씬 선호했다. 둘은 함께 도시를 배회했고, 이틀에 한 번은 저 멀리 프란티셰크까지 가기도 했다. 말라스트라나의 밤거리에 즐거운 웃음소리가 울려 퍼질 때면, 사람들은 치불카와 레흐네르가 드디어 집으로 돌아가고 있음을 알 수 있었다.

두 사람은 마리 양과 나이가 비슷했다. 셋은 모두 성 니콜라스 교구학교 출신이었지만, 졸업 후 두 남자와 마리 양은 서로에게 전혀 관심을 갖지 않았다. 어쩌다 길가에서 마주쳐도 대충 인사만 하고 지나가는 정도였다.

그러던 어느 날 난데없이, 마리 양은 장식체에 가까울 정도로 정성스럽게 손글씨로 쓴 편지 한 통을 받았다. 마리 양이 편지 읽기를 마친 순간, 편지는 그녀의 손을 떠나 바닥으로 툭 떨어졌다. 편지에는 다음과 같이 적혀 있었다.

매우 고귀하신 마리 양께,

다른 사람도 아닌 저로부터 편지를 받게 되어 분명 놀라셨으리라고 생각합니다. 뿐만 아니라, 지금부터 제가 드릴 말씀을 읽으신다면 아마 한층 더 놀라시게 될 것입니다. 마리 양께서도 아시는 바, 저는 여태껏 단 한 번도 마리 양께 다가간 적이 없습니다. 하지만 단도직입적으로 말씀드리겠습니다. 저는 마리 양을 사랑합니다! 오래전부터 사랑했습니다. 저는 이런 심정을 철저하게 고민하고 나서, 당신 없이는 행복해질 수 없다는 결론을 내렸습니다.

마리 양께서는 어쩌면 모욕감을 느끼고 저의 청을 거절하실지도 모르겠습니다. 비열한 혓바닥들이 저를 모함하는 것을 들으시고는 저를 경멸하여 그저 무시하실지도 모르겠습니다. 제가 할 수 있는 것이라고는 단지 성급하게 판단하지 마시고 최종 결정을 내리기 전에 제 청혼을 고려라도 해 주시기를 간곡히 부탁드리는 것뿐입니다. 이렇게 말씀드리고 싶습니다. 저는 마리 양의 행복을 위해서라면 힘닿는 한 뭐든지 해낼 남편이 될 것이라고 말입니다.

신중하게 생각해 주시기를 다시 한 번 부탁드립니다. 오늘부터 정확히 4주 동안 대답을 기다리겠습니다. 부디 저의 무례를 용서해 주십시오!

저의 열정을 당신께 바치며

빌렘 치불카

마리 양은 머리가 핑핑 도는 것 같았다. 서른이 다 되어 가는 그녀에게는 지금 발밑에 떨어져 있는 편지가 태어나서 처음 받는 사랑 고백이었던 것이다. 그것은 진정 최초의 고백이었다. 그녀는 사랑에 관해 생각해 본 적도 없었고, 누가 그녀 앞에서 그런 얘기를 꺼낸 적도 없었다.

빨갛게 타오르는 불꽃이 마리 양의 머릿속을 휘저었다. 관자놀이가 두근두근 뛰었고, 가슴이 열을 내며 들썩였다. 그녀는 똑바로 생각할 수가 없었다. 그러나 붉은 불꽃 속에서 한 사람의 형체가 뚜렷이 나타났다. 바로 울적하고 순한 치불카의 모습이었다.

그녀는 편지를 집어 들고 다시 한 번 읽어 내려갔다. 아, 아름다운 글이야! 이렇게 다정할 수가!

마리 양은 그 편지를 친구에게 보여주지 않을 수가 없었다. 그녀는 얼마 전에 미망인이 된 노카르 부인을 찾아가 아무 말 없이 편지를 건넸다.

"어머, 어머!" 노카르 부인이 가까스로 입을 열었다. 그녀의 얼굴은 확연한 놀라움으로 가득했다. "너 어떻게 할 생각이니?"

"나도 모르겠어, 루이자."

"그래, 아직은 생각할 시간이 있어. 좀 심한 말일 수도 있지만, 너도 알다시피 다른 많은 남자들처럼 이 사람도 돈 보고 청혼한 것일지도 몰라. 하지만 물론 진짜로 너를 사랑하는 것일 수도 있지. 있잖니, 내가 한번 알아봐 줄게."

마리 양은 아무 말도 하지 않았다.

"얘, 치불카는 잘 생겼잖니! 눈동자는 석탄처럼 까맣고, 검은 콧수염에, 게다가 설탕처럼 하얀 이빨…… 정말로 아주 잘생긴 남자야!" 그러면서 노카르 부인은 친구를 다정하게 껴안았다.

마리 양의 얼굴에 홍조가 번졌다.

그리고 일주일 후, 마리 양이 성당에 갔다가 집에 돌아와 보니 또 한 통의 편지가 와 있었다. 그녀는 편지를 읽어 내려갔고 놀라움은 점점 더 커져갔다.

존경하는 마리 양께,

이렇게 편지 드리는 것을 불쾌하게 생각하지 말아 주십시오. 저는 지금 결혼을 하기로 마음을 먹은 상태이며, 집안을 관리해 줄 좋은 살림꾼을 찾고 있습니다. 유감스럽게도 저는 일이 바쁜 탓에 알고 지내는 사람이 거의 없습니다. 제가 계속 생각해 봤는데, 당신이라면 저의 **훌륭한** 아내가 될 수 있을 것이라는 확신이 듭니다. 감히 말씀드리지만 저는 괜찮은 남자입니다. 저와 결혼하시면 절대로 후회할 일은 없을 겁니다. 저는 벌이도 괜찮고 일도 열심히 합니다. 하느님이 도우신다면 우리는 아무 부족한 것 없이 살 수 있을 겁니다. 저는 이제 서른 한 살입니다. 당신은 저를 알고 있고, 저는 당신을 알고 있지요. 저는 당신이 무척 잘 산다는 것도 압니다. 그게 나쁠 것은 없겠지요. 저는 집안 살림을 맡아 줄 사람이 당장 필요한 상태이므로, 2주 안에 답을 주시길 부탁드립니다. 만일 거절하신다면 다른 사람을 찾아봐야 할 테니까요. 저는 낭만적인 몽상가도 아니고 말을 멋지게 하는 재주도 없지만, 사람을 사랑할 줄은 압니다. 앞으로 14일간, 당신께 저를 바칩니다.

경의를 표하며
조각사 얀 레흐네르

"착실하게 썼네. 평범한 남자들처럼 말이야." 그날 오후 노카르 부인이 말했다. "자, 이제 선택을 해야겠구나. 어떻게 할 거니?"

"어떻게 할 거냐고?" 마치 꿈속을 헤매듯 마리 양이 물었다.

"둘 중에 더 마음에 드는 사람이 있니? 솔직히 말해 봐. 누가 더 마음에 드니?"

"빌렘……." 얼굴을 붉히며 마리 양이 속삭였다.

어느새 치불카는 "빌렘"이 되어 있었고, 레흐네르에게는 이미 승산이 없었다. 두 여인은 이런 일에 보다 경험이 많은 노카르 부인이 답장을 작성하면 마리 양이 그것을 필사하기로 결정했다.

그러나 일주일도 지나지 않아 마리 양은 또 한 통의 편지를 들고 노카르 부인을 찾아왔다. 얼굴에 기쁜 빛이 역력했다. 편지에는 다음과 같이 적혀 있었다.

친애하는 마리 양께,

부디 저를 나쁘게 생각하지 말아 주십시오. 아니, 그러셔도 괜찮습니다. 어쩔 수 없죠. 만약 제 소중한 친구 치불카가 당신에게 청혼을 했다는 걸 알았더라면 저는 그렇게 무모한 짓을 하지 않았을 겁니다. 저는 친구의 그런 생각을 전혀 몰랐습니다. 치불카에게는 모든 상황을 얘기했고, 저는 이제 기쁜 마음으로 물러나려고 합니다. 그 친구가 당신을 사랑하니까요. 하지만 부디 저를 비웃지는 말아 주십시오. 그건 예의가 아닙니다. 저는 다른 곳에서 저의 행복을 찾아보렵니다. 일이 유감스럽게 된 것은 사실이지만 그건 별로 중요하지 않아요.

제가 당신에게 경의를 표하며 저를 바쳤다는 사실은 잊어 주십시오.

조각사 얀 레흐네르

"좋아, 일이 저절로 해결됐구나." 노카르 부인이 말했다.

"하느님, 감사합니다!" 마리 양은 집으로 돌아가 홀로 시간을 보냈다. 하지만 오늘은 혼자 있는 시간이 달콤했다. 미래에 관한 상념들이 그녀의 머릿속을 가득 채웠고, 그녀는 그러한 상념들이 너무도 즐거워서 질리지도 않고 끊임없이 되풀이했다. 반복이 거듭될수록 상념들은 점점 생생해지더니 하나의 일관된 형태로 응집되었다. 그것은 바로 온전하고 아름다운 삶의 이미지였다.

그런데, 다음날 노카르 부인이 찾아왔을 때 마리 양은 몸져누워 있었다. 소파에 누운 마리 양은 창백하고 무기력했다. 눈은 계속 울었던 탓에 빨갛게 부어 있었다.

노카르 부인이 차마 무슨 일이냐고 묻지도 못한 채 서 있자, 마리 양은 눈물을 터뜨리더니 말없이 테이블을 가리켰다. 그곳에는 또 다른 편지 한 통이 놓여 있었다.

노카르 부인은 끔찍한 소식임을 직감했다. 아니나 다

를까, 편지의 내용은 심각했다:

너무도 친애하는 마리 양!

그래요, 행복은 저의 손을 떠났습니다! 꿈은 사라졌습니다. 저는 지금 고통으로 핑핑 도는 머리를 한 손으로 꽉 누르고 있습니다. 아, 그럴 수는 없습니다. 저의 유일하고 절친한 친구의 좌절된 희망이 깔린 길을 걸어갈 수는 없습니다! 아, 불행한 친구! 저만큼이나 불행한 친구입니다!

물론 마리 양이 아직 마음을 정하신 것도 아니지만, 이제 다 소용없습니다. 저는 친구 안을 캄캄한 절망 속에 남겨두고 혼자 즐겁고 행복하게 살 수 없습니다. 마리 양이 평생의 행복을 선사하신다고 해도 저는 그걸 받을 수가 없습니다.

저는 마음을 정했습니다. 전부 단념하겠습니다. 한 가지만 부탁드립니다. 부디 저를 조롱거리로서 기억하지 말아 주십시오.

당신만을 바라보는
빌렘 치불카

"이거 정말 재미있는걸!" 노카르 부인이 쉰 목소리로 웃음을 터뜨렸다.

마리 양은 노카르 부인을 근심스럽고 의아한 눈초리로 바라봤다.

"그럼, 그럼." 노카르 부인이 깊은 생각에 잠겨 말했다. "둘 다 인품이 고결한 젊은이들이야. 틀림없어. 하지만 마리, 너는 남자에 관해 나만큼 잘 알지는 못할 거야! 이런 고결한 인품은 오래가지 않는단다. 머지않아 고결함 따위 허공에 날려버리고 자기 생각만 하게 될걸? 그냥 놔두렴, 마리. 둘이 알아서 일을 풀어나가게 말이야. 레흐네르는 현실적인 성격이라고 해도 치불카는, 확실히 치불카는 너에게 푹 빠져 있어. 치불카는 다시 돌아올 거야."

갑자기 마리 양의 눈에는 예전의 꿈꾸는 듯한 빛이 다시 감돌았다. 마리 양은 노카르 부인을 믿었고, 노카르 부인도 자신의 말을 성서 구절인 양 믿었다. 착하고 올바른 영혼을 지닌 두 여인은 조금의 의심도 하지 못했다. 이 편지들이 그저 천박하고 부적절한 장난질일 뿐이라는 생각은 두 사람에게 분명 굴욕감을 안겨줬을 것이다.

"기다려 보렴, 마리. 분명 다시 돌아올 거야." 노카르 부인은 친구를 안심시키며 방을 나갔다.

그래서 마리 양은 예전의 꿈들을 다시금 떠올리면서 기다렸다. 지금의 꿈들에는 사실 이전과 같은 행복감은 없었지만 대신 뭔가 애틋한 기운이 깃들어 있었고, 그래서 오히려 더 소중하게 느껴졌다.

마리 양은 기다렸고, 여러 달이 흘렀다. 그녀는 평소 마리안 성벽을 따라 산책하다가 가끔씩 두 남자를 (그들은 늘 함께 다녔으므로) 마주치고는 했다. 전에는 그 둘을 마주쳐도 전혀 개의치 않았건만, 지금은 그런 마주침이 유별나게 빈번하다고 느껴졌다.

"너를 주시하고 있는 거야. 틀림없어!" 노카르 부인은 친구를 안심시켰다.

처음에 마리 양은 두 사람을 마주치면 눈을 내리깔곤 했지만 점점 대담해지더니 급기야 그들을 똑바로 쳐다보게 되었다. 그럴 때면 두 남자는 마리 양을 향해 굉장히 정중하게 인사를 하고는 멀찍이 떨어져 슬픈 눈으로 땅바닥만 쳐다보고는 했다. 마리 양의 커다란 눈이 던지고 있는 순진한 질문을 그들이 알아채기는 했을까? 분명한 것은 두 사람이 몰래 입술을 깨물고 있었음을 마리 양이 눈치 채지 못했다는 것이다.

1년이 지나갔다. 그동안 노카르 부인은 뜻밖의 소문들

을 듣게 되었고, 머뭇거리며 그 얘기들을 마리 양에게 전했다. 들리는 바로, 그 둘은 방탕한 치들이었고 사람들은 그들을 "아무짝에도 쓸모없는 건달들"이라고 불렀다. 곱게 최후를 맞이할 사람들이 아니었던 것이다.

그런 소식들 하나하나는 마리 양의 영혼을 뒤흔들었다. 내가 원흉일까? 노카르 부인은 어떻게 하는 것이 좋을지 몰랐고, 마리 양도 여성적인 정숙함 때문에 아무런 행동을 취하지 못했다. 마리 양은 죄책감을 느꼈다.

다시 초조한 1년이 지나갔고, 그 사이 레흐네르가 폐결핵으로 숨져 땅에 묻혔다. 마리 양은 마음이 무너졌다. 노카르 부인이 현실적이라고 묘사했던 남자. 그는 나 때문에 애태웠을까?

노카르 부인이 한숨을 쉬며 말했다. "이제 끝났어. 치불카는 잠시 망설이겠지만 곧 네게 올 거야." 노카르 부인은 떨고 있는 마리 양의 이마에 키스를 했다.

치불카의 망설임은 오래가지 않았다. 넉 달 후 그도 코시르제 공동묘지에 묻히게 된 것이다. 사인은 폐렴이었다.

그리고 올해로 두 남자가 죽은 지 16년이 지났다.

*

　마리 양은 어느 무덤에 먼저 들를지 절대로 스스로 결정하고 싶지 않았다. 그 결정은 순진한 다섯 살배기 아이에게 맡겨졌고, 마리 양은 아이가 아장아장 걸어가는 쪽에 첫 번째 화환을 올리곤 했다.

　치불카의 무덤과 레흐네르의 무덤 외에도 마리 양이 구입한 무덤이 하나 더 있다. 사람들은 그녀가 자기와 상관없는 이들의 무덤을 사들이는 데 광적인 취미가 있다고 생각하게 되었다. 세 번째 무덤에 누워 있는 것은 바로 막달레나 퇴퍼 부인이다. 산파였던 퇴퍼 부인은 수많은 이야기들을 몰고 다녔다. 상인인 벨시 씨가 땅에 묻히던 날, 퇴퍼 부인은 양초 제작사 히르트 씨의 부인이 근처의 다른 무덤을 밟고 서 있는 것을 보고는, 그녀가 사산아를 낳게 될 것이라고 말했다. 그리고 그 예언은 적중했다. 또 다른 일화는 퇴퍼 부인이 이웃의 장갑 제작사의 아내를 찾아갔을 때였다. 장갑 제작사의 아내는 당근을 문질러 씻고 있었고, 그것을 본 퇴퍼 부인은 그녀가 주근깨 많은 아이를 낳을 것이라고 예언했다. 그리고 실제로 꼬마 마리나의 머리카락은 벽돌처럼 붉고 얼굴은 못 봐줄 정도로 주근깨투성이다. 아무리 산파라도 그렇지 어떻게······.

여하튼 아까 지적했듯이, 퇴퍼 부인은 마리 양과는 아무 관계가 없다. 한편, 퇴퍼 부인의 무덤은 치불카와 레흐네르의 무덤 사이 중간쯤에 위치하고 있다. 나는 독자들의 지적 능력을 믿어 의심치 않기 때문에, 마리 양이 왜 퇴퍼 부인의 무덤을 구입했으며 그녀 자신이 죽어서 어디에 묻히려고 하는지에 관한 내 의견을 굳이 말하지 않기로 하겠다.

(1876)

보렐 씨가
해포석 파이프를 길들인 사연
Jak si nakouřil pan Vorel pěnovku

    18XX년 2월 16일, 보렐 씨는 '초록 천사'라는 이름의 건물에 곡물과 밀가루를 파는 가게를 열었다. "얘, 폴디야, 있잖니." 우리 집 위층에 사는 대위의 아내가 그녀의 딸에게 말했다. 딸은 장을 보러 가기 위해 막 집밖으로 나서려는 참이었다. "근처에 새로 생긴 가게에서 굵은 밀가루를 좀 사오렴. 맛이 어떤지 한번 보자꾸나."

    독자들께서는 곡물과 밀가루를 파는 가게가 새로 생긴 것이 뭐 그리 대수냐고 생각하실지 모르겠지만, 그것은 경솔한 말씀이다. 나는 그런 독자들께는 "참 딱하시네!"라고 말씀드리든지, 아니면 말없이 그저 어깨나 으쓱해 드릴 수밖에 없겠다. 당시 상황을 말씀드리자면, 프라하에 살다가 지방으로 떠난 사람이 20년 만에 다시 프라하로 돌아온다고 해도 스트라호프 문을 통과하여 스포렌 거리로 들어서면 옛날과 조금도 다름없는 길모퉁이의 상점, 변함없는 간판의 빵집, 똑같은 잡화점 주인을 발견하게 되는 시절이었다. 모든 것들에 고유한 자리가 정해져 있던 시절이었다. 그래서 이를테면, 잡화점이 있던 공간에 난데없이 밀가루 가게를 여는 것은 생각조차 할 수 없이 터무니없는 일이었던 것이다. 가게들은 아버지에게서 아들로 대대손손 이어지는 게 보통이었다. 행여 가게가 프라하 또는 타지방 출신의 외부인의 손에 들어가더라도 그가 기존의 질서에 순응하여 새로운 무언가로 혼란을 일으키지 않는 한, 동네 토박이들은 그를 그럭저럭 참아 주고는 했다. 하지만 보렐 씨는 생면부지의 외부인이었을 뿐 아니라, 가게 따위는 전혀 없었던 초록 천사 건물에 가게를 연 것이다. 그것도 모자라, 보렐 씨는 원래 주거용이었던 1층 가게의 길가 쪽 벽을 허물어 버리기까지 했다! 벽에는 아치 모양의 창문이 달려 있었는데, 그곳은 스탄코바 부인이 아침부터 저녁까지 창가에 앉아 차양이 달린 초록색 모자를 쓰고 기도서를 읽던 곳이었다. 지나가는 사람들은 언제나 그녀의 모습을 볼 수 있었다. 석 달 전,

그 나이든 미망인은 코시르제 공동묘지에 묻혔고, 대신 저 아무짝에도 쓸모없는 가게가 들어서게 된 것이다! 스포렌 거리의 밀가루 가게는 멀리 반대편 끄트머리에 있는 것 하나면 족했고, 새로운 밀가루 가게 따위는 필요 없었다. 당시만 해도 사람들은 금전적 여유가 있었던 터라 제분업자로부터 직접 대량으로 밀가루를 사들였다. 아마도 보렐 씨는 "한번 도전해 보는 거야!"라는 마음이었을 것이다. 아마도 그는 자기가 건강한 뺨, 황홀한 푸른 눈, 소녀처럼 날씬한 몸매를 지닌 잘생긴 젊은 독신 남성이라는 생각에 자신만만했는지도 모르겠다. 그래 봤자 하녀들이나 유혹할 수 있었겠지. 물론 모르는 일이지만 말이다.

  보렐 씨는 석 달 전 지방의 어딘가에서 스포렌 거리로 이사를 왔다. 우리에게 알려진 것은 그가 제분업자의 아들이라는 사실 뿐이었다. 보렐 씨는 사람들에게 자신에 관해 기꺼이 알려 주고 싶었을지도 모르지만, 아무도 그에게 물어보지 않았다. 자존심이 센 말라스트라나 토박이들에게 보렐 씨는 그저 밖에서 굴러 들어온 인간일 뿐이었다. 저녁마다 보렐 씨는 '노란집'이라는 이름의 선술집 난로 옆 자리에 혼자 앉아 맥주를 마셨다. 사람들은 그와 안면을 트지 않았다. 보렐 씨가 인사를 하면 고작해야 고개를 까딱이는 정도였다. 선술집에 들어왔을 때 보렐 씨가 앉아 있는 것을 보면, 사람들은 마치 생전 처음 보는 사람인 양 그를 쳐다봤다. 반대로, 보렐 씨가 그들보다 뒤늦게 선술집으로 들어올 때면 그때까지 오가던 대화들이 곧바로 잦아들고는 했다. 어제도 사람들은 보렐 씨를 아는 체 하지 않았다. 어제는 우체국 직원 야르마르카 씨의 은혼식을 기념하는 큰 잔치가 열린 날이었다. 사실 야르마르카 씨는 아직 총각이었고, 2월 18일은 그가 결혼할 뻔한 지 25년이 되는 날이었다. 신붓감이 결혼식 바로 전날 사망하자, 야르마르카 씨는 그 후 결혼할 생각을 하지 않게 되었다. 그는 세상을 떠난 신부에 대한 신의를 지켰고, 은혼식을 퍽이나 진지하게 거행했다. 마음씨 좋은 하객들은 이 은혼식을 조금도 이상하게 여기지 않았다. 평상시와 똑같은 술자리가 끝나자 야르마르카 씨는 맛 좋은 멜니크 와인 세 병을 내놓았고, 사람들은 진심으로 그를 위해 건배했다. 선술집에는 와인 잔이 두 개밖에 없었기에 사람들은 잔을 돌려 와인을 마셨지만, 보렐 씨에게는 두 잔 중 어느 것도 돌아가지 않았다. 그날 보렐 씨는 사람들과 어울리는 데 이용할 요량으로 새로 산 은도금 해포석 파이프를 들고 왔다.

여하튼 2월 16일 아침 여섯 시, 보렐 씨는 초록 천사 건물에 그의 가게를 열었다. 모든 준비는 그 전날 다 잘 마무리됐고, 가게는 말끔히 정돈되어 있었다. 서랍과 자루들 안의 밀가루는 금방 회칠한 벽보다 더 하얗게 빛났고, 완두콩의 노란 빛깔은 주위를 둘러싼 연장과 비품들에 칠해진 페인트 색깔보다 더 밝았다. 지나가던 이웃사람들이 가게 안을 슬쩍 들여다보았고, 몇 걸음 뒤로 물러나 찬찬히 구경하다 가는 사람들도 한두 명 있었다. 하지만 아무도 가게 안으로 들어오지는 않았다.

"곧 손님이 올 거야." 일곱 시에 보렐 씨가 말했다. 그는 흰색 바지와 제분업자들이 입는 짧은 회색 외투를 입고 있었다.

"첫 손님만 오면 만사가 해결될 거야." 여덟 시, 보렐 씨는 새로 산 해포석 파이프에 불을 댕기며 말했다.

아홉 시. 보렐 씨가 문가로 가서 첫 손님이 언제 올까 초조하게 밖을 내다보고 있노라니, 대위의 딸인 폴딘카 양이 이쪽을 향해 길을 올라오는 것이 보였다. 스무 살이 조금 넘은 폴딘카 양은 키와 체구가 작고 통통했지만, 엉덩이와 어깨가 튼튼했다. 소문에 의하면 폴딘카 양은 결혼할 뻔한 적이 네 번 정도 있었다고 한다. 그녀의 창백한 눈에는 너무 장기간을 미혼으로 지낸 여자들의 눈에서 볼 수 있는 무심함, 또는 피로감이 서려 있었다. 폴딘카 양은 걸을 때 약간 아장아장 걸었고, 더욱 별난 것은, 일정한 간격마다 넘어질 듯한 동작을 취하다가 마치 치맛자락을 밟아서 그랬다는 듯 그것을 붙들고는 했다. 내게 폴딘카 양의 걸음걸이는 긴 서사시 한 편이 음보가 똑같은 몇 개의 연들로 쪼개지는 모습처럼 느껴졌다. 밀가루 가게 주인 보렐 씨의 시선이 폴딘카 양을 향했다.

폴딘카 양은 팔에 바구니를 건 채 미심쩍은 눈으로 가게를 들여다보다가, 계단에서 비틀거리는 듯싶더니 어느새 출입구로 다가섰다. 그녀는 가게 안으로 완전히 들어가지 않고 재빨리 손수건을 꺼내 코를 막았다. 보렐 씨가 꽤 장시간 동안 파이프로 연기를 뿜어댄 탓에 가게 안은 온통 담배 냄새로 가득했다.

"아가씨의 손에 제 미천한 입맞춤을 바칩니다. 제가 어떻게 도와드릴까요?" 보렐 씨는 공손하게 물으며, 두 걸음 물러나 파이프를 카운터 위에 올려놓았다.

"굵은 밀가루 두 되 주세요." 폴딘카 양이 주문을 하고 길거리를 향해 몸을 반쯤 돌렸다.

보렐 씨는 작업을 시작했다. 그는 주문받은 두 되를 계량하고 덤으로 반 되를 더 보태어 종이봉투에 담았다. 그는 뭔가 말을 해야겠다는 생각이 들었다. "만족하셨는지 모르겠군요, 아가씨." 보렐 씨는 더듬거리며 말했다. "여기 있습니다."

"얼마에요?" 숨을 참으며 말하던 폴딘카 양이 결국 손수건에다 기침을 했다.

"4크로이처입니다. 감사합니다. 다시 한 번 손에 입을 맞추겠습니다. 이렇게 아름다운 아가씨가 첫 손님이라니, 좋은 징조로군요!"

폴딘카 양은 보렐 씨를 노려봤다. '어떻게 감히! 외부인 주제에! 운 좋으면 비누 가게 딸인 빨간머리 아누셰 정도나 꼬실 수 있을 작자가 어딜 넘봐.' 그녀는 아무 대답도 하지 않고 가게를 나섰다.

보렐 씨는 양손을 비볐다. 그는 길거리를 내다보았고, 구걸을 하는 보이티셰크 씨에게 시선을 던졌다. 잠시 후, 보이티셰크 씨가 가게 문턱으로 다가와 그의 푸른색 모자를 내밀었다.

"여기 1크로이처에요." 보렐 씨가 인심 좋게 돈을 주었다. "수요일마다 들러요." 보이티셰크 씨는 고맙다는 뜻으로 웃음을 짓고는 자리를 떴다. 보렐 씨는 다시 손을 비

벼대며 생각했다. '그냥 쳐다만 봤는데 사람들이 가게 안으로 막 들어오는구나. 이거, 장사가 잘되겠어!'

하지만 같은 시간, 폴딘카 양은 '깊은 지하실'이라는 이름의 집에서 평의원 크도예크 씨의 부인에게 다음과 같이 말하고 있었다. "가게 안에서 파이프 담배를 어찌나 피워대던지, 꼭 무슨 고기 훈제소 같지 뭐예요." 그리고 그녀는 저녁식사 때 보리 수프를 만들어 한 입 먹더니 "담배 연기 냄새가 나잖아"라고 딱 잘라 말하며 스푼을 내려놓았다.

늦은 저녁 무렵, 온 동네 사람들은 보렐 씨 가게의 물건에서 온통 담배 냄새가 난다고 떠들어댔다. 밀가루도, 보리도, 모두 담배 연기에 찌들어 있다는 것이다. 그때부터 보렐 씨에게는 "담배 밀가루" 가게 주인이라는 별명이 붙여졌다. 그는 이제 끝장이었다.

정작 보렐 씨는 아무것도 눈치 채지 못했다. 첫날은 원래 손님이 많지 않은 법이야. 하지만 이틀이 지나고, 사흘이 지나면 좀 나아져야 하는 법. 한 주가 다 가도록 그가 번 돈은 2 길더도 되지 않았다. 하지만 나아질 거야…….

그러나 다음 주에도 사정은 변함이 없었다. 동네 사람들은 한 명도 오지 않았고, 오로지 지방에서 온 뜨내기가 어쩌다가 들를 뿐이었다. 정기적으로 가게를 방문하는 사람은 보이티셰크 씨가 전부였고, 보렐 씨의 유일한 낙은 그의 해포석 파이프였다. 보렐 씨의 기분이 언짢을수록, 그의 입술에서는 담배 연기가 대량으로 뿜어져 나왔다. 그의 뺨은 시들해졌고 이마에는 주름이 잡혔지만, 그의 해포석 파이프는 날이 갈수록 불그스름해지며 아주 풍부한 빛을 발산하였다. 스포렌 거리의 경찰들은 가게 안에서 쉴 새 없이 담배를 피워대는 보렐 씨를 적대적인 시선으로 유심히 바라보았다. 그들은 보렐 씨가 파이프를 입에 문 채 가게 문턱을 넘어 길거리로 나오기를 눈에 불을 켜고 기다리는 듯했다. 특히, 체구가 작은 노바크 씨는 보렐 씨의 입에 물린 파이프를 쳐서 떨어뜨릴 기회를 무척이나 고대하고 있었다. 말라스트라나 사람들은 모두 본능적으로 이 외부인을 싫어했다. 그러나 보렐 씨는 변함없이 가게 계산대 뒤에서 꼼짝도 않고 시무룩하게 앉아 있기만 했다.

가게는 활력을 잃고 시들어갔고, 다섯 달 후 수상쩍은 사람들이 보렐 씨를 찾아왔다. 바로 유대인들이었다. 그들이 찾아올 때면 보렐 씨는 가게의 유리문을 닫았고, 동네 사람들은 그가 곧 파산할 것이라고 수군댔다. "유대인이랑 거래할 지경이 됐다는 건 말이지, 곧······."

성 하벨의 날 무렵, 보렐 씨가 퇴거당할 것이고 집주인은 가게를 다시 주거용으로 바꿀 것이라는 소문이 퍼졌다. 마침내 퇴거 하루 전 가게는 영원히 문을 닫았다.

하지만 다음날, 보렐 씨의 가게 앞은 아침 아홉 시부터 저녁까지 사람들로 붐볐다. 들리는 바로는, 보렐 씨의 모습이 아무데서도 보이지 않아 집주인이 가게 문을 억지로 열었더니 나무 의자 하나가 밖으로 떨어져 나왔고, 불운의 밀가루 장수는 밧줄에 목을 매단 채였다고 한다.

열 시경 담당 경찰관들이 가게로 들어왔고, 말라스트라나의 경찰서장인 우묄 씨의 도움을 받아 시신을 끌어내렸다. 우묄 씨는 죽은 남자의 주머니에 손을 집어넣고 파이프를 꺼냈다. 그는 불빛 속에서 파이프를 들어 살펴보더니 다음과 같이 평했다. "이거 좀 보게나! 이렇게 길이 잘든 파이프는 처음 보는군!"

(1876)

한밤의 이야기
Večerní šplechty

아름답고 따스한 유월의 밤. 별은 거의 보이지 않고 달이 즐겁게 빛나고 있다. 대기에는 은빛이 그득했다.

허나 달은 오스트루호바 거리의 지붕들, 그중에서도 특히 이웃하고 있는 '두 개의 태양' (지금은 네루도바 거리라고 불리는 오스트루호바 거리의 주택들은 숫자로 주소를 쓰기 전 번지수 대신 그림이나 조각을 넣은 문패를 달아 놓은 것으로 유명하다. 주택의 이름들은 대개 문패의 그림에서 유래한다. '두 개의 태양'은 얀 네루다가 살았던 집으로 두 개의 태양이 그려진 문패와 이름은 두 개의 박공지붕이 나란히 ▲▲ 모양으로 붙어 있는 외관 때문에 유래한 것으로 보인다.)과 '깊은 지하실' 두 집의 지붕 위에서 가장 즐겁게 빛난다. 지붕에서 지붕으로 쉽게 건너다닐 수 있는, 구석진 곳과 홈통이 많은 기묘한 지붕들이다. '두 개의 태양' 쪽 지붕이 특히 더 눈에 띄는 모양인데, 흔히 박공지붕이라고 부르는 것으로 한 쌍의 박공이 한쪽은 거리를 향하고 반대쪽은 안마당을 향해 있다. 쌍으로 솟아 있는 이 집 지붕의 골짜기 부분에는 폭이 넓은 홈통이 지나가는데, 그것은 두개의 지붕다락을 연결하는 횡단통로 때문에 중간에서 잘라져있다. 물론 이 횡단통로 위에도 작은 지붕을 얹었는데 다른 지붕과 마찬가지로 가운데가 오목한 기왓장을 깔아 촘촘한 줄들을 만들고 있다. 다락을 연결하는 통로에는 두 개의 커다란 지붕창이 나 있고 넓은 중앙 홈통은 잘 빗은 프라하 멋쟁이의 머리 가르마처럼 이 집을 양분하고 있다.

갑자기 한쪽 지붕창에서 쥐가 찍찍거리는 소리가 들렸다.

그리고 또 한 번.

동시에 안마당 쪽 지붕창에 남자의 머리와 가슴이 나타나더니, 조용히 다리로 창문을 넘어 홈통 안에 내려섰다. 마르고 가무잡잡한 얼굴과 검은 곱슬머리, 윗입술 아래로 짙은 그림자를 드리운 20대 청년이다. 그는 터키모자를 쓰고 한 손에 길쭉한 검정색 사기곰방대를 들고 있다. 회색 코트와 회색 조끼에 회색 바지. 신사숙녀 여러

분, 철학과 학생인 얀 호보라를 소개한다.

"찍찍 소리를 내봤지만 우리의 비밀기지는 텅 비어있군." 천천히 굴뚝으로 다가가며 호보라가 중얼거렸다. 굴뚝에는 조그만 종이가 하나 붙어있었다. 호보라는 손을 눈 위에 대고 유심히 살펴보았다.

"누가 여기 왔었군. 누가 내 것을…… 아니, 잠깐, 이건 내 종이가 맞는데. 하지만……." 그는 더 자세히 종이를 들여다보다가 손바닥으로 자기 이마를 때렸다. "태양이 내 시詩를 다 빨아 마셔 버렸군! 이건 페퇴피(산도르 페퇴피 (1823~1849)는 헝가리의 민족시인으로 헝가리 독립전쟁에 참가했다가 26세라는 젊은 나이에 전사하였다.)의 시에 생긴 일과 똑같은 일이야. 불쌍한 쿠프카, 영명축일(가톨릭 신자들이 자신의 세례명을 따온 성인이나 복자들의 축일을 기념하는 날이다. 가톨릭 문화권에서 생일과 비슷한 의미가 있다.) 전야에 축하도 못 받게 생겼군. 성 안토니(성 안토니오의 축일은 6월 13일이다. 따라서 이 이야기의 배경이 6월 12일 밤이고 쿠프카의 이름은 안토니오 성인의 이름을 땄다는 사실을 알 수 있다.)한테서 직접 영감을 받은 꽤 좋은 아이디어였는데 말이야!" 호보라는 종이를 떼어내 꼬깃꼬깃 구긴 다음 지붕 너머로 던져버렸다.

그러고 나서 그는 자리를 잡고 앉아 곰방대에 담배를

채우고 불을 붙였다. 그리고 발을 홈통에 대고 따스한 기왓장 위에 몸을 펴고 누웠다.

어딘가에서 또 찍찍 소리가 들렸다. 호보라는 고개도 돌리지 않고 비슷한 소리를 내어 거기에 화답했다. 몸집이 더 작은 또 한 사람의 젊은 청년이 홈통 위로 폴짝 뛰어내렸다. 창백한 얼굴의 금발머리 청년으로, 1848년 당시 공대생들이 즐겨 쓰던 타입의 파란색 모자를 쓰고 밝은 색상의 윗도리와 캔버스 바지를 입고 있었다. 입에는 불붙인 담배를 삐죽하게 물고 있다.

"안녕, 호보라."

"안녕, 쿠프카."

"뭐하고 있어?" 호보라의 옆에 천천히 몸을 뻗고 누우면서 미래의 공학기사인 쿠프카가 물었다.

"내가 뭘 하냐고? 이봐, 나는 저녁으로 감자와 보리를 먹고 아프기를 기다리고 있어. 넌 저녁에 뭘 먹었어?"

"나는 하나님처럼 저녁을 먹었지."

"하나님은 저녁으로 뭘 드시는데?"

"아무것도 안 드시지."

"흠, 왜 그렇게 꼼지락대는 거야?"

"구두를 벗으려고. 우리들의 이 살롱에 적어도 구두주

걱 같은 조그만 편의용품 정도는 구비해 놓아야 한다고 생각하지 않아?"

"구두주걱은 편의용품이 아니야. 수족 같은 물건이지." 호보라가 쿠프카 쪽으로 게으르게 고개를 돌리며 말했다. "그런데 네가 피우고 있는 담배는 대체 뭐야? 담배가 싸구려인거야, 네가 싸구려인거야?"

"너도 알다시피, 난 우리 살롱의 아름다운 천정을 정말 좋아해!" 쿠프카가 말했다.

"그건 싸구려야."

"집이 클수록 방세는 싼 법이지. 하나님께서는 가장 큰 집을 갖고 계셔서 방세 따위는 전혀 받지 않으시니까."

"내일이 영명축일이라 그런지 신심이 많이 깊어진 것 같은 걸."

"지붕이여, 오 지붕이여! 그대는 나의 진정한 사랑!" 쿠프카가 담배를 펜싱 칼처럼 휘두르며 읊조렸다. "굴뚝청소부들의 미래가 그렇게 어둡지만 않다면 그들을 정말 부러워했을 텐데 말이야."

두 사람의 대화는 조금 소리를 낮춘 목소리로 물처럼 흘러갔다. 이상한 일이지만 사람들은 산꼭대기나 깊은 숲 속처럼 한적한 장소에서 가면 절로 목소리를 낮추게 되는 것이다.

"정말 즐거운 밤이야." 쿠프카가 말을 이었다. "저 고요함에 귀를 기울여 봐. 강둑 소리가 꼭 시처럼 들리지 않아? 페트르진 언덕의 밤꾀꼬리 소리하며! 너, 듣고 있어?"

"그래, 사흘 뒤 성 비트 축일(6월 15일)이 지나면 밤꾀꼬리 노래 소리도 이제 가라앉을 거야. 정말 모든 게 아름답군! 이 세상 무엇을 준다 해도 절대로 구시가지에서 살진 않을 거야."

"정말 거기선 사방 몇 마일 내로 새 한 마리 볼 수 없지. 가끔 집에 구운 거위 다리를 가져가는 사람이라도 없으면 그 동네 사람들은 새가 어떻게 생겼는지도 모를 걸."

"너희 둘뿐이로구나." 한쪽 지붕창에서 낭랑한 바리톤 목소리가 말했다.

"노봄린스키 형, 잘 왔어!" 쿠프카와 호보라가 동시에 외쳤다.

서른이 넘은 노봄린스키는 무릎과 팔꿈치로, 말 그대로 엉금엉금 기어서 홈통으로 왔다.

"젠장!" 천천히 일어서면서 노봄린스키가 말했다. "이런 짓은 영 적성에 맞지 않아서 말이야." 노봄린스키는 보통보다 큰 키에 약간 통통한 편이었다. 가무잡잡한 얼굴은 넓적하고 둥글었으며 웃음기 서린 파란 눈에 커다란 콧수염을 기르고 있었다. 그도 터키모자를 쓰고 있었는데 검은 코트와 밝은 색 바지를 입고 있었다.

"이렇게 좋은 모직 코트를 입고서 너희처럼 기왓장 위에 누울 수는 없지. 하지만 너희들은 맘대로 굴러다니도록 해."

쿠프카와 호보라는 이미 일어나 앉아 있었다. 방금까지 그들이 보이던 약간 꾸민 것 같은 평온함은 자연스러운 미소에 자리를 내주었다. 두 사람은 애정이 담긴 눈길로 노봄린스키를 쳐다보았다. 연장자인 그가 이 패의 우두머리 역할을 하는 것이 분명했다. 노봄린스키는 두 사람이 앉아 있는 지붕의 맞은편에 앉아 담배에 불을 붙였다.

"그래서 너희 소년들은 오늘 밤 뭘 하고 있는 건가?"

"말라스트라나를 찬양하고 있었어." 호보라가 대답했다.

"달을 바라보고 있었지." 쿠프카가 말했다. "살아 있는 심장을 가진 저 죽은 인간을."

"요즘은 개나 소나 자기들이 그냥 달이나 바라보며 살 수 있을 거라고 생각하는군." 노봄린스키가 짓궂게 웃으며 말했다. "너희들은 사무실에서 숫자 계산이나 하면서 살 수밖에 없어. 그때 너희가 얼마나 달을 많이 볼 수 있을지 어디 한 번 두고 보겠어!' 잘 울리는 그의 목소리는 낮추거나 누른 기색이 전혀 없었다. 그는 산꼭대기나 깊은 숲 속처럼 한적한 곳에서도 평소처럼 낭랑한 목소리로 말할 것이다. "그래서 어떻게 되고 있는 거야? 이봐. 재클에 대한 이야기가 사실이야? 그 녀석 어제 치사르스케호 믈리나('황제의 제분소'라는 뜻으로 신성로마제국 황제 루돌프 2세가 16세기에 세운 건물이다. 지금은 없지만 19세기에는 큰 저수지가 있었다.)에서 물에 빠져 죽을 뻔했다는 게." 노봄린스키가 폭소를 터뜨렸다.

"그 녀석," 호보라가 웃으며 고개를 끄덕였다. "진짜 맥주병이었어. 바로 내 옆에 있다가 미끄러져서 발을 헛디뎠지. 있는 대로 투덜대면서 물을 튀겨댔어. 끔찍했지. 쿠프카와 내가 그 친구를 끌어냈어. 그랬지, 쿠프카? 그리고 내가 그 녀석에게 물에 빠지면서 무슨 생각을 했느냐고 물으니까 그냥 웃음만 나왔다고 말하더군. 그게 투덜거린 내용이었지."

세 사람 모두 큰 소리로 웃었다. 노봄린스키의 웃음소리는 종처럼 울렸다.

"그리고 그 교수의 집에서 난 시끄러운 소리는 대체 뭐야? 호보라, 네가 그쪽에서 오지 않았어?"

"사실 꽤 재미있는 일이 벌어졌어." 호보라가 입을 오므렸다. "교수의 부인이 책상 속에 숨겨놓은 편지를 우연히 발견했어. 정열과 열정이 넘치는 연애편지였는데. 그 편지는 부인이 이십 년 전에 썼던 것으로 밝혀졌는데, 뜯어보지도 않은 상태였다더군! 그 부인이 얼마나 화를 냈을지 상상이 가?"

"한 편의 짧은 희극이었군." 노봄린스키가 웃었다. 그는 다리를 뻗으며 쿠프카에게 뭔가 말을 걸었다. 그 사이 쿠프카는 지붕 끝으로 가서 몸을 굽히고 안마당 쪽을 내려다보고 있었다. 그는 이제 다시 원래 있던 자리로 돌아와 자신이 행한 짧은 여행의 결과에 만족한 것처럼 보였다. "쿠프카, 늘 어디를 그렇게 보는 거야? 대체 뭘 보고 오는 거냐고? 그러다 언젠가 굴러 떨어지고 말거야!"

"내가 뭘 봤냐고? 저쪽에 사는 제본업자를 보고 왔지. 그 양반은 지난 20년 동안 매일 밤 이 시간이 되면 얀 후스(14세기 말과 15세기 초에 활동한 체코의 종교개혁가로 고위 성직자들의 세속화를 비판하는 한편 보헤미아(체코의 옛 이름)에 대한 신성로마제국의 독일화 정책에 저항하다 1415년 화형당했다. 이후 체코 민족주의 운동의 상징과도 같은 인물이 되었다.)의 전기를 읽다가 울음을 터트리곤 해. 난 그 사람이 지금 우는지 안 우는지 확인하고 싶었을 뿐이야. 헌데 아직 안 울더군."

"바보 같은 일이야. 제본업자 같은 거 말고 다른 중요한 걸 좀 보고 다니라고, 소년들." 노봄린스키가 손가락을 꺾으며 말했다. "너희들 길 건너 옹기장이네 집에 새로 들어온 유모를 보았어? 정말 예쁘지 않아? 하지만 그 처자, 오래 버티지 못할 거야."

"노봄린스키 형은 꼭 훌륭한 안주인 같단 말이야." 호보라가 정색을 하면서 말했다. "젊은 여자들 때문에 항상 골치아파하거든."

"노봄린스키 형이 골치 아픈 건 잠을 충분히 못 자기 때문이야. 새벽 다섯 시에 일어나 거리에 나가니까 말이지. 제일 예쁜 처녀들은 양동이 든 모습을 보이기 싫어서 아침 일찍 물을 길러 다니거든."

"아, 모르면 가만이나 있어. 난 본래 잠이 별로 없단 말이야. 내가 일찍 일어나는 건 그 때문이야. 게다가……." 여기서 노봄린스키는 천천히 기왓장에다가 담배를 톡톡 턴 다음 즐겁게 이야기를 시작했다. "아, 좋았던 옛 시절이여! 난 정말 굉장한 멋쟁이였지. 1년에 장갑을 여덟 켤레 씩이나 끼다 버리곤 했는걸. 맞아. 불행하게도 나한테 여자가 많이 따랐던 건 사실이야. 하지만 잘 생겨서 그런 걸 욕할 순 없잖아? 너희 애송이들이 봤으면 좋았을 텐데. 젊은 처자들을 꼬시고 다니던 시절에 이 몸은 너희들이 쳐다보기도 힘든 존재였지. 그런데 다른 얘기를 좀 하자구." 노봄린스키가 재빨리 화제를 바꾸었다. "오늘 밤은 누가 이야깃거리를 생각해 올 차례지?"

"재클 차례야."

"그럼 오지 않을 거야." 노봄린스키가 자신 있게 말했다. "우린 저녁에 클럽을 열어서 매일 밤 돌아가면서 다른 사람들을 즐겁게 해주기로 했지. 근데 순서가 된 사람이 나타나지 않았으니." 그 순간 노봄린스키의 시선이 건너편 지붕 꼭대기에 가 닿았다. "물귀신이다!" 노봄린스키가 짐짓 겁먹은 목소리로 외쳤다.

쿠프카와 호보라가 재빨리 고개를 돌렸다.

지붕 꼭대기에 세 번째 터키모자가 나타나더니 뒤이어 활짝 웃는 재클의 혈색 좋은 얼굴이 나타났다.

"빨리 이리 와!" 지붕 위에 있는 동료들이 그에게 소리쳤다.

재클은 지붕 위로 천천히 올라왔다. 먼저 어깨가 나타났고 다음에는 가슴이, 그리고 배가 나타났다.

"소년들, 재클에게는 끝이 없어." 노봄린스키가 말했다. "그는 계속해서 나올 수 있거든."

그때 오른쪽 다리가 올라오더니, 그 다음에 왼쪽 다리가 올라왔다. 그리고는 갑자기 쭉 미끄러져서 친구들이 발을 대고 있는 홈통으로 쿵 소리를 내며 떨어져 내렸다. 그들은 큰 소리로 웃음을 터뜨렸다. 마치 지붕 전체가 웃는 것 같았다. 심지어 머리 위의 달도 웃는 것 같았다.

가장 크게 웃은 건 재클 본인이었다. 그는 배를 깔고 엎드린 채 발로 홈통을 차대며 웃고 있었다. 몇 차례 친구들이 발로 차고 찌르고 나서야 재클은 간신히 제정신으로 돌아왔다. 육척이나 되는 장신을 천천히 일으켜 확실치는 않지만 노란색 계열 같아 보이는 여름 양복을 툭툭 털기 시작했다. "실밥하나 뜯어 지지 않았군." 재클이 만족한 듯이 말하고는 노봄린스키 옆에 자리를 잡고 앉았다.

"좋아, 오늘 밤의 즐거움을 위해 뭐 생각해 온 게 있나?"

재클은 무릎 사이에 손을 끼운 채 잠시 몸을 흔들거리다가 느긋한 태도로 말을 시작했다. "글쎄, 나는 우리들이 각자 자기 생애에서 최초로 기억나는 일을 이야기해 보는 게 어떨까 싶은데."

"난 저 녀석이 바보 같은 생각을 해올 줄 진작 알고 있었어!" 노봄린스키가 참견해 들어왔다. "정말 대단하군. 이런 녀석이 법학 학위를 딴 데다 곧 박사학위까지 받게 될 거라니……."

"글쎄, 형도 세상에서 제일 똑똑한 사람은 아니잖아." 재클이 냉정하게 대꾸했다.

"나 말이야? 다시 한 번 말해 봐! 나로 말씀할 것 같으면 우리 어머니 심장 밑에 열여섯 달 동안이나 들어 있었고, 태어나는 순간부터 말을 할 줄 알았어. 24년이나 라틴어를 공부했고, 내가 하는 말 한마디마다 우리 아버지께 20크로이처씩 벌어드리고 있단 말이야."

"뭐, 그렇게 멍청한 생각은 아닌 것 같은데." 호보라가 곰방대를 두드리며 말했다. "한번 해 보자고! 재클, 넌 벌써 네 생애 최초의 기억이 뭔지 생각해 놨겠지? 안 그래?"

"물론이지." 조용히 몸을 앞뒤로 흔들면서 재클이 말했다. "난 채 두 살도 안됐을 때 일어난 일을 기억하고 있어. 아버지는 집에 안 계시고 어머니가 뭣 때문인지 거리 건너편으로 가야 하셨지. 하지만 어머니는 나를 데려가실 수 없었어. 그래서 나는 혼자 집에 있어야 했지. 우리 집에는 하인들도 없었거든. 그래도 내가 울지 않도록 어머니는 먹으려고 키우고 있던 살아있는 거위 한 마리를 갖고 와서 내 방에 함께 있도록 넣어 주셨어. 나는 혼자 있는 게 너무 무서워서 거위의 목을 미친 듯이 꼭 끌어안았지. 나는 무서워서 울었고 거위도 무서워서 꽥꽥 거렸어. 꽤나 아름다운 장면이지? 안 그래?"

"정말 그렇군." 노봄린스키가 동의했다.

잠시 침묵이 홈통을 내리덮었다. 호보라가 세 번이나 불붙인 성냥을 곰방대에 갖다 댔지만 그때마다 곰방대를 빨아 들이쉬는 것을 잊고 말았다. 마침내 그는 불을 붙이고 이야기를 시작했다. "나도 생각나는 게 있지. 나는 아버지와 함께 우르술라 수녀원에 갔었어. 수녀들이 자기들 무릎에 나를 앉히고 키스를 퍼부어 댔지."

"거위보단 훨씬 좋은 기억일세." 노봄린스키가 웃었다. "넌 어때, 쿠프카?"

쿠프카가 미소를 지었다.

"우리 할아버지는 라코브니크(프라하 서쪽에 있는 소도시)의 종지기였어. 꽤 오래 사셨는데 어느 날 결심하셨어. 자기 자신을 위한 조종을 울리고는 집으로 돌아와서 돌아가셨지. 나는 시신 옆에 이끌려갔어. 이미 염이 끝난 상태라 할아버지는 하얀 양말을 신고 계셨지. 그래서 나는 할아버지의 발가락에 키스할 수 있었어. 무슨 미신 때문이었는지는 모르겠어. 그리고 잠시 우리와 함께 살던 가구 장인이 관을 준비하는 동안 그 주변에서 놀고 있었어."

"이거 점점 흥미진진해지는데." 재클이 아주 즐거워하며 말했다. "자, 이제 노봄린스키!"

"나한테는 생애 최초의 기억 같은 게 없어. 음, 사실 두 가지 일이 생각나긴 하지만 어느 쪽이 먼저인지 모르겠단 말이지. 우리가 노베자메츠케에서 엘레판트로 이사 갔을 때가 기억나. 요람을 가져가지 않아서 그 집을 떠나고 싶지 않았어. 또 하나는 누나에게 욕을 했지. 정말 심한 욕이었어. 어머니는 내 입을 비누로 씻기고 나를 방구석에 서 있게 하셨지. 아이란 정말 매혹적인 생물이란 말이야. 자기 행동이 미칠 결과를 전혀 생각하지 않는 우스꽝스러운 어른의 축소판이지. 마치 진짜로 자기를 지켜줄 수호천사를 믿고 있는 것처럼 말이야. 내가 가졌던 첫 기도서는 독일어로 돼 있었어. 난 그때 독일어는 한 단어도 몰랐지. 그래서 그게 뭔지도 모르고 한 해 내내 '임산부를 위한 기도'를 했지. 그래도 나한테 아무 일도 일어나지 않았어!"

재클이 다시 홈통을 발로 차기 시작했다. 노봄린스키

한밤의 이야기 111

가 그를 보고 말했다. "내가 재클을 왜 좋아하는 지 알아? 재밌는 농담을 하면 곧바로 반응을 보인다는 점이야."

"형의 농담이 우스워서 그런 게 전혀 아냐." 재클이 변명하듯 말했다. "그저 갑자기 정말로 웃기는 생각이 떠올랐을 뿐이야! 고대 로마인들도 아기를 가졌겠지? 그렇지?"

"그랬겠지."

"그럼 로마인들도 분명 처음부터 키케로(로마 공화국 말기의 명연설가)처럼 말하지는 못했을 것 아니야. 그들도 아마 우리 애들처럼 옹알이를 하고 엉터리로 말을 했겠지. 아기의 입으로 라틴어를 하는 걸 한 번 생각해 봐! '한니발 안테 포르타스(Hannibal ante portas)' ('한니발이 성문 앞에 있다'는 뜻)가 '한니바―완테 포르투스(Hannibaw ante porthus)'가 되지 않았겠어! 상상해 봐! 한니바―완테 포르투스!"

재클이 미친 듯이 발을 동동 굴렸다. 모두들 웃었다. 친구들, 지붕, 심지어 달과 별들까지도 '한니바―완테 포르투스'란 말에 즐거워하는 것 같았다.

"재클이 오늘따라 무척 기분 좋아 보이는군." 호보라가 말했다.

"확실히 그렇군." 쿠프카가 맞장구를 쳤다. "왜 그런지 궁금한데."

재클은 이미 웃음을 멈추고 일어나 앉아 쿠프카를 탐색하듯이 바라보고 있었다. "글쎄, 왜일까? 뭐, 너희들에게 말하지 못할 이유도 없지. 게다가 정말 누군가에게 말하고 싶어 죽을 지경이거든. 난 사랑에 빠졌어! 뭐, 설마 하겠지만 난 사실 결혼할 계획이야. 하지만 그게 전부는 아니지. 어떻게 이야기를 해야 할지 잘 모르겠군."

"그 여자 예뻐?" 쿠프카가 재빨리 끼어들었다.

"에이, 난 이 친구가 못생긴 여자랑 결혼해서 우리 얼굴에 먹칠을 하진 않을 거라고 믿어!" 호보라가 친구를 옹호하고 나섰다.

"결혼이라, 흠. 글쎄, 나도 가정생활에는 대찬성이지만 항상 남편님들이 장애물이지." 이렇게 말한 것은 물론 노봄린스키였다. "돈은?"

"아, 제발, 돈 얘기는 그만! 나는 아무 돈도, 지참금조차 요구하지 않을 거야. 어차피 독신 생활을 오래 하다보면 술값으로 다 써버리고 말테니까."

"너무나 젊고 너무나 고결하도다!"

"하지만 아가씨는 누구야?" 다른 두 사람이 동시에 물었다.

한밤의 이야기

"리진카."

"어떤 리진카?"

"리진카 페랄레크, 세노바슈나 거리에 사는 재단사의 딸이야. 누군지 알겠어?"

"물론이지!" 호보라가 고개를 끄덕였다. "그 집엔 딸만 셋이 있지. 맏딸이 마리인데, 난 그 여자를 참을 수 없어. 그 여자를 보면 하품이 나와. 둘째딸이 리진카이고, 막내딸이 빼빼마른 카를라지."

"그녀는 너무 바싹 말랐어." 쿠프카가 말했다. "입을 오므리는데도 입술에 침을 발라야 할 것 같은 정도지. 그런데 제일 먼저 시집을 간 건 카를라였어."

세상 물정에 밝은 노봄린스키가 손가락 하나를 세우며 말했다. "명심해, 신사 여러분. 세 자매 중에서 제일 못생긴 딸이 항상 제일 먼저 시집간다는 걸."

"말, 말, 말!" 재클이 투덜거렸다. "난 말 많은 사람들이 정말 싫어. 내가 이야기할 틈이 없잖아!"

"그래, 리진카는 예쁘지."

"확실히 그래!"

"그래서 사랑에 빠진지는 얼마나 됐나?"

"보자, 이제 18년이 되겠군." 재클이 농담조로 말을 계속해 나갔다. "리진카는 1학년이었고 나는 2학년이었지. 처음 만난 건 겨울이었어. 보자마자 사랑에 빠졌지. 영원히 말이야! 리진카는 작고 사랑스러운 소녀였어. 자그마한 장미꽃봉우리 같은 얼굴에 금발 머리를 길게 땋아 내리고 있었지. 리진카는 초록색 중산모를 쓰고 어깨에는 연두색 망토를 걸치고 있었어. 파란 책가방에는 푸들이 수놓아져 있었어. 아, 하나님, 그 푸들! 자기가 내게 어떤 감정을 불러일으키는지 그 여자아이가 알아차리는 데는 많은 시간이 걸리지 않았어. 내가 용기를 내서 그 애한테 눈뭉치를 던지던 날, 난 도망가는 그 아이를 쫓아가서 모자를 벗겼지. 그때부터 줄곧 리진카는 내 마음을 알고 있었어. 그리고 내게 호의어린 미소를 지어주곤 했지. 당연히 난 그 아이에게 말을 걸 엄두를 내지 못했어. 하지만 자주 그녀에게 눈뭉치를 던지곤 했지.

2년 쯤 지난 뒤 나는 세노바슈나 거리 끝에 사는 나보다 어린 남자 아이를 가르치게 되었지. 가는 길에 매일 페랄레크 씨네 집을 지나가게 되었어. 리진카는 그 집 앞에 나와 있곤 했지. 망토와 모자가 없어도 리진카는 아름다웠어! 리진카의 맑고 순수한 파란 눈은 항상 미소로 내게 인사를 했지. 그때마다 얼굴이 빨개지는 걸 어쩔 수 없었어. 우리는 점점 더 친밀해졌지. 어느 날 리진카가 버터 바른 빵을 먹으며 집 앞에 서 있었어. 나는 또 다시 용기를 내서 조금 달라고 부탁해보았지. '여기 있어.' 리진카가 빵을 한 조각 뜯어 주었어. '너무 작은데.' 난 투정을 부렸지. '하지만 그럼 내가 먹을 게 없잖아! 난 배가 고프거든.' 리진카가 예쁜 미소를 지으며 대답했어. 나는 멍한 기분으로 리진카가 멀리서도 볼 수 있도록 빵조각을 높이 들고 길을 걸어 내려갔어. 불행하게도 내가 가르치던 아이의 부모는 금방 다른 가정교사를 구했어. 우리 둘이 공부는 안 하고 같이 놀기만 한다는 바보 같은 구실로 말이야.

그 후로 올해까지 15년 동안 난 리진카를 거의 보지 못했어. 일요일이었던 지난 5월 1일에 나는 무슨 이유에선지 성문을 지나 프라하 밖으로 나가기로 결심했지. 왜 그랬는지 나도 모르겠어. 프라하의 모든 성문들이 올해 내내 폐쇄돼 있을 수도 있었지만 알 바 아니었지. 심장의 자력이 작용한 것임에 틀림없어! 어쨌든 나는 샤르카의 치스테스키로 나갔어. 헌데 거기 누가 있었는지 아나? 페랄레크 부부와 두 딸 마리와 리진카가 거기 앉아 있었어! 리진카는 이제 활짝 핀 장미꽃 같았지! 리진카의 어깨는 괴

테의 산문처럼 매끄럽고 맵시 있어 보였어. 눈은 아이처럼 맑고 순수했지. 리진카를 보자마자 나는 18년 전의 수줍은 소년으로 되돌아갔어.

옆 탁자에 앉은 사람들 몇몇이 페랄레크 씨를 헐뜯고 있었어. '저 작자는 말할 때마다 남한테 자기가 생각하고 있다는 걸 보여주려고 손으로 머리통을 가리킨다네. 바보 같은 인간.'

'아무도 딸들에게 춤을 청하지 않으면 딸들을 때린다는 소문이 있더군.' 다른 사람이 말했지.

나는 자리에서 일어났어. 불쌍한 리진카! 한 무리의 젊은이들이 가까운 곳에서 춤을 추고 있었어. 알다시피 나는 춤추는 걸 그다지 좋아하지 않아. 키가 크고 비쩍 말라서 춤추는 모양이 썩 보기 좋진 않거든. 하지만 상관없었어! 그 늙다리 예비역 대위의 이름이 뭐였더라? 그래, 비테크! 늙다리 비테크가 마리와 잡담을 하면서 페랄레크 가족과 함께 앉아 있었어. 비테크와는 안면이 좀 있었기 때문에 나는 지나가면서 페랄레크 가족에게 인사를 했지. 리진카는 내게 미소를 지으며 얼굴을 붉히더군. 잠시 뒤 나는 리진카에게 춤을 추자고 청했어. 리진카는 모친을 돌아보더니 나와 카드리유(18세기 후반과 19세기에 유행한 네 쌍의 남녀가 사각형을 이루어 추는 사교댄스)를 추기로 했어. 보아하니 리진카는 서클 댄스(여러 쌍의 남녀가 둥글게 원을 그리며 추는 댄스)를 추지 않았던 모양이더군. 덕분에 내게 아주 편리한 상황이 되었지. 우리는 춤을 추는 동안에는 몇 마디 말 밖에 하지 않았어. 하지만 춤이 끝나고 함께 강가를 거닐다가 본격적으로 대화를 나누기 시작했지. 난 리진카에게 날 기억하느냐고 물었어. 리진카는 단지 순수한 눈으로 나를 쳐다보았을 뿐이었지. 잠시 뒤 난 다시 어린 소년으로 돌아가 눈뭉치와 푸들과 빵조각에 대해 이야기했어. 나는 리진카도 나와 똑같은 기분을 느끼고 있다는 사실을 확신했지. 나는 리진카를 다시 가족들이 앉아 있는 탁자로 데려다 주었어. 산책 때문에 리진카가 피로해진 것 같았으니까.

'그래, 그래, 젊은 사람들끼리는 서로 통하는 게 있기 마련이지!' 비테크, 그 바보 같은 늙은이가 말했어. 그래, 사실이야. 사랑에 빠진 남자는 아무리 선한 의도로 말을 해도 기분이 상할 수 있는 법이지.

며칠 뒤 나는 리진카한테서 쪽지를 하나 받았어. '세 시에 성 미쿨라셰 성당 옆으로 오세요.' 나는 기쁨에 떨었지. 우리는 성당에서 발트슈테인 정원 쪽으로 걸어갔어.

우리는 영원한 사랑을 약속했지. 나는 8월까지 공부를 마치기로 약속했고 리진카는 2년 뒤에 나에게 시집오기로 했어. 그러고는 나를 자기 부모님에게 데려가 소개했지. 페랄레크 씨가 선량한 분이고 페랄레크 부인은 매우 분별 있는 분이라는 걸 알 수 있었어. 마음에 들지 않는 건 마리가 나를 쳐다보는 눈빛뿐이었지.

그 직후에, 그러니까 4주쯤 전이었어. 리진카가 갑자기 클라토비(체코 남서부의 소도시)에 사는 숙모가 위독하다며 프라하를 떠났지. 그리고 어제 의대생인 내 친구 부레시가 나를 보러 와서는 이 얘기 저 얘기하는 중에 물어보더군. '너도 리진카 페랄레크를 알지?' 내가 그렇다고 하니 녀석이 말했어. '그 애가 오늘 우리 병원의 조산원에서 사내아기를 낳았어.'"

그때까지 세 친구들은 재클의 이야기를 열심히 귀 기울여 듣고 있었다. 하지만 마지막 말을 듣는 순간 그들은 마치 아무 말도 못들은 것처럼 갑자기 모두 지붕창 쪽으로 고개를 돌렸다.

"정오쯤에 늙다리 비테크 대위가 나타나더니 리진카의 상태가 어떤지, 아기가 아들인지 딸인지 물어봤다더군." 재클이 덧붙여 말했다.

"하녀들이 엿듣고 있어." 노봄린스키가 조용하게 말했다. "웃음소리를 들은 것 같아." 그는 벌떡 일어나더니 불가사의하게 날렵한 동작으로 창문을 넘어 사라져 버렸다. 쿠프카와 호보라도 그의 뒤를 따랐다.

이야기를 듣고 있던 저 달 위의 남자도 귀를 쫑긋 세웠다. 꼭 지붕 밑에서 나는 젊은 여자들의 나지막한 탄식과 혀 차는 소리를 들은 것처럼.

재클도 비슷한 소리를 들었으리라. 어쨌든 그는 긴 팔을 무릎 사이에 끼우고 몸을 흔들거리며 중얼댔다. "밤중에 도둑질을 하면 가중처벌 사유가 된단 말이야."

(1875)

리샤네크 씨와 슐레글 씨
Pan Ryšánek a pan Schlegl

I

나의 독자들이 말라스트라나에서 제일가는 식당인 슈타이니츠를 잘 모를지도 모른다는 불안은 기우에 지나지 않으리라. 이 식당은 카를 다리 끝의 교탑을 지나서 왼쪽 첫 번째 건물로, 모스테츠카 거리에서 라렌스카 거리로 꺾이는 모퉁이에 있다. 커다란 창문들과 큰 유리문이 있는, 그리고 감히 가장 번화한 곳에 자리를 잡고 붐비는 인도에 직접 입구를 낸 유일한 식당이다. 다른 식당들은 말라스트라나의 소박함에 어울리게 상가들 사이의 골목 속에 숨어 있거나, 다른 건물 내에 입구를 두고 있다. 그게 바로 조용하고 외딴 거리의 아들인 진짜 말라스트라나 토박이들이 슈타이니츠에 잘 가지 않는 까닭이다. 오직 고관과 교수, 장교 들만이 그곳에 드나들었고, 우연히 흘러 들어온 사람들은 어느 순간 자취를 감추었다. 그 외에 거기서 볼 수 있는 사람이라고는 오래 전에 일에서 손을 뗀 연금수령자들과 늙고 부유한 집주인들뿐이다. 정말 관료적이고 귀족적인 집단이 아닐 수 없었다.

내가 아직 어린 학생이었던 시절에도 슈타이니츠의 손님들은 비슷한 배타성을 지니고 있긴 했지만 어떤 면에서는 지금과 많이 달랐다. 말하자면 그곳은 이 동네의 신들이 모이는 말라스트라나의 올림포스 산이라고 할 수 있었다. 모든 신들이 민족성의 산물이라는 것은 잘 알려진 역사적 사실이다. 여호와는 유대인처럼 음침하고 잔인하며 화를 잘 내는, 복수심이 강한 피에 굶주린 신이다. 그리스의 신들은 그리스인들처럼 우아하고 재치 있고 아름답고 유쾌하다. 슬라브 족의 신들은—미안한 이야기지만, 우리 슬라브 사람들은 위대한 나라나 분명한 성격을 가진 신들을 창조해 낼 만큼의 활발한 상상력이 부족하다. **에르벤과 코스토마로프**(카렐 야로미르 에르벤(1811-1870)은 체코의 역사학자이자 시인, 작가로 체코의 민속 연구로 유명하다. 니콜라이 코스토마로프

(1817-1985)는 러시아의 역사학자로 러시아와 우크라이나 지방의 역사 및 민속 연구로 큰 명성을 떨쳤다.) 같은 민속학자들이 최선을 다해 노력했지만, 우리의 옛 신들은 별로 뚜렷한 성격이 없는 흐리멍덩한 오합지졸 집단에 불과했다. 내가 언젠가 민족과 신들의 유사성에 관한 재미난 글을 쓸지도 모르겠지만, 여기서는 단지 슈타이니츠에 모인 신들이 우리 동네의 신들이라는 데 의심의 여지가 없다는 점을 말하고 싶을 뿐이다. 말라스트라나, 그러니까 이 동네의 집들과 주민들은 조용하고 귀족적이며, 동시에 시대에 뒤떨어진, 심지어 지루한 면까지 갖고 있다. 이런 지루함은 슈타이니츠의 신사들에게도 영향을 끼쳤다. 이곳 단골들이 예전과 똑같이 이 도시의 관리와 군인, 교수, 연금수령자 들로 구성되어 있는 것은 사실이다. 하지만 그 시절에는 관리와 군인 들이 이리저리 옮겨 다니지 않았다. 예를 들어, 아버지들은 자식을 학교에 보내고 괜찮은 지위를 얻도록 도울 수 있었으며, 그걸 유지하게끔 보호할 수 있었던 것이다. 슈타이니츠의 손님들 중 몇몇은 모든 사람들에게 잘 알려진 사람이라 그들이 식당 입구 앞에 있을 땐, 지나가는 사람들이 모두 인사를 했다.

우리 학생들에게 슈타이니츠는 올림포스 산보다 더 높

은 곳에 있었다. 우리의 늙은 선생들이 모두 그곳에 자주 갔기 때문이다. 늙었다고! 왜 난 그들이 늙었다고 말했을까? 나는 그분들 모두를 잘 알고 있었다. 내게는 우리의 신들인 그분들이 젊었던 적이 전혀 없는, 아니 어렸을 때조차 아마 조금 작았을지는 모르지만 어른일 때와 똑같이 생겼을 것으로 생각되었다.

나는 그 양반들의 모습을 어제 본 것처럼 생생하게 떠올릴 수 있다. 우선 키가 크고 마른, 아주 근엄한 분위기의 고등법원 평의원이 있었다. 그는 지금도 활발히 그 일을 하고 있지만, 나는 그 양반이 대체 무슨 일을 하고 있는지 전혀 짐작할 수 없었다. 우리가 오전 열 시에 학교에 가고 있을 때, 그는 카르멜탄스케 거리에 있는 자기 집을 나와서 오스트루호베 거리를 걸어 내려가 차드라의 포도주 가게로 들어가고 있었다. 목요일 오후 우리가 학교에서 나와 마리아 성벽 근처를 미친 듯이 달리고 있을 때면, 그 양반도 마리아 공원 주위를 산책하고 있었다. 그러다가 5시가 되면 일찌감치 슈타이니츠로 걸어 들어가고는 했다. 나는 열심히 공부해서 고등법원 평의원이 되기로 마음먹었지만, 어쩌다 보니 그 결심은 마음속에서 그냥 유야무야되고 말았다.

그리고 애꾸눈의 백작이 있었다. 그 시절 말라스트라나에는 무수히 많은 백작들이 있었지만, 슈타이니츠에 자주 드나드는 건 오직 이 애꾸눈 양반뿐이었다. 그는 불그스름 건강한 혈색에 짧은 백발머리를 가진 키가 크고 바짝 마른 사람으로 왼쪽 눈에 까만 안대를 하고 있었다. 백작은 슈타이니츠 앞 인도에 두 시간 동안 계속 서 있곤 했는데, 그의 앞을 꼭 지나쳐야 할 때면 난 필요 이상으로 거리를 두고 지나쳤다. 그는 선천적으로 "귀족적"이라고 불리는 사나운 맹금 같은 인상을 타고났다. 나에게 백작은, 매일 정오가 되면 무섭도록 규칙적으로 성 미쿨라셰 성당 지붕에 내려앉아 잡아 온 비둘기를 갈기갈기 찢곤 하는 매를 연상시켰다. 그래서 나는 백작과 거리를 두었다. 그가 내 머리를 쪼아댈지도 모른다는 막연한 두려움을 가지고 있었기 때문이었다.

그리고 전혀 늙지 않았음에도 일찌감치 퇴역한 통통한 몸집의 군의관이 있었다. 소문에 따르면 어느 대단한 명사가 프라하 병원들을 한 바퀴 순시하고 나서 이런저런 말들을 늘어놓았는데, 그 양반이 그 높은 분에게 대놓고 자신이 무슨 말을 하고 있는지도 모르는 아무 개념 없는 사람이라고 했다는 거였다. 이 때문에 그는 퇴역을 서둘러야 했다. 하지만 덕분에 그분은 우리의 사랑을 얻었다. 우리에게 그 의사 선생은 진짜 혁명가로 보였다. 그분은 또한 상냥하고 허물없는 사람이기도 했다. 자기가 좋아하는 사내아이를 만나면—여자아이일 경우에도 마찬가지였는데—그는 아이를 불러 세워 **뺨**을 어루만지며 "아버지께 안부를 전해주렴"이라고 말하곤 했다. 설사 아이의 아버지가 누군지 모를 경우에도 말이다.

하지만 아니다! 그 노인들은 더욱 더 늙어갔고 결국 세상을 떠났다. 그 양반들을 무덤에서 불러내지는 말자! 나는 그 사람들 속에서 보낸 자랑스러운 순간들, 내가 학교 선생이 되어 이제 아무런 두려움이나 당혹감 없이 슈타이니츠에 들어가 그 고귀한 사람들 속에 섞이며 들었던 독립했다는 기분, 어른이 되었다는 느낌, 심지어 어떤 기품 같은 것을 가지게 됐다는 생각을 나는 기쁜 마음으로 회상한다. 사실 그분들 중 많은 사람들이 나를 알아보지 못했다. 정직하게 말하면, 거의 아무도 나를 알아보지 못했다. 몇 주가 지난 뒤에야 딱 한 번, 의사 선생이 밖으로 나가려고 내가 앉은 테이블을 지나가면서 말을 걸었을 뿐이었다. "그래, 그렇지, 젊은이. 사람들이 뭐라든 요즘 맥주는 맛이 정말 형편없어!" 그러면서 그는 방금까지 자기와 함께 앉아 있던 사람들을 향해 경멸스럽게 고개를 까딱하는 것이었다! 그분은 정말 브루투스 같은 사람이었다! 감히 말하건대 그분은 설사 카이사르 앞에 선다 해도 카이사르에게 맥주의 맥자도 모르는 자라고 서슴없이 말했을 양반이다.

한편으로 나는 그 사람들에게 많은 주의를 기울였다. 그들이 무슨 이야기를 나누는지 많이 듣지는 못했지만 그들이 하는 모든 일을 관찰했다. 나는 나 자신이 그런 기품 있는 존재들의 초라한 모조품에 불과하다고 생각한다. 하지만 내가 물려받는 것이 무엇이든 그것은 고귀한 것이며 나는 그들에게 그 모든 것을 빚지고 있다. 그 가운데, 누구보다도 결코 잊지 못할 두 사람 있다. 그 두 사람은 내 영혼에 자신들의 존재를 깊이 각인시켰는데, 바로 리샤네크 씨와 슐레글 씨였다.

모스테즈카 거리에서 슈타이니츠로 들어가면 당구대 오른편, 라렌스카 거리 쪽으로 난 세 개의 커다란 창문이 보인다. 세 창문들 밑에는 나지막한 말굽 모양의 테이블이 하나씩 놓여 있었다. 각각의 테이블에는 세 사람이 앉을 수 있었는데, 한 사람은 창문을 등지고 나머지 두 사람은 말굽의 양옆에서 서로 마주보고 앉는 구조였다. 아니면 양옆의 두 사람도 당구대 쪽으로 고개를 돌려 모두들 게임을 즐길 수 있었다. 매일 저녁 6시에서 8시 사이에는 만인의 존경을 받는 리샤네크 씨와 슐레글 씨가 입구 오른쪽 세 번째 테이블을 차지하고 앉았다. 두 사람이 앉는 테이블에는 다른 사람이 앉지 않았다. 감히 다른 사람이 늘 앉는 자리를 차지해 앉는다는 것은 말라스트라나 주민들에게는 생각조차 할 수 없는 일이었다. 그건―그렇다, 그냥 생각할 수 없는 일이기 때문에 그런 일은 아예 고려의 대상이 되지도 않았다. 그래서 세 번째 창문 아래 테이블은 항상 비어 있었다. 슐레글 씨는 테이블에서 문에 가까운 쪽에 앉았고, 리샤네크 씨는 그 맞은편에 앉고는 했다. 두 사람 다 창문을 등지고 당구 게임을 구경하면서 테이블과 상대방을 어느 정도 외면하고 있었다. 그들이 테이블 쪽으로 고개를 돌릴 때는 맥주를 한 모금 마시거나 파이프에 담배를 채울 때뿐이었다. 두 사람은 그렇게 11년 동안 앉아 있었다. 그 11년 동안 그들은 한마디도 나누지 않았다. 아예 서로를 거들떠보지도 않았다. 두 사람이 서로 얼마나 멸시하는지는 온 말라스트라나가 다 아는 사실이었다. 두 사람의 해묵은 원한은 결코 화해할 수 없는 것이었다. 모든 사람들이 그 이유를 잘 알고 있었다. 그건 모든 문제의 근원인 여자 때문이었다. 두 사람은 같은 여인을 사랑했다. 그 여인은 처음에 리샤네크 씨에게 정을 주었다. 하지만 갑자기 상황이 돌변하여 슐레글 씨의 품에 안겨버렸다. 아마도 슐레글 씨가 리샤네크 씨보다 열 살이나 젊었기 때문이었을 것이다. 그녀는 슐레글 부인이 되었다.

슐레글 부인이 과연 리샤네크 씨를 영원한 슬픔에 빠뜨려 평생 독신으로 살게 한 원인이 될 만큼 미인이었는지 나로서는 말하기 어렵다. 그녀는 첫째 아이를 낳다가 죽는 바람에 천사와 함께 잠든 지 오래되었다. 아마도 슐레글 부인의 딸이 그녀의 모습을 간직하고 있을 것이다. 내가 지금 이야기하려는 사건이 일어났을 때 슐레글 양은 스물두 살이었다. 나는 그녀가 우리 위층에 살던 대위의 딸인 폴딘카, 스무 걸음마다 길바닥에 넘어지곤 하던 그 소녀를 자주 찾아왔기 때문에 슐레글 양을 알게 되었다. 사람들은 젊은 슐레글 양이 미인이라고 말한다. 아마도 그러하리라. 하지만 오로지 건축가들에게만 그럴 것이다. 겉보기엔 모든 것이 균형 잡히고 적재적소로 올바른 곳에 자리 잡고 있는 것 같았다. 하지만 건축가를 제외한 사람들에게 어린 슐레글 부인의 얼굴은 절망을 줄 뿐이었다.

그녀의 얼굴은 낡은 창고 문처럼 움직이지 않았다. 그녀의 눈은 반짝반짝 빛났지만, 갓 닦은 창문처럼 별다른 의미가 없어 보였다. 본래 앵두처럼 아름다운 모양이었을 입술은 성문처럼 천천히 벌어졌다가 한참 뒤 똑같이 천천히 닫히곤 했다. 젊었던 슐레글 부인은 늘 방금 하얗게 씻어놓은 것 같은 얼굴을 하고 있었다. 그녀가 아직 살아있다면, 지금은 아마 그때만큼의 미인은 아닐 것이다. 한편으로는 더욱 아름다워졌을지도 모른다. 오래된 건물이 더욱 아름다운 것처럼 그렇게 말이다.

어떻게 리샤네크 씨와 슐레글 씨가 세 번째 창문 아래의 테이블에 함께 앉게 되었는지 명확히 설명할 수 없는 점에 독자들에게 심심한 사죄를 드린다. 부분적으로는 이 노인들의 시간을 망치기로 작정한 지독한 운명 때문임이 확실했다. 불친절한 운명이 그들을 한 자리에 앉히자마자, 굽힐 수 없는 자존심이 두 사람으로 하여금 그 자리에 계속 앉아 있게 만들었을 것이다. 두 번째로 그들이 마주쳤을 때 그들은 아마 악의를 가지고 그 테이블에 앉았을 것이다. 그들은 체면 때문에 계속 자리를 지키며 사람들의 대화를 방해했다. 이제 슈타이니츠의 모든 사람들이 그것이 사내로서의 명예가 걸린 문제라는 것, 두 사람 다

결코 굴하지 않으리라는 것을 알 수 있었다.

두 사람은 저녁 6시쯤 왔는데, 어느 날 한 사람이 좀 일찍 왔다 싶으면 다음 날엔 좀 늦게 오는 식이었다. 그들은 누구랄 것 없이 모든 사람과 인사를 나눴지만 서로에게는 인사를 하지 않았다. 웨이터가 여름에는 모자와 지팡이를, 겨울에는 털모자와 외투를 받아서 뒤에 있는 옷걸이에 걸어 주었다. 이렇게 옷을 벗고 난 그들은 비둘기가 그러듯이 상체를 구부렸다. 나이 지긋한 이들은 자리에 앉기 전에 이렇게 절을 하는 습관이 있다. 그러고 나서 그들은 손을—리샤네크 씨는 왼손을, 슐레글 씨는 오른손을—테이블 귀퉁이에 놓고는, 천천히 의자를 움직여 창가를 등지고 얼굴을 당구대 쪽으로 향했다. 통통한 주인장이 미소를 띠고 인사말을 건네며 그들에게 첫 번째 코담배 한 줌을 나누어 주러 왔을 때, 그는 다른 편 손님이 코담배를 받지 않았거나 자기 말을 듣지 않은 것처럼 두 사람에게 따로따로 담뱃갑을 톡톡 두드리며 아주 좋은 날이라고 말해야 했다. 아무도 두 사람에게 동시에 말을 걸지 않았다. 두 사람 다 다른 사람 쪽을 쳐다보지 않았다. 마치 서로에게 존재하지 않는 사람인 것처럼.

웨이터는 그들 각자의 앞에 맥주잔을 갖다놓았다. 잠시

뒤—하지만 결코 동시에 그러지는 않았는데, 겉보기에는 서로 무시하고 있었음에도 불구하고 사실은 서로 몹시 신경을 쓰고 있었기 때문이다—두 사람은 테이블로 고개를 돌렸고, 가슴주머니에서 해포석(흔히 파이프의 재료로 쓰는 회백색 광물질) 파이프를 꺼내고, 뒷주머니에서 담배쌈지를 꺼내 파이프를 채웠다. 그리고 다시 창문에서 고개를 돌렸다. 그렇게 두 사람은 맥주를 석 잔씩 마시며 두 시간 동안 앉아 있다가, 한 사람이 다른 사람보다 조금 일찍 자리에서 일어나 자신의 파이프와 담배쌈지를 치웠다. 웨이터는 그들의 몸에 외투를 둘러 주고 손에 모자와 지팡이를 들려 주며, 모두에게 작별인사를 고할 채비를 갖추어 주었다. 하지만 그들은 서로에게는 결코 인사를 하지 않았다.

나는 너무 눈에 띠지 않으면서도 그 신사들을 잘 볼 수 있는 가까운 난로 옆 테이블을 일부러 골라 앉았다. 리샤네크 씨는 깅엄 천(염색한 색과 표백한 실을 날실과 씨실로 사용하여 짜서 체크무늬를 이루게 한 면직물)을 사고파는 사람이었고 슐레글 씨는 철물점 주인이었다. 둘 다 은퇴해서 부유한 생활을 하고 있었다. 하지만 그들의 얼굴은 여전히 예전 직업을 반영하고 있었다. 리샤네크 씨의 얼굴은 내게 늘 빨간 색과 하얀 색 줄무늬를 한 깅엄 천처럼 보였다. 반면 슐레글 씨는 커다란 젖은 모르타르 덩어리를 닮았다. 리샤네크 씨는 키가 더 컸고, 조금 더 쇠약했고. 아까 얘기한 대로 나이가 더 많았다. 그는 자주 아프고 병을 앓았다. 그의 턱은 힘없이 축 늘어져 있곤 했다. 리샤네크 씨는 검은 테 안경을 썼다. 머리는 반백이었고, 거의 반백이 된 눈썹을 보고서 그가 예전에 금발이었음을 짐작할 수 있었다. 쑥 들어간 양 볼은 창백했다. 뺨이 너무 창백한 나머지 그의 긴 코는 붉게, 때로는 새빨갛게 보일 정도였다. 아마도 그것이 그의 코끝에 물방울이, 존재 깊숙한 곳에서 나오는 것 같은 눈물이 맺히는 이유일 것이다. 양심적인 전기 작가로서 나는 리샤네크 씨가 가끔 그 물방울을 늦게 닦아 내는 바람에 그것이 무릎으로 떨어지곤 했다는 점을 적어 두어야겠다.

슐레글 씨는 꽤 땅딸막한 사람으로 목이 없는 것 같아 보였다. 그의 머리는 폭탄처럼 생겼다. 그는 회색빛이 진하게 섞여 있는 검은 머리칼을 갖고 있었다. 얼굴에서 면도한 부분은 검푸른 색이었고 맨살은 불그스름한 빛이라, 살의 밝은 부분과 어두운 부분이 짙은 그림자가 얼룩진 렘브란트의 초상화처럼 엇갈리고 있었다.

나는 이 두 영웅에 대해 큰 존경심을 품고 있었다. 그

두 사람이 매일매일 자신들만의 격렬하고 거침없는 전투를 수행하는 방식을 정말 존경하기까지 했다. 그들은 자신들이 사용할 수 있는 무기—독기 서린 침묵과 가장 맹렬한 경멸을 가지고 싸웠다. 전투의 승부는 아직 결판나지 않았다. 패배한 적의 목을 발로 짓누르고 서는 것은 과연 누구일 것인가? 육체적으로는 슐레글 씨가 더 강인했다. 그는 모든 면에서 딱 부러지고 다부졌다. 그가 말을 할 때는 큰 총소리가 울리는 것 같았다. 리샤네크 씨는 나직하고 느릿하게 말했다. 그는 약했지만 상대방 못지않은 영웅성을 가지고 증오로 가득 찬 침묵을 유지하는 것이었다.

II

그러다 일이 벌어졌다.

부활절이 지나고 세 번째 주의 수요일 슐레글 씨가 들어와서 자리에 앉아 파이프를 채우고는 풀무처럼 연기구름을 내뿜었다. 주인장이 다가와 담뱃갑을 톡톡 두들겨 코담배를 조금 나누어 주었다. 주인장은 담뱃갑을 닫고 문 쪽을 쳐다보며 말했다. "오늘은 리샤네크 씨가 오시지 않을 겁니다."

슐레글 씨는 대답 없이 얼음장 같은 무관심으로 앞을 바라보고 있었다. "길 건너편의 군의관님이 알려 주셨습니다." 주인장은 문에서 고개를 돌려 슐레글 씨의 안색을 살피며 말했다. "리샤네크 씨는 오늘 아침 평소처럼 일어났다가 갑자기 열이 올라 몸져누워 곧장 의사를 불렀습니다. 폐렴이라더군요. 의사 선생이 오늘 세 번이나 그분을 보러 가셨습니다. 늙으셨지만 솜씨는 여전하시죠. 쾌차를 빌어야겠습니다."

슐레글 씨는 입술을 떼지 않고 끙 하는 소리로 대답을 대신했다. 그는 한마디 말도 하지 않았고 눈도 하나 깜짝하지 않았다. 주인장은 느릿느릿 옆 테이블로 움직였다.

나는 슐레글 씨를 보고 있었다. 그는 가끔씩 연기를 내뿜거나 파이프를 반대쪽 입가로 옮기려고 입술을 벌릴 때를 제외하고는 한참동안 미동도 없이 앉아 있었다. 그때 지인 한 사람이 다가와 말을 걸었고 슐레글 씨는 여러 번 큰 소리로 웃었다. 그 웃음은 내게 혐오감을 불러일으켰다.

슐레글 씨는 오늘 평소와는 아주 다르게 행동했다. 전에는 보초를 서는 군인처럼 꼼짝 않고 앉아 있었는데, 지금은 쉴 새 없이 실내를 돌아다녔다. 그는 상인인 쾰러 씨와 당구를 치기까지 했다. 첫판에서 슐레글 씨에게 행운이 잇달아 더블스코어까지 갔다. 나는 매번 그의 차례가 올 때마다 그가 실수를 범해서 쾰러 씨가 따라잡기를 빌었다. 당구를 마친 슐레글 씨는 앉아서 담배를 피우고 술을 마셨다. 누군가 그의 테이블에 오면 슐레글 씨는 평소보다 더 큰 목소리로 더 장황하게 이야기하곤 했다. 단 하나의 동작과 제스처도 내 눈을 피하진 못했다. 그는 정말 기뻐하고 있는 것이, 병든 적수에 대해 일말의 동정심도 품지 않고 있는 것이 분명했다. 나쁜 사람, 정말 나쁜 사람이었다.

8시가 가까웠을 때 군의관이 밖으로 나가다가 세 번째 테이블 옆에서 걸음을 멈추었다. "안녕히 계시오. 나는 오늘 한 번 더 리샤네크 씨한테 들러 봐야겠소. 주의하면 주의할수록 좋은 거니까 말이오."

"잘 가십시오." 슐레글 씨가 냉담하게 대답했다.

그날 슐레글 씨는 평소와 달리 맥주를 석 잔이 아니라 넉 잔을 마셨고, 8시 30분까지 있다 갔다.

날이 지나고, 주가 지났다. 춥고 흐린 4월은 따뜻한 5월과 아름다운 봄에 자리를 내주었다. 아름다운 봄의 말라스트라나는 천국이나 다름없다. 페트르진 언덕은 사방에 우유가 뿜어져 나온 것처럼 하얀 꽃들로 뒤덮인다. 말라스트라나의 모든 것이 라일락 향기에 흠뻑 젖어든다.

그때 리샤네크 씨는 위중한 상태에서 벗어났다. 봄은 그에게 연고를 바르는 것과 같은 효과를 선사했다. 나는 지팡이에 의지해 천천히 걸으며 공원을 산책하고 있는 그와 자주 마주쳤다. 전에도 리샤네크 씨는 야위고 쇠약한 사람이었지만 이제는 더욱 심했다. 그의 턱은 훨씬 더 힘없이 늘어져 있었다. 누구라도 그의 턱에 스카프를 둘러주고 눈을 감긴 다음 관에 눕히고 싶었을 것이다. 하지만 리샤네크 씨는 점차 회복되고 있었다.

하지만 그는 아직 슈타이니츠에 오진 않았다. 슈타이니츠에서는 슐레글 씨가 세 번째 테이블에 군림하며 온 힘을 다해 법석을 떨고 있었다.

그리고 마침내 6월 말, 성 베드로와 성 바오로의 축일에, 나는 갑작스럽게 리샤네크 씨와 슐레글 씨가 세 번째 테이블에 함께 앉아 있는 모습을 보게 되었다. 슐레글 씨는 다시 의자에 못 박힌 듯 앉아 있었다. 두 사람 다 창문을 등지고 앉아 있었다.

친구들과 이웃들은 악수를 하러 리샤네크 씨에게 다가

왔다. 모든 사람들에게 따뜻한 환영을 받은 노인은 감동해서 몸을 떨며 미소를 지었다. 그는 조용히 말했고 더 유순해졌다. 슐레글 씨는 앞에 있는 당구대를 바라보며 파이프 담배를 피웠다.

사람들에게서 벗어날 때마다 리샤네크 씨는 뷔페 옆에 있는 의사를 쳐다보았다. 그는 감사할 줄 아는 사람이었다.

리샤네크 씨가 멀리로 눈길을 돌렸을 때, 갑자기 슐레글 씨가 머리를 약간 옆으로 돌렸다. 그의 시선은 바닥에서 리샤네크 씨의 뾰족한 무릎을 지나 테이블 모서리에 놓인 손으로 천천히 움직였다. 그 손은 해골에 피부를 씌워 놓은 것처럼 보였다. 그의 눈은 잠시 거기 머물렀다가 더 위로 올라가 늘어진 턱과 수척한 얼굴에 가서 아주 잠깐 멈추었다가 곧 다른 곳으로 시선을 돌렸다.

"오셨군요. 다시 건강해지셨네요." 부엌이나 지하실 같은 곳에 있다가 방금 나온 주인장이 외쳤다. 그는 리샤네크 씨를 보자 구르듯이 달려왔다. "고맙기도 해라."

"그렇소. 고마운 일이지." 리샤네크 씨가 미소를 지었다. "이번엔 그럭저럭 빠져나왔소. 다시 몸이 좋아진 느낌이라오."

"하지만 아직 담배를 피우진 않으시지요? 지금도 피우고 싶지 않으십니까?"

"오늘 처음으로 담배를 피우고 싶단 생각이 드는군요. 한 대 피워야겠군."

"그거 좋은 징조로군요."

리샤네크 씨와 이야기를 마친 주인장은 코담배갑을 닫고 흔든 다음 그걸 슐레글 씨에게 주면서 몇 마디 말을 건네고 나서 자리를 떠났다.

리샤네크 씨는 파이프를 꺼내고 담배쌈지를 찾으려고 뒷주머니에 손을 뻗었다. 그리고는 고개를 갸웃거리더니 두 번, 세 번 반복하여 손을 뻗었다. 그러다 리샤네크 씨는 몸집이 자그마한 웨이터를 불렀다. "우리 집에 좀 갔다 와 주게. 우리 집 알지? 좋아, 여기 모퉁이. 내 담배쌈지를 찾아 달라고 하게. 식탁 위에 놓고 온 게 분명해."

소년은 벌떡 일어나 뛰어나갔다.

그때, 슐레글 씨가 몸을 움직였다. 그는 열려져 있는 담배쌈지에 오른손을 뻗어 그것을 리샤네크 씨의 앞 테이블까지 밀어 옮겼다. "담배를 피우고 싶으시다면, 제 담배는 빨간 딱지의 '세 왕들'입니다." 슐레글 씨가 특유의 퉁명스런 태도로 말했다.

리샤네크 씨는 대답하지도, 돌아다보지도 않았다. 그는 지난 11년 동안 그랬던 것처럼 얼음장처럼 무관심하게 고개를 돌리고 있었다.

하지만 그의 손은 여러 번 떨렸고, 턱은 굳게 닫혔다.

슐레글 씨의 오른손은 얼어붙은 것처럼 담배쌈지 위에 놓여 있었다. 그의 눈은 바닥에 박혀 있었다. 그리고 슐레글 씨는 연기구름을 내뿜고 헛기침을 하며 목을 가다듬었다.

어린 웨이터가 돌아왔다.

"고맙소. 하지만 보시는 대로 난 이렇게 내 담배쌈지를 찾았구려." 그제야 리샤네크 씨는 슐레글 씨에게 감사를 표했다. 하지만 그를 쳐다보진 않은 채였다. 잠시 후, 그는 마치 무언가 더 말할 필요를 느낀 것처럼 덧붙였다. "나 역시 빨간 딱지의 '세 왕들'을 피운다오."

리샤네크 씨는 파이프를 채우고 불을 붙여 담배를 피웠다.

"맛이 어떻습니까?" 슐레글 씨가 평소보다 백배는 통명스러운 목소리로 말했다.

"좋군요. 맛이 아주 좋아요. 고맙게도."

"그래요. 고맙게도." 슐레글 씨가 되풀이했다. 그의 입 주위의 근육이 어두운 하늘에 번쩍이는 번개처럼 실룩거렸다. 그리고 재빨리 덧붙였다. "우리는 당신을 걱정하던 참이었습니다."

그제야 리샤네크 씨는 천천히 자신의 이웃에게 고개를 돌렸다. 두 신사의 눈이 마주쳤다.

그때부터 리샤네크 씨와 슐레글 씨는 입구 오른쪽 세 번째 테이블에서 함께 이야기를 나누었다.

(1875)

다정한 루스카 부인
O měkkém srdci paní Rusky

상인인 요세프 벨시 씨는 말라스트라나에서 가장 부유한 상점주인 중 하나였다. 그의 가게에는 구두약으로 쓰는 태운 상아와 리코리스(지중해 연안과 서아시아가 원산지인 약초)에서 사금에 이르기까지 인도와 아프리카에서 나온 물건은 뭐든지 다 갖추고 있었다고 생각한다. 광장에 있는 그의 가게는 온종일 손님들로 넘쳐났다. 벨시 씨는 하루 종일 가게에서 일했는데 예외라고는 일요일 성 비트 대성당에서 열리는 대미사에 가거나 프라하 시민연대의 열병식에 참여할 때뿐이었다. 벨시 씨는 명사수였고, 1중대 1소대에 속해 언제나 가장 앞에서 네도마 중위의 오른쪽 세 번째 자리에 행진했다. 벨시 씨는 기꺼이 모든 고객들을 몸소

접대하고 싶어 했지만, 조수 두 사람과 수습생 둘을 따로 고용하고 있었다. 하지만 자신이 직접 접대할 수 없을 때에도 손님들에게 인사와 미소를 보내는 것을 결코 잊지 않았다. 사실 벨시 씨는 가게에서나 거리에서나 교회에서나, 간단히 말해 언제나 모든 곳에서 미소를 짓고 있었다. 그의 업무용 미소는 아예 얼굴근육에 새겨져서 지울 수 없을 것 같았다. 벨시 씨는 늙은 소년처럼 유쾌해 보이는, 자그맣고 통통한 양반이었는데, 늘 웃는 얼굴로 고개를 끄덕거렸다. 가게 안에서는 빵모자에 상인들이 입는 가죽 앞치마를 두르고 있었고, 밖에 나갈 때는 동그란 중산모를 쓰고 금단추달린 푸른 색 롱코트를 입고 다녔다.

나는 벨시 씨에 대해 바보 같은 고정관념을 갖고 있었다. 그가 살아있는 동안 나는 벨시 씨의 집에 발을 들여놓은 적이 한 번도 없었다. 하지만 내가 벨시 씨가 집에 있을 때의 모습을 상상할 때마다 항상 똑같은 광경이 상상되는 것이었다. 그건 벨시 씨가 앞치마를 두르고 식탁에 앉아 김이 모락모락 나는 국그릇 앞에 두고 한쪽 팔꿈치를 식탁에 받친 채 숟가락을 그릇에서 미소 띤 입으로 가져가는 모습이었다. 숟가락은 조각마냥 허공에 멈춰있는 광경이었다. 바보 같은 상상이라는 건 나도 안다.

우리의 이야기는, 그러나 184X년 5월 3일 오후 네 시에 시작된다. 벨시 씨는 이때 이미 살아 있는 자들에 속해 있지 않았다. 그는 가게 위 2층 방에서 아름다운 관 속에 누워있었다. 관 뚜껑은 아직 열려 있었고, 눈을 감고 있긴 했지만 벨시 씨는 여전히 미소를 띠고 있었다.

원래 네 시에 장례식이 시작될 예정이었다. 명사수들의 한 중대와 음악 밴드와 함께 술로 장식된 영구마차가 집 앞 광장에서 대기하고 있었다. 거실에는 말라스트라나의 유지들이 잔뜩 모여 있었다. 당연히 성 미쿨라셰 성당의 신부와 그 보좌들은 주요 인사들의 장례식에서 흔히 그러는 것처럼 벨시 씨가 가는 길을 서둘렀다는 말을 듣지 않기 위해 천천히 오고 있었다. 방은 비좁았다. 오후의 태양이 솟아올라 커다란 거울들에 빛을 반사했다. 관대 주위의 커다란 양초들은 불꽃과 연기를 뿜어냈고, 후덥지근한 공기는 그을음과 니스 칠한 검은 관의 냄새와 시신 밑에 깔아둔 톱밥의 냄새, 그리고 아마도 시신 자체에서 풍기는 냄새로 가득 차 있었다. 고요한 가운데 손님들이 조그맣게 소근 대는 소리만이 간간히 들렸다. 벨시 씨에게 남아 있는 가까운 친척이 없었던 탓인지 눈물을 흘리는 사람은 보이지 않았다. 먼 친척들은 이렇게 말했다.

"울음이 나면 참 좋을 텐데. 마음은 몹시 아프지만 눈물은 나지 않는군." "그러게, 그게 늘 상황을 더 안 좋게 만든다니까."

그때 루스카 부인이 들어왔다. 그녀는 고(故) 루스 씨의 미망인이었다. 루스 씨는 가장 훌륭한 포병대 연회들이 열렸던 그라포브스카 정원의 주인이었다. 누구에게도 별 문제될 이야기가 아니기 때문에 나는 루스카 부인의 과부 생활에 대해 내가 들은 이야기를 하고 지나가겠다. 당시 모든 포병연대는 자체적으로 포격수 중대를 갖고 있었다. 그들은 모두 피가 끓는 싱싱한 젊은 청년들이었다. 듣기에 루스 씨는 아내와 관계된 일 때문에 이 중대를 몹시 싫어했다고 한다. 이 때문에 어느 날 그들이 루스 씨를 흠씬 두들겨 팼고, 그것이 결국 그를 죽게 했다는 것이다. 하지만 내가 말한 대로, 이건 누구에게도 별 문제될 이야기가 아니다. 루스카 부인은 그 후로 25년 동안이나 자식도 없이 셀스케 트르히에 있는 집에 살며 과부 밥을 먹었다. 누군가 그녀가 뭘 하며 시간을 보내느냐고 묻는다면 그 대답은 '장례식에 가는 일'이 될 것이다.

루스카 부인은 사람들을 헤치고 관대 가까이 다가갔다. 그녀는 50대였지만 평균이상으로 키가 크고 건장한 여인이었다. 루스카 부인은 검은색 비단 베일을 어깨에 걸치고 밝은 녹색 리본이 달린 검은 모자로 정직한 둥근 얼굴을 둘러쓰고 있었다. 그녀는 녹갈색 눈으로 고인의 얼굴을 바라보다가 얼굴을 씰룩이며 입술을 떨기 시작했다. 엄청난 양의 눈물이 눈에서 솟아 나왔다. 그녀는 울음을 터뜨렸다.

하얀 손수건으로 능숙하게 눈과 입을 훔쳐내며 그녀는 자기 좌우에 있는 다른 조문객들을 엿보았다. 그녀의 왼쪽에는 양초 제조업자의 아내인 히르트 부인이 기도서를 읽고 있었다. 오른쪽에는 한 번도 본적이 없는 멋지게 차려 입은 젊은 여인이 서 있었다. 만약 그 여인이 프라하 사람이라면, 겉으로 보이는 바대로, 강 건너편 어딘가에 사는 것이 분명했다. 당연하게도 루스카 부인은 그 여인에게 독일어로 말을 걸었다. 그 당시 민족 문제에서 말라스트라나는 독일인들의 편에 기울어져 있었기 때문이다.

"하나님께서 고인을 영원히 가호하시길." 루스카 부인이 말했다. "꼭 살아서 미소를 짓고 있는 것 같네요." 부인의 눈에서 눈물이 홍수처럼 쏟아졌다. "고인은 가고 우리는 남았죠. 그 많은 재산도 다 여기 남겨놓고 말이요. 죽음은 도둑이에요."

모르는 여자는 대답을 하지 않았다.

"전에 어떤 유태인의 장례식에 간 적이 있답니다." 반쯤 소곤거리는 목소리로 루스카 부인이 말을 계속했다. "별로 좋지 않았어요. 거울로 몽땅 다 덮어놓는 바람에 어느 위치에서 봐도 시신이 보이지 않았어요. 이 방식이 더 낫지요. 모든 각도에서 고인을 볼 수 있으니까요. 이 관은 은화 20길더는 족히 들었을 것 같은데. 정말로 좋은 관이에요. 저 양반, 그 만큼 돈도 벌었죠. 죽어도 하나도 변하지 않았네요. 그저 조금 핼쑥해 보일 뿐이에요. 정말 꼭 살아있는 것 같지 않아요?"

"저는 생전에 벨시 씨를 뵌 적이 없어요." 낯선 여자가 말했다.

"그래요? 오, 하나님, 저는 저 사람이 총각 때부터 정말 잘 알았죠. 저 양반 부인도 처녀 때부터 잘 알던 사이였지요. 고인에게 평안을! 결혼식 때 신부의 모습이 어저께 일처럼 생생하네요. 신부는 아침부터 울기 시작했어요. 남자를 9년 동안이나 알아 왔는데도 결혼식장에서 우는 게 상상이 가세요. 바보 같은 짓이었죠. 그래요, 저 양반은 분명 시간을 많이 투자했어요. 하지만 아마도 저 이는 9년의 아홉 배라도 기다렸을 거예요. 결국 좋은 여자였으니까요. 그 여편네는 아주 성질이 고약한 여자였어요. 그 여자보다 예쁘고, 똑똑하고, 살림 솜씨가 뛰어난 여자는 아무도 없었어요. 그 여편네는 단돈 1페니를 깎기 위해 시장에서 한 시간을 싸웠지요. 빨래해 주는 여자가 물 한 방울도 허투루 쓰지 못하게 일일이 확인하고, 하녀들에게 절대로 먹을 걸 넉넉하게 주지 않았어요. 그리고 저 벨시 씨, 마누라 때문에 고생이 많았죠! 그 집에서 일했던 하녀 둘이 우리 집에서 일했기 때문에 전 그 집 사정을 잘 알고 있답니다. 저 양반은 잠시도 편할 날이 없었다더군요. 듣자 하니 저이가 존경받을 만한 이유가 있다면 워낙에 마누라를 무서워해서 마누라가 더 화를 낼까봐 절대 말대꾸를 하지 않았다는 것이랍니다. 그 여자는 우리가 옛날에 낭만주의자라고 불렀던 부류의 사람이었어요. 그 여자는 온 세상이 자신을 딱하게 여겨주길 바랐어요. 그 여자는 항상 자기 남편이 얼마나 자기를 괴롭게 하는지 이야기하고 싶어 했어요. 세상이 자신을 딱하게 여겨주기만 한다면 남편이 자기 음식에 독을 넣었다 해도 기뻐했을 거예요. 남편이 스스로 목을 매어 죽었다면 그것도 기뻐했을 거고요."

루스카 부인은 자기 옆에 있는 모르는 여자를 다시 슬

쩍 돌아보았다. 하지만 그녀는 거기 없었다. 너무 열을 올리는 바람에 루스카 부인은 옆에 있던 여자의 얼굴이 점점 더 벌게지다가 그녀가 말하는 도중에 다른 곳으로 가버린 걸 미처 보지 못했다. 지금 그 낯선 여자는 지방 자치단체의 회계 관리이자 벨시 씨의 친척인 우뮐 씨와 이야기하고 있었다.

루스카 부인은 다시 한 번 미동도 하지 않는 고인의 얼굴을 쳐다보고 울음을 터뜨렸다.

"불쌍한 사람 같으니라고!" 그녀가 모든 사람들이 들을 수 있을 정도로 큰 목소리로 히르트 부인에게 말을 했다. "이제 자기가 저지른 모든 일에 대해 하나님의 벌을 받아야겠지요. 결국 아주 고결한 양반이라고 할 순 없었으니까요. 저 양반이 아이까지 낳아준 톤다와 결혼하기만 했더라도……."

"이 여자, 빗자루를 타고 들어왔나?" 루스카 부인의 뒤에서 커다란 목소리가 거칠게 말하며 앙상하게 마른 남자의 손이 그녀의 어깨를 붙잡았다. 모든 사람들이 깜짝 놀라 루스카 부인과 그녀 앞에 서 있는 우뮐 씨를 돌아보았다. 우뮐 씨는 손가락으로 문을 가리키며 거칠지만 날카로운 목소리로 명령했다. "나가!"

"무슨 일이야?" 문 쪽에서 뼈와 가죽만 남은 것이 자기 형과 꼭 닮은 또 한 사람의 우밀 씨가 물었다. 그는 말라스트라나의 경찰서장이었다.

"이 늙은 마녀가 여기로 날아 들어와 고인을 중상모략하기 시작했어. 이 여자, 정말 독한 주둥아리를 가졌군."

"그 놈의 주둥이를 한 대 갈겨버려요!"

"저 여자는 장례식 때마다 와서 이런 짓을 하고 갑니다." 사방에서 여러 목소리가 말했다.

"성지聖地에서도 소란을 피울 여편네요!"

"당장 여기서 나가요." 경찰서장이 루스카 부인의 팔을 잡아끌면서 명령했다. 그녀는 어린아이처럼 울면서 따라 나갔다.

"정말 망신스런 일이야!" 누군가 말했다. "이런 훌륭한 장례식에!"

"이제 좀 조용히 해요." 성직자들이 도착하고 있을 때 대기실에서 경찰서장이 루스카 부인에게 명령했다. 그리고 그는 계단으로 그녀를 끌고 갔다. 루스카 부인이 뭔가 말하려고 했지만, 경찰서장은 가차 없이 그녀를 집밖으로 끌고 가서 경관을 한 사람 불렀다. "이 여자를 자기 집으로 데려다 주게. 이 장례식에서 더 이상 소동이 벌어지는

걸 원치 않으니까!'

 루스카 부인은 얼굴이 새빨개져서 대체 무슨 일이 벌어지고 있는지 정신을 차리지 못하고 있었다.

 "이 무슨 망신스런 일인가." 광장에 있던 누군가가 중얼거렸다. "이렇게 훌륭한 장례식에!'

 염색업자이던 움엘 씨의 손자이며, 시의회 서기이던 우멜 씨의 자식들인 우밀 형제(이름이 점점 독일식으로 변하는 것을 알 수 있다.)는 지극히 엄격하고 진지한 신사들이었다. 오늘 루스카 부인이 말라스트라나 모든 사람의 미움을 산 것에 대해, 나는 감히 그녀가 전 세계의 미움을 산 것이나 마찬가지라고 말할 것이다. 왜냐하면 말라스트라나는 이곳에 사는 우리들에게는 그 자체로 하나의 세계나 다름없었기 때문이다.

 다음 날 루스카 부인은 모츠테츠카 거리에 있는 경찰서로 출두하라는 명령을 받았다.

 그곳은 항상 활기가 넘치는 곳이었다. 여름이면 경찰서 사람들은 근무하는 동안 창문을 활짝 열어놓곤 했다. 그 당시에는 요즘처럼 경찰의 행동을 미화시켜주는 경찰의 품행에 대한 최신의 규제들이 전혀 없었기 때문에 그들에게는 거리낄 것이 전혀 없었다. 유명한 말라스트라나의 혁명가인 하프연주자 요세프는 그 창문 아래 인도에 서 있곤 했는데, 우리 소년들 중 하나가 지나갈 때 우리에게 한쪽 눈을 찡긋하며 엄지손가락으로 위쪽 창문을 가리키고는 만족스런 미소를 지으며 말했다. "저들이 저 위에서 또 짖고 있군 그래." 나는 그가 경찰을 욕하려 했다기보다는 단지 자신이 생각할 수 있는 가장 생생한 표현을 쓰려고 했을 뿐이었다고 생각하고 싶다.

그리고 184X년 5월 4일 루스카 부인은 검은 망토와 녹색 리본이 달린 모자를 쓰고서 엄격한 경찰서장 앞에 섰다. 몹시 위축된 그녀는 고개를 수그리고 조용하게 바닥만 쳐다보고 있었다. 경찰서장이 장황한 훈계의 끝을 이렇게 마무리 지었다. "당신은 살아 있는 동안 장례식장에 다시 발을 들여놓을 수 없소! 이제 가도 좋소!" 루스카 부인은 경찰서를 떠났다. 당시만 해도 경찰서장이면 누군가 죽는 것을 금지할 만한 권력을 갖고 있었으니 장례식에 참석하는 걸 금지하는 정도는 더 말할 나위도 없었다.

그녀가 사무실에서 나간 뒤, 경찰서장은 부하들 중 한 사람에게 웃으며 말했다. "저 여자는 절대 참을 수 없을 거야. 저런 여편네는 톱과 똑같아서 자기 앞에 있는 것은 뭐든지 썰어버려야 직성이 풀리거든."

"저런 여자는 벙어리들을 위해 벌금을 내야만 합니다!' 부하가 대답했다. 그들 둘 다 폭소를 터트렸고 경찰서는 다시 화기애애한 분위기로 돌아갔다.

 루스카 부인이 원래의 모습으로 돌아오는 데는 상당한 시간이 걸렸다. 하지만 결국 그녀는 자신의 모습을 되찾고야 말았다. 6개월 쯤 지난 뒤, 루스카 부인은 프라하에서 죽은 사람의 장례행렬이라면 반드시 지나갈 수밖에 없는 우에스트 문 옆에 방을 하나 빌렸다. 그러고는 장례행렬이 지나갈 때마다 루스카 부인은 밖에 나와서 속에 있는 말을 전부 큰 소리로 쏟아냈던 것이다.

(1875)

그녀가 거지를 망하게 만든 방법
Přivedla žebráka na mizinu

나는 불행한 이야기를 하고 싶다. 하지만 무엇보다 보이티셰크 씨의 즐거운 얼굴이 내 눈앞에 먼저 떠오른다. 일요일에 가족들이 둘러앉아 신선한 버터에 구워먹던 고기 조각처럼 건강하게 빛나던 얼굴. 토요일이 되어—보이티셰크 씨는 일요일에만 면도를 했다—턱에 다시 하얀 수염이 잔뜩 돋아나 진한 크림처럼 빛날 때, 그의 얼굴은 훨씬 잘 생겨 보였다. 나는 보이티셰크 씨의 머리칼도 좋아했다. 동그란 대머리 주위에 난 별로 많지 않은 머리털들은 이미 많이 새어 희다기보다는 약간 누리끼리하게 변하고 있었다. 하지만 그것은 머리 주변에서 비단처럼 부드럽게 휘날리곤 했다. 보이티셰크 씨는 항상 손에 모자를 들고 다니긴 했지만 햇살이 특히 강한 곳을 지나갈 때만 그것을 썼다. 난 그의 웃음기 어린 푸른 눈과 동그란 얼굴과 매력이 넘치는 솔직한 시선을 아주 많이 좋아했다.

보이티셰크 씨는 거지였다. 나는 그가 전에 무슨 일을 했는지 전혀 모른다. 하지만 보이티셰크 씨가 말라스트라나에서 매우 유명한 사람이었다는 점을 짐작해 볼 때 상당히 오랫동안 거지로 살아왔을 것이 분명했다. 또한 왕성한 건강상태로 미루어 그 양반은 그 후로도 오랫동안 그렇게 살아갈 것이 분명했다. 당시에 보이티셰크 씨가 몇 살쯤 되었는지 나는 잘 알고 있다. 나는 그가 오스트루호바 거리를 향해 스바토얀스키 고개를 특유의 잰걸음으로 절룩절룩 걷고 있는 모습을 본 적이 있었다. 보이티셰크 씨는 난간에 기대 햇볕을 쬐고 있던 경찰관 시므르 씨에게 다가갔다. 시므르 씨는 뚱뚱한 경관이었다. 너무 뚱뚱해서 입고 있는 회색 제복은 항상 터질 것만 같았다. 이런 비유를 해도 될지 모르겠지만, 뒤에서 보면 그의 머리는 기름기가 줄줄 배여 나오는 소시지 덩어리처럼 보였다. 걸음을 걸을 때마다 거대한 머리 위에서 번쩍번쩍 광이 나는 모자가 들썩거렸고, 혹 부끄러움도 없이 법을 무시하고 불붙인 파이프를 입에 물고 길을 건너는 떠돌이

일꾼이라도 쫓아가야 할 경우에는 재빨리 모자를 벗어서 팔에 끼고 달릴 수밖에 없었다. 그 모습은 우리들 아이들을 자지러지게 웃게 했지만, 시므르 씨가 돌아볼 때는 아무것도 보지 못한 척했다. 시므르 씨는 슐루크노프(독일과 국경을 접하고 있는 체코 북쪽의 소도시) 태생의 독일 사람이었다. 만약 아직 살아 계시다면—부디 그러기를 빈다—나는 그 양반이 그때와 똑같이 체코 말을 여전히 잘 못하리라고 장담할 수 있다. "난 체코 말을 배운 지 겨우 1년밖에 안 됐는 걸." 그게 시므르 씨의 입버릇이었다.

다시 하던 이야기로 돌아오면 그날 보이티셰크 씨는 왼팔에 모자를 끼고 오른손은 회색코트 주머니에 깊이 찔러 넣고는, 하품을 하고 있는 시므르 씨에게 다가가 "하느님의 가호가 함께 하시길!"이라고 인사를 건넸다. 시므르 씨도 마주 인사를 했다. 보이티셰크 씨는 자작나무 껍질로 만든 수수한 코담배갑을 꺼내 가죽고리로 뚜껑을 열고는 시므르 씨에게 권해주었다. 시므르 씨는 코담배를 한 줌 쥐어가면서 말했다. "나이가 꽤 되시는 것 같은데, 연세가 어떻게 되시우?"

"글쎄," 보이티셰크 씨가 미소를 지었다. "우리 아버지가 재미를 보다가 날 이 세상에 떨어뜨려 놓은 지 거의 80

그녀가 거지를 망하게 만든 방법 **157**

년이 다 되어 갈 걸."

주의 깊은 독자라면 거지인 보이티셰크 씨가 경찰과 이렇게 이웃처럼 허물없이 이야기하는 것을 보고 놀랄 것이 분명하다. 시므르 씨는 보이티셰크 씨를 시골뜨기나 아랫사람처럼 대하지 않았다. 그 당시 경찰이 되는 것이 무엇을 의미했는지 명심해야 할 것이다! 요즘 경찰이라고 하는 어중이떠중이와 달랐다. 매일 교대로 거리를 순찰하는 경관으로 노바크 씨와 시므르 씨와 케들리츠키 씨와 바이세 씨가 있었다. 슬라브체(체코 중부 프라하 서쪽에 위치한 소도시) 출신의 몸집 작은 노바크 씨는 매실주를 좋아해서 가게 앞에 서 있는 걸 좋아했다. 그리고 슐루크노프 출신의 시므르 씨가 있고, 비셰흐라트 출신의 케들리츠키 씨는 침울했지만 마음은 선량한 양반이었다. 마지막으로 로주미탈 출신의 바이세 씨는 유별나게 길고 누런 이를 가진 키가 껑충한 신사였다. 그 양반들이 어디 출신이며, 이 전장에 복무한 지 얼마나 되었는지, 또 자녀들은 몇이나 되는지 모든 사람들이 다 알고 있었다. 우리 아이들은 모두 그들에게 딱 달라붙어 온 동네를 졸졸 따라 다녔다. 경관들은 거리에 사는 남녀노소를 다 알고 있었고, 어머니들에게 아이들이 어디로 갔는지, 뭘 하고 있는지 이야기해 줄 수 있었다. 1844년 바이세 씨가 렌트하우스에서 일어난 화재를 진화하다가 순직했을 때, 오스트루호바 거리의 모든 사람들이 그의 장례행렬을 뒤따랐다.

하지만 보이티셰크 씨는 흔히 보는 그런 거지가 아니었다. 그는 거지같아 보이지도 않았다. 보이티셰크 씨는 꽤 깨끗한 편이었다. 적어도 한 주가 시작될 무렵에는 그랬다. 목에 맨 스카프는 늘 단정하게 묶여 있었고, 코트에는 몇 군데 덧댄 곳이 있었지만 색깔을 잘 맞추어서 별로 얼룩덜룩해 보이진 않았다. 한 주가 지나는 동안 보이티셰크 씨는 말라스트라나 전체를 구석구석 돌아다녔다. 그는 어느 집이나 마음대로 드나들었고 가정주부들은 밖에서 보이티셰크 씨의 점잖은 목소리가 들리면 곧바로 반 크로이처 짜리 동전을 내다주었다. 반 크로이처는 그 당시만 해도 꽤 큰돈이었다. 그는 오전 내내 구걸을 하다가 성 미쿨라셰 성당에서 열리는 11시 30분 미사에 참석했다. 보이티셰크 씨는 절대 교회 앞에서 구걸하지 않았고 입구 앞에 쪼그려 앉아 있는 거지 여인들을 아는 척도 하지 않았다. 미사가 끝나면 그는 배를 채우려 어디론가 사라졌다. 보이티셰크 씨는 어떤 날 어떤 집이 점심 때 남은 밥 한 그릇을 자신을 위해 남겨 두고 있는지 늘 잘 알고 있었다. 그의 행동거지에는 자유롭고 편안한 무언가가 있었다. 그것은 독일 시인 테오도르 슈토름이 자신의 시에서 "아, 저 갈색 들판에 가서 구걸을 할 수만 있다면!'이라고 익살스럽게 표현할 수 있게 한 태도에 가까운 것이었다.

우리가 사는 건물의 주막 주인 헤르츨 씨는 보이티셰크 씨에게 돈을 주지 않는 유일한 사람이었다. 헤르츨 씨는 마르고 키가 큰 사람이었는데 조금 인색한 면이 없지 않았다. 그래도 그는 좋은 사람이었다. 돈 대신 헤르츨 씨는 담배쌈지에서 보이티셰크 씨에게 담배를 조금 나누어 주곤 했다. 그러면서—이때는 항상 토요일이었는데—두 사람은 늘 똑같은 대화를 나누었다.

"아, 보이티셰크 씨, 시절이 별로 좋지 않아."

"정말 그래, 헤르츨 씨. 사자가 비셰흐라트의 그네(19세기에는 축제 때 비셰흐라트에 큰 그네가 세워져서 인기를 끌었다고 한다.)를 탈 때까지 좋아지지 않을 거야.

이때 그가 가리키는 것은 성 비트 대성당 탑에 있는 사자였다. 나는 보이티셰크 씨의 그 말이 항상 나를 혼란스럽게 했다는 걸 인정해야겠다. 건강한 정신을 가진 소년으로서—나는 그 때 이미 여덟 살이었다—보이티셰크 씨가 얘기한 문제의 사자가 내가 장날에 했던 일, 그러니까

석교를 건너 비셰흐라트로 가서 저 유명한 빙빙 도는 그네를 타는 일을 할 수 있다는 것을 이치에 어긋난다고 생각하진 않았다. 하지만 그 일이 어떻게 시절을 좋게 만들 수 있는지 나는 전혀 이해할 수 없었다.

*

아름다운 유월의 어느 날이었다. 보이티셰크 씨는 성 미쿨라셰 교회에서 나와 강한 햇살을 막기 위해 머리에 모자를 썼다. 그리고 요즘 슈테판스카 광장(지금은 말라스트라나 광장이라고 불린다.)으로 불리는 곳을 천천히 걸어갔다. 그는 성 삼위일체 기둥에서 걸음을 멈추고 그 층계참에 앉아 뒤에서 들려오는 졸졸거리는 물소리를 들으며 그 아름다운 햇살 속에서 일광욕을 즐겼다. 보이티셰크 씨는 오늘도 12시를 넘어서까지 점심을 먹지 않고 있는 어떤 집에서 가서 식사를 해결할 작정인 게 분명했다.

보이티셰크가 자리에 앉자마자 성 미쿨라셰 성당 앞에 있던 여자 거지 한 사람이 일어서서 그가 있는 쪽으로 다가왔다.

사람들은 그 여자를 백만 배 할멈이라고 불렀다. 다른

거지 여인들이 적선을 하는 사람들에게 하나님께서 그들의 선행을 백배로 갚아줄 거라고 얘기하는 반면, 백만 배 할멈은 늘 "백만 배로, 백만 배로"라고 말했기 때문이다. 바로 그 때문에 성당 임원의 아내이자 프라하에서 열리는 모든 경매의 단골손님인 헤르만 부인은 그녀에게만 적선을 했다. 백만 배 할멈은 상황에 따라 똑바로 걷기도 하고 절룩거리기도 했는데, 지금은 기둥 옆에 있는 보이티셰크 씨에게 똑바로 걸어가고 있었다. 그녀의 린넨 치마는 거의 소리를 내지 않고 말라비틀어진 팔다리 주위를 펄럭거렸고, 머리에 두른 파란색 머릿수건은 위아래로 가볍게 흔들리고 있었다. 나는 늘 그녀의 얼굴이 참을 수 없을 만큼 보기 싫다고 생각했다. 뾰족한 코와 입 위에는 온통 물에 분 국수가닥 같이 생긴 자글자글한 주름뿐이었다. 눈은 고양이 눈처럼 누리끼리한 녹색을 띠고 있었다.

백만 배 할멈은 보이티셰크 씨 앞에 다가와서 합죽한 입으로 "주 예수를 찬양하라!"라고 중얼거렸다.

보이티셰크 씨는 완전히 동의한다는 표시로 고개를 끄떡였다.

백만 배 할멈은 계단의 다른 쪽 끝에 앉아서 갑자기 재채기를 했다. 그녀가 "쳇!"이라고 말했다. "나는 햇빛이 싫어요. 햇빛을 받으면 재채기가 난답니다."

보이티셰크 씨는 아무 대꾸도 하지 않았다.

백만 배 할멈이 스카프를 끌어당겨 얼굴을 다 드러냈다. 그녀는 햇살 속에서 고양이처럼 두 눈을 가늘게 떴는데, 눈을 감았다 뜨자 이마 밑에서 빛나는 점 두 개가 번쩍였다. 백만 배 할멈은 줄곧 입을 꼭 다물고 있었는데 입을 벌리니 윗잇몸에 새까만 앞니 하나만이 남아 있는 게 보였다.

"보이티셰크 씨." 백만 배 할멈이 다시 말을 걸었다. "보이티셰크 씨, 나는 언제나 말해왔답니다. 댁이 바라기만 한다면……."

보이티셰크 씨는 아무 말도 하지 않았다. 하지만 그는 고개를 돌려 그녀의 입을 빤히 쳐다보았다.

"나는 항상 말해왔어요. 보이티셰크 씨가 바라기만 한다면, 우리에게 좋은 사람들이 어디 있는지 말해 줄 수 있다고."

보이티셰크 씨는 여전히 아무 말도 하지 않았다.

"왜 댁은 날 그렇게 쳐다보고 있는 거유?" 잠시 뒤에 백만 배 할멈이 물었다.

"그 이빨 말이요! 왜 댁한테 이빨이 하나밖에 없는지

도무지 알 수가 없구려."

"아, 내 이빨!" 그녀가 한숨을 쉰 다음 말을 이었다. "사람들 말로는 이빨이 하나 빠지면 친구가 하나 줄어든다고 합디다. 그래요. 내가 잘되기를 빌어주던 사람들은 모두 죽었어요. 전부 다. 이제 친구라곤 한 명밖에 남지 않았수. 하지만 나로서는 우리 자비로우신 하나님께서 이제 내 여생에 누구를 또 만나게 해 주려고 하시는지 전혀 몰라요. 오, 주님, 나는 완전히 버림받는 몸이에요."

보이티세크 씨는 앞을 똑바로 바라보며 아무 대답도 하지 않았다.

거지 여인의 얼굴에 미소 같은 것이 스쳤다. 기쁨에 가까운 것이었지만 엄청나게 추한 표정이었다.

백만 배 할멈이 입을 합죽하게 오므렸다. 그러자 그녀의 얼굴 전체가 그 입으로 쏠려 들어가는 것처럼 보였.

"보이티세크 씨!"

"보이티세크 씨, 우리 두 사람은 함께 행복하게 지낼 수 있어요. 나는 항상 댁 생각뿐이었수다. 나는 그게 하나님께서도 바라는 일이라고 생각하우. 보이티세크 씨, 댁은 홀몸이고 돌봐줄 사람이 아무도 없어요. 모든 사람이 댁을 좋아하지. 댁은 좋은 사람들도 많이 알고 있고. 나는 댁과 같이 살 수 있어요. 나한테는 작은 깃털이불도 하나 있답니다."

그녀가 말하는 동안 보이티세크 씨는 천천히 자리에서 일어났다. 그는 이제 똑바로 섰다. 그리고 오른손으로 가죽으로 만든 모자챙을 똑바로 폈다. "차라리 약을 먹고 죽고 말지!" 그가 마침내 이렇게 내뱉고 인사도 없이 등을 돌리더니 천천히 오스트루호바 거리를 향해 걸어갔다. 두 개의 빛나는 녹색 점이 그가 모퉁이를 돌아 사라질 때까지 뒤를 좇고 있었다. 백만 배 할멈은 스카프를 다시 턱 위로 끌어올리고 한참동안이나 꼼짝도 않고 앉아 있었다. 아마도 잠이 든 것 같았다.

*

갑자기 말라스트라나에 이상한 소문이 떠돌기 시작했다. 소문을 들은 사람들은 누구나 자기 귀를 의심했다. 대화는 "보이티세크 씨가"라는 단어로 시작됐고 좀 이따 다시 "보이티세크 씨가?"라는 말이 들렸다.

나도 곧 소문의 전말을 들었다. 사람들은 보이티세크 씨가 전혀 가난하지 않다고 말했다. 그가 강 건너 구시가지에 집을 두 채나 갖고 있으며 프라하 성 근처에 있는 브루스카에서 살고 있다는 건 새빨간 거짓말이라는 것이었다.

보이티셰크 씨는 말라스트라나의 선량한 주민들을 바보 취급하고 있었던 것이다! 그 오랜 세월 동안 말이다!

분노가 밀려왔다. 특히 남자들이 분개했다. 그들은 자신들이 속아왔다는 사실에 모욕감과 수치심을 느꼈다.

"나쁜 영감!"

한 사람이 그렇게 말하면 다른 사람은 그럴듯한 추측을 내놓았다. "맞아. 일요일에 그 양반이 구걸하는 걸 본 사람 있어? 틀림없이 그 대궐 같은 집 중 하나에서 편안히 고기를 구워먹고 있었을 거야."

그러나 여자들은 망설였다. 보이티셰크 씨는 너무나 친절한 얼굴을 하고 있었고 너무나 진실해 보이는 사람이었다.

아아, 슬프게도 새로운 소식이 하나 더 들려왔다. 듣자 하니 딸도 둘이나 있는데 그 딸들을 모두 요조숙녀로 키웠다는 것이다. 딸 하나는 중위와 약혼했으며 다른 딸은 여배우가 될 예정이라고 했다. 그들은 장갑을 끼지 않고는 아무 데도 다니지 않았고 슈트로모브카 공원에도 마차

없이는 가지 않는다고 했다.

그것이 여자들의 태도를 결정지었다.

48시간 내에 보이티셰크 씨의 운명은 영원히 바뀌었다. 그는 모든 집에서 "때가 안 좋다"는 말로 문전 박대를 당했다. 그가 점심을 얻어먹던 곳에서 그는 "오늘은 남은 게 없다"거나 "우리 집은 가난해서 콩국밖에 없는데 댁한테 어울리지 않는 음식일 것"이라는 말을 들었다. 거리의 부랑아들이 보이티셰크 씨 주위에서 팔짝팔짝 뛰어 다니며 소리쳤다. "영주님! 영주님!"

어느 날 나는 집 앞에 서 있다가 보이티셰크 씨가 오는 걸 보았다. 헤르츨 씨는 평소처럼 하얀 앞치마를 입고 문간에 기대 서 있었다. 왠지 설명하기 어려운 두려움에 사로잡혀 나는 집안으로 뛰어 들어와서 묵직한 문 위에 숨었다. 경첩 사이로 보이티셰크 씨가 걸어오는 모습을 볼 수 있었다.

보이티셰크 씨의 얼굴에는 평소와 달리 웃음기라고는 전혀 찾아 볼 수 없었다. 손에 들린 모자는 떨리고 있었다. 그는 머리를 수그리고 있었고 누런색 머리칼은 흐트러져 있었다. "주 예수를 찬양하라." 보이티셰크 씨가 평범한 목소리로 외치며 고개를 들었다. 얼굴은 창백했고 눈은 피로로 흐려져 있었다.

"보이티셰크 씨, 잘 만났소. 나한테 2만 쯤 빌려 줄 수 있겠수. 돈 떼일 걱정은 안 해도 좋아요. 담보는 좋으니까. 내가 여기 라부티 옆에 집을 사려고 생각 중인……."

헤르츨 씨는 말을 다 맺지 못했다.

보니티셰크 씨가 갑자기 울음을 터뜨렸기 때문이다. "하지만 난, 하지만 난……." 그는 흐느껴 울었다. "나는 평생 선량하고 정직하게 살아왔는데!"

그는 비틀거리며 거리를 걷다가 프라하 성으로 도는 길목의 벽에 풀썩 주저앉았다. 그리고 무릎에 고개를 박고 큰 소리로 통곡을 하기 시작했다.

나는 부모님 방으로 뛰어 들어갔다. 어머니께서 창가에 서서 거리를 내다보고 계시다가 내게 물었다.

"헤이츨 씨가 저 분한테 뭐라고 말한 거니?"

나는 창밖으로 울고 있는 보이티셰크 씨의 모습을 바라보았다. 어머니는 우리 간식을 준비하고 계신 중이었다. 하지만 어머니는 창가로 걸어가서 밖을 내다보고 고개를 저으셨다.

갑자기 나는 보이티셰크 씨가 천천히 몸을 일으키려고 하는 것을 보았다. 어머니는 재빨리 빵을 썰어서 커피 잔

위에 놓고 급하게 달려 나가셨다. 어머니는 문간에서 보이티셰크 씨를 부르며 손을 흔들었다. 하지만 그는 어머니가 부르는 소리를 듣지도 손을 흔드는 모습을 보지도 못했다. 그러자 어머니는 보이티셰크 씨를 쫓아가서 커피 잔을 건네주었다. 그는 어머니를 쳐다보았지만 아무 말도 하지 못했다. 마침내 보이티셰크 씨가 말했다. "하나님의 축복을." 그리고 덧붙였다. "하지만 지금은 입으로 뭐가 넘어갈 것 같지 않아요."

*

보이티셰크 씨는 말라스트라나에서 다시는 구걸하지 않았다. 하지만 그는 강 건너 구시가지에서도 구걸을 할 수 없었다. 거기 사는 사람들은 아무도 보이티셰크 씨를 몰랐고, 그곳 경찰들도 마찬가지였다. 그는 클레멘티눔(지금은 국립도서관으로 사용되고 있다.) 근처에 있는, 카렐 다리 옆 위병소 바로 맞은편의 성 십자가 성당 계단에 앉아 있곤 했다. 오전 수업만 있는 매주 목요일 오후, 우리가 시장에서 파는 책들을 구경하러 구시가지에 건너갈 때마다 나는 보이티셰크 씨를 볼 수 있었다. 그는 모자를 땅바닥에 놓고 머리를 가슴팍까지 푹 수그리고 있었는데, 손에 묵주를 쥐고 아무에게도 눈길을 주지 않았다. 보이티셰크 씨의 벗겨진 머리와 뺨과 두 손은 전처럼 빛나지 않았다. 누런 피부는 거친 잔주름으로 쪼글쪼글 해져 있었다. 아는 척을 해야 할까? 왜 안 돼? 하지만 나는 감히 보이티셰크 씨에게 똑바로 다가갈 수 없었다. 그래서 기둥들을 따라 살금살금 그의 뒤로 가서 내 목요일 용돈을 몽땅 그의 모자에 던져주고는 재빨리 달아났다. 그 뒤 나는 다리 위에서 딱 한 번 보이티셰크 씨를 보았다. 경찰에게 이끌려 말라스트라나로 가고 있는 중이었다. 그것이 내가 본 보이티셰크 씨의 마지막 모습이었다.

*

지독히 추운 화요일 아침이었다. 날은 아직 어둑어둑했다. 유리창에 두껍게 낀 얼음이 꽃무늬를 만들며 반대쪽에 있는 난로의 오렌지 색 불빛을 반사했다. 마차 한 대가 덜컥거리며 집 앞을 지나갔다. 개가 짖었다.

"나가서 우유 두 병을 받아오너라." 어머니가 말씀하셨다. "목도리 하고 나가는 거 잊지 말고."

우유 아줌마가 마차 옆에 서 있었다. 그리고 경찰관 케들리츠키 씨가 마차 뒤에 있었다. 몽땅한 양초가 유리로 만든 사각형 모양의 초롱으로부터 침침한 빛을 뿜고 있었다. "누구요? 보이티셰크 씨요?" 우유 아줌마가 우유를 휘젓다 말고 물었다. 숟가락을 써서 크림을 만드는 것은 엄격히 금지된 일이었지만 내가 말한 대로 케들리츠키 씨는 마음이 좋은 사람이었다.

"그래요. 우린 그 양반을 우예스트의 막사 근처에서 자정이 좀 지난 시간에 발견했답니다. 꽁꽁 얼어붙은 상태였어요. 그래서 우리는 그를 곧바로 카르멜 수도회의 영안실로 모셔다 놓았지요. 가진 거라고는 낡은 코트와 바지가 전부였습니다. 셔츠조차 입고 있지 않더군요."

(1875)

1849년 8월 20일 오후 12시 30분에 오스트리아가 멸망하지 않은 이유

Jak to přišlo, že dne 20. srpna 1849, o půl jedné s poledne, Rakousko nebylo rozbořeno

1849년 8월 20일 오후 12시 30분에 오스트리아는 멸망할 예정이었다. 적어도 '권총클럽'의 의결에 따르면 그랬다. 오스트리아의 죄목이 정확히 뭐였는지는 기억나지 않지만, 상기 의결이 심사숙고 끝에 채택됐음에는 의심의 여지가 없었다. 계획은 서약으로써 확정되었고, 그 실행은 믿음직스러운 이들의 손에 맡겨졌다. 그들은 바로 트로츠노프의 얀 지슈카, 프로코프 홀리, 또 다른 프로코프, 그리고 후스의 니콜라스(네 명 모두 체코의 역사적인 인물에서 따온 이름이다.)였다. 다시 말해, 나, 돼지고기집 아들 요세프 룸팔, 구두장이네 아들 프란티크 마스트니, 그리고 라코브니크 근처에서 온 안토닌 호흐만(농부인 형으로부터 금전적 도움을 받아서 공부하고 있었다)이었다. 앞서의 역사적 이름들은 아무렇게나 붙여진 것이 아니라, 각자의 특징을 반영하는 것이었다. 나는 피부색이 어둡고 말이 빨랐기 때문에 지슈카라는 이름이 주어졌다. 덧붙여, 나는 요세프네 다락방에서 열린 권총클럽 첫 회의 때 왼쪽 눈에 검은 안대를 하고 나갔었는데 그것이 무척이나 화제를 불러일으켰던 탓도 있었다. 이후 나는 회의 때마다 안대를 해야 했다. 좀 불편하긴 했지만 도리가 없었다. 다른 회원들도 자신의 역사적 이름에 대해 마찬가지로 합당한 근거를 지니고 있었다.

  계획은 굉장히 주도면밀하게 준비되었다. 1년을 꽉 채운 기간 동안, 우리는 밖에서 놀 때마다 새총 쏘는 연습을 했다. 마스트니 즉, 프로코프가 탄환으로 쓰기에 아주 좋은 재료들을 공급해 주었다. 우리는 백보 떨어진 거리에서도 나무 그루터기를 쏘아 맞출 수 있었다. 크기가 사람만한 그루터기라면 가능했다. 하지만 이것이 준비의 전부는 아니었다. 1년 동안 우리는 (합법적으로든 불법적으로든) 수중에 들어온 푼돈을 긁어모아서 '권총기금'에 적립하였다. ('권총클럽'이라는 이름도 여기서 나왔다.) 그 결과 모인 돈은 모두 11길더였다. 일주일 전에 우리는 구시가지에서 5길더를 주고 권총을 구입했다. 상인의 말에 따르면 '멋진 벨기에의 리에주식 디자인'의 권총이었다. 방학 중에 날마다 모였던 우리는 한 차례의 회의시간 전체를 권총을 칭찬하는 데 쏟아 부었다. 회원 모두가 차례로 권총을 손에 쥐어보면서, 멋진 리에주식 디자인이라는 점을 확인하였다. 우리는 한 번도 권총을 발포하지 못했는데 이유는 첫째, 우리에게는 화약이 없었고, 둘째, 작년에 일어났던 혁명으로 인해 선포된 비상사태가 아직 유효하여 매우 주의할 필요가 있었기 때문이다. 우리는 정체가 드러나지 않도록 무척 조심했기 때문에 다른 사람을 입회시키지 않았다. 회원은 라틴어 학교 동창생들인 우리 네 사람이 전부였고, 다른 회원은 필요하지 않았다. 우리는 남은 6길더로 권총을 한 자루 더 사서 무장을 두 배로 강화하는 대신, 정확한 비용은 모르겠지만 화약을 사기로 결정했다. 우리는 권총 한 자루면 계획 실행에 충분할 것이라고 생각했다. 권총클럽의 공동 자산에는 도자기로 만든 파이프 담뱃대도 있었는데, 프로코프가 권총클럽을 대표하여 비밀회의가 열리는 내내 그것을 피우곤 했다. 그 우아한 파이프에는 후스파의 상징인 성배, 철퇴, 미늘창이 그려져 있었지만 그것은 우리가 실행하려는 계획과는 딱히 관계가 없었다. 또한, 프로코프 홀리의 형이 낡은 동전 두 개를 가지고 만들어 준 특수한 전기장치도 있었는데, 제대로 작동하지 않아서 그냥 내버려 두었다.

자, 그럼 이제 만인이 칭송해 마지않을 우리의 계획을 소개해 보겠다. 목표: 오스트리아 멸망. 1단계: 프라하 점령. 수단: 마리안 성벽 끄트머리에 위치한 요새의 탈취. 그곳이라면 포격의 위협을 받지 않고 도시를 통제할 수 있었다. 중요 세부사항: 요새를 습격하는 시간은 정오로 할 것. 태곳적부터 요새 공격이 늘 자정에만 행해졌다는 점과, 자정이 초병들의 경계 태세가 가장 철저한 시간이라는 점을 고려한다면, 우리의 전략이 소름끼치게 교활한 것임을 인정하지 않을 수 없으리라. 정오에 요새를 지키는 초병의 숫자는 여섯에서 여덟이었는데, 안마당으로 들어가는 철문에서 보초를 서는 것은 한 명뿐이었다. 문은 늘 조금 열려 있는 상태였고, 보아하니 초병은 경계 임무에 태만하였다. 또 다른 초병이 요새의 프라하 쪽 입구를 지키고 있었고, 그곳에는 대포 몇 대가 설치되어 있었다. 우리 네 사람과 또 다른 한 사람(누구인지는 곧 밝히겠다)은 산책하는 척하며 문으로 다가가 초병을 쓰러뜨리고 무기를 빼앗을 계획이었다. 그리고 위병소 창문에 총을 두

발 쏜 다음 안으로 쳐들어가 초병들을 처리하고 그곳의 무기들을 차지하는 것이다. 다른 입구의 초병은 틀림없이 항복할 것이므로 무기를 압수한 뒤 포박하면 된다. 만일 항복하지 않으면, 자업자득이다. 그냥 죽여 버릴 것이다. 그리고 나서 대포 하나를 문 쪽으로 끌고 와 장대에 매달린 섬광탄을 쏘아 올리고, 성벽 위에서 프라하 시민들을 향해 큰 소리로 혁명이 도래했음을 외칠 것이다. 당연히 군부대가 곧 현장에 도착하겠지만 성벽을 뚫고 우리가 있는 지점까지 오지는 못할 것이다. 우리는 문을 잠깐 열어 대포를 발사한 후 다시 문을 닫는 전술을 구사할 것이다. 최초로 쳐들어온 병력만 몰살시키면, 나머지 병력은 혁명 동지들에게 포위되어 저절로 항복하게 될 것이다. 만일 항복하지 않는다면, 자업자득이다. 그 다음, 우리는 문에서 빠져나와 무장한 프라하의 동지들과 합류하여 아직 프라하 성에 비참히 갇혀있는 정치범들을 해방시킬 것이었다. 그 뒤로는 식은 죽 먹기. 먼저, 네메츠키 브로트로 가서 적들을 함정에 빠트린 후 첫 번째 큰 승리를 거둘 것이다. 다음은 프르제미슬의 오타카 왕의 혼령이 복수를 부르짖고 있는 모라비아 평원. 그리고 우리는 비엔나를 침공하여 오스트리아를 멸망시킬 것이다. 헝가리인들이 비엔나에서 도움을 주겠지만, 후에 그들도 깡그리 없애버릴 것이다. 실로 아름다운 계획이었다!

아까 언급한 다섯 번째 회원은 이 살육의 드라마 초입에서 매우 중요한 역할을 하되, 그 역할을 마칠 때까지 계획에 대해 알지 못할 것이다. 그는 바로 행상인 포호라크였다. 포호라크는 백산白山(1620년 11월 신성로마 황제군과 보헤미아의 귀족용병군이 백산전투를 벌인 곳으로 프라하 서쪽 교외에 위치한 '하얀 산'이라는 뜻의 빌라호라 언덕을 말한다.) 근처의 예네치 지역에 사는데, 일주일에 세 번 개가 끄는 수레를 몰고 닭과 비둘기 고기를 팔러 프라하에 들어오곤 했다. 어느 날, 화약의 확보라는 중요 사안을 논의하던 중, 요세프 즉, 프로코프 홀리 사령관이 포호라크의 얘기를 꺼냈다. 당시 화약은 공식 면허가 있는 사람들에게만 판매되었으므로 입수하기가 매우 어려웠다. 포호라크는 항상 프로코프 홀리네 가게에서 훈제 돼지고기를 샀다. 프로코프 홀리는 포호라크가 프라하에 있을 때 종종 예네치 출신 상인으로부터 화약을 구입한다는 정보를 입수했다. 프로코프 홀리는 포호라크에게 대가를 괜찮게 줄 테니 우리 몫의 화약도 구입해 달라고 부탁했고, 포호라크는 동의했다. 그리고 8월 19일, 프로코프 홀리는 포호라크에게 6길더를 지불했다.

2길더는 포호라크의 몫이었고 4길더는 화약 값이었다. 포호라크는 다음날 장사를 빨리 끝낸 뒤, 평소 이용하는 스트라호프 문 대신 브루스카 문 쪽으로 와서 프로코프 홀리에게 화약을 넘겨주고 집으로 돌아가기로 했다. 그때 비로소 그는 우리의 거대하고 웅장한 병력에 관해 알게 될 것이고, 감명을 받은 나머지 그의 커다란 백구白狗를 풀어주고 수레를 한길에 버린 뒤 우리에게 합류할 것이다. 그가 권총클럽과 함께 할 것임에는 의심의 여지가 없었다. 이미 2길더나 벌었잖은가! 게다가 얼마나 명예로운 일인가! 우리는 그를 대단한 인물로 만들어 줄 것이다. 그 점은 분명했다. 그리고 프로코프 홀리는 포호라크가 작년 성령 강림절 때 경기병을 때려 말에서 떨어뜨린 얘기도 들었다고 했다.

"백산 쪽 사람들은 보헤미아에서 힘이 제일 세지." 프로코프 홀리가 말했다.

"맞아. 멀리 라코브니크에서도 그렇게들 얘기해." 후스의 니콜라스가 허공에다 자신의 힘센 주먹을 휘두르며 말했다.

나는 포호라크가 우리 모험에 동참하는 것에 호의적이었으며, 다른 사령관들도 틀림없이 그랬으리라고 생각한다. 위에서 언급했듯 계획의 첫 단계는 문의 초병들을 처리하는 것이었는데, 계획을 실행하기 1개월 전쯤 우리의 영혼에 큰 흔적을 남기는 사건이 일어났었다. 우리 넷은 (다른 이들도 있었지만) 성벽 옆의 해자에서 공놀이를 하고 있었다. '위대한 목동'이라는 이름의 군사 놀이였는데, 놀이는 몇 시간씩 이어지고는 했다. 우리는 값이 40크로이처는 넘는 좋은 고무공을 놀이에 사용했다. 우리가 경기하는 모습이 훌륭했는지, 지나가던 군인 하나가 걸음을 멈추고 우리를 지켜보았다. 그는 한참을 서 있다가, 편안한 자세로 경기를 관전하기 위해 풀밭에 앉았다. 어느 순간, 고무공이 보병을 향해 굴러 갔다. 그는 느긋하게 몸을 굴려 엎드린 자세를 하더니 공을 그러잡았다. 우리는 천천히 일어서는 보병을 보며 (그의 키는 하늘을 찌를 듯 컸다) 그의 힘센 오른손이 공을 우리에게 던져 주기를 기다렸다. 그러나 그의 힘센 오른손은 공을 주머니 속에 슥 집어넣었고, 그의 건장한 몸은 태연하게 언덕을 기어 올라갔다. 우리는 달려가 보병을 에워쌌다. 우리는 애원하고, 소리 지르고, 심지어 협박까지 했는데, 덕분에 프로코프 홀리와 후스의 니콜라스는 귀싸대기를 얻어맞았다. 급기야 우리가 돌을 던지기 시작하자 보병이 우리를 향해 달려 왔고, 솔직히 말하자면, 우리는 달아났다.

"알다시피, 놈과 싸우지 않은 건 잘한 일이야." 시간이 조금 지나서 트로츠노프의 얀 지슈카 즉, 내가 말했다. "큰일이 벌어졌을지도 몰라. 게다가 우리에게는 고민해야 할 사명이 있잖아. 놈을 확 두들겨 패버릴까 했지만 '기다려, 참아야 돼' 하는 생각이 들더라고." 다들 나의 명쾌한 해명을 기꺼이 받아들였고, 자신들도 놈을 패버리고 싶어 죽을 것 같았지만 겨우겨우 참았다고 주장했다.

8월의 시작과 함께 계획의 세부사항들을 논의하던 중 나는 문득 "포호라크의 개가 사람을 물까?" 하고 질문을 던졌다.

"응, 물어." 프로코프 홀리가 대답했다. "어제 생강빵 가게 딸의 치마를 물어서 찢더라."

포호라크의 개가 문다는 점은 매우 중요한 사실이었다.

*

드디어 역사에 남을 그날의 아침이 왔다. 한치의 오류도 없는 하늘의 연대기에 따르면 때는 월요일 아침이었다.

나는 새벽하늘이 잿빛을 띠면서 점점 밝아지는 광경을

쭉 지켜봤는데, 그 시간은 마치 수백 년처럼 길게 느껴졌다. 나의 영혼은 불가사의한 현상이 일어나 날이 밝지 않기를, 시간의 흐름에서 딱 오늘 하루만 사라져 주기를 진심으로 갈망했다. 나는 그것이 가능할 것이라고 믿었기에 기도하고 또 기도했다. 인정하건대, 나의 영혼은 고통에 겨워했다.

나는 밤새 한숨도 잘 수 없었다. 띄엄띄엄 격렬하게 잠에 빠질 듯 하다가 곧바로 몸을 뒤척이며 뒹굴었다. 나는 신음이라도 내고 싶은 것을 겨우겨우 억눌렀다.

"너 왜 그러니?" 엄마가 몇 차례 내게 물었다. "왜 계속 한숨을 쉬고 그래?"

나는 자는 척했다.

그러자 엄마가 자리에서 일어나 등잔을 켜고 내 침대로 다가왔다. 나는 눈을 감은 채로 있었고, 엄마는 내 이마에 손을 얹었다. "얘가…… 아주 펄펄 끓네. 여보, 이리 와 봐요, 애가 좀 이상해요."

"그냥 내버려 둬." 아빠가 말했다. "어젯밤에 그렇게 밖으로 싸돌아다니더니…… 이 녀석들 같이 있을 땐 꼭 귀신이라도 들린 것 같다니까. 그놈의 모임인지 뭔지 그만 두게 해야 돼. 만날 프란티크 녀석, 요세프 녀석, 그리고 라코브니크에서 온 그 녀석이랑 어울려 다니기나 하잖아."

"하지만 함께 공부도 하잖아요. 학업에 도움이 되겠죠."

솔직히 나의 마음은 매우 불안했다. 며칠째 계속 되는 불안감은 8월 20일이 다가올수록 더욱 무거워졌다. 보아 하니 다른 사령관들도 나와 비슷한 심정이었다. 최근 회의 중에 오가는 대화가 무척 혼란스러웠는데, 내 생각에 원인은 그들의 두려움이었다. 나 자신은 두려움을 극복했다. 그저께 나는 사기를 북돋기 위한 연설을 했고, 우리는 다시 한 번 예전과 같은 투지로 불타올랐다. 그날 저녁 나는 세상 누구보다도 말을 잘 했지만, 밤에 또 잠을 설쳤다. 동지들의 용기를 신뢰할 수 없었던 것이다. 나 자신은 무엇도, 조금도 두렵지 않다고 생각했다. 심지어 어째서 운명이 내 어깨에 그렇게 무거운 짐을 짊어준 것인지 원망하기도 했다. 갑자기 나는 오스트리아 섬멸의 임무가 괴로움으로 흘러넘치는 잔처럼 느껴졌다. 정말 "주여, 이 잔을 제게서 거두소서!"라고 기도라도 하고 싶었지만, 결국 선택의 여지가 없다는 것을 깨달았다. 내가 도달할 영광의 정점은 곧 나의 골고다 언덕이 될 것이다. 이미 서약까지 하지 않았는가.

    10시에 우리는 각자 정해진 장소에 있을 것이고, 11시에 포호라크가 도착할 것이다. 그리고 12시 30분, 계획은 실행될 것이다.

    나는 9시에 집을 나섰다.

    가벼운 여름 바람이 내 관자놀이로 불어왔다. 푸른 하늘은 마치 프로코프 홀리의 여동생 마린카가 장난을 치려고 할 때처럼 미소를 짓고 있었다. 마린카는 내가 진정으로 사랑하는 소녀였다. 마린카, 그리고 나의 영웅성을 향한 마린카의 존경심을 생각하자 나는 갑자기 호흡이 편안해지고, 가슴이 벅차오르고, 영혼은 하늘로 솟구쳐 올랐다. '사슴의 해자'라고 불리는 곳에 닿을 즈음 마법 같은 변화가 일어났고, 나는 깡충깡충 뛰기까지 했다.

    마음속으로 모든 준비가 완료되었는지 확인하였다. 준비는 완벽했다. 한쪽 주머니에는 새총 두 개가, 다른 쪽 주머니에는 안대가 들어 있었다. 겨드랑이에는 위장하기 위해 교과서 한 권이 끼어져 있었다. 마리안 성벽을 따라 걸어갈 때 훈련 중의 군부대가 보였지만, 계획이 시작될 때쯤 막사로 돌아갈 것임을 알았기에 조금도 떨리지 않았다.

시간이 많이 남아 있어서 전력 배치 지점들을 점검하였다. 우선 호테크 정원을 가로질러 걸어갔다. 후스의 니콜라스가 이곳에서 강으로 내려가는 길가에 위치할 것이었다. 그리고 나는 프로코프 홀리가 포호라크를 기다리게 될 브루스카 문을 내려 보다가 내 위치로 가기 위해 가파른 길을 뛰어올랐다. 나는 요새까지 쭉 올라간 뒤, 그곳에서 다시 마리안 성벽을 따라 브루스카 문을 향해 걸어갔다. 요새에 이르렀을 때 나의 심장은 쿵쾅거렸지만, 요새를 지나치자 안정을 되찾았다. 요새에서 문까지 이어지는 성벽에는 전방으로 튀어나온 두 개의 보루가 있었다. 첫 번째 보루는 오르막에 위치해 있었는데, 꼭대기가 작고 평평했다. 당시 이 평평한 지면의 중앙에는 벽돌을 둘러 만든, 물고기가 사는 작은 못이 있었다. 못 주변에는 덤불이 두텁게 자라나 있었다. 우리는 이 못을 즐겨 찾았고, 덤불 아래에 새총 탄환으로 쓸 커다란 돌들을 대량으로 숨겨 놓았었다. 두 번째 보루는 깊숙한 분지 모양을 하고 있었다. 현재는 그곳에 전망대를 겸한 카페가 들어서 있지만, 당시엔 덤불밖에 없었다. 거기서 몇 발자국 더 걸어가면 최고 사령관 즉, 내가 위치할 브루스카 문이 나타났다.

나는 문 위의 벤치에 앉아 책을 펼쳤다. 드문드문 몸이 약간씩 떨렸고, 한기가 등을 타고 내려갔다. 그러나 마음은 편했으므로, 두려움 때문에 그랬던 것은 아니다. 동지들이 아직까지 보이지 않은 탓이 컸다. 나는 그들이 겁을 먹고 나타나지 않을지도 모른다는 생각에 내심 기뻐했다. 마음이 내게 가슴을 쫙 펴라고 종용했지만, 이성은 그것을 말렸다. 가슴을 쫙 펴는 행위가 동료들을 불러들일 것이라는 미신적인 생각이 들었던 것이다. 나는 가슴을 펴지 않았다. 마리안 연병장과 벨베데레 연병장에서 북과 호른의 소리가 엇갈리며 울려퍼졌다. 아래를 보니 사람들과 수레들이 문을 드나들고 있었다. 처음에는 그것을 신경 쓰지 않았지만, 잠시 후 간단한 미신적인 내기를 해보고 싶어졌다. 만일 다리 끝에 있는 저 남자가 부베네치 쪽으로 간다면 우리는 일을 그르치게 될 것이다. 하지만 만일 포드바바로 향한다면 모든 것이 순조로울 것이다. 한 명, 두 명, 세 명, 네 명, 다섯 명…… 죄다 부베네치로 가고 있잖아! 그때, 벨베데레 연병장에서 무장 명령인 듯한 호른 소리가 들렸다. 나는 벌떡 일어났고, 그 순간 성 비트 대성당의 종이 10시를 알렸다. 주위를 둘러보니, 건들거리며 대기 장소로 걸어가는 후스의 니콜라스가 보였다. 고결하고 결연한 니콜라스는 용감무쌍한 전사였다. 그는 우리와 뜻을 함께 하기 위해 방학을 포기했다. 2주간 형과 함께 집에서 지낼 수도 있었는데 말이다. 그를 보는 나의 마음은 편치 않았다. 이제 나의 순찰 임무를 수행해야 할 시간이었다. 나는 책을 펼쳐 들고 걷기 시작했다. 근처를 오가는 사람은 아무도 없었다.

물고기 못으로 가보니 프로코프 홀리가 풀밭에 누워 있었다. 그가 눈에 띄자마자, 나는 마치 무거운 갑옷을 입고 성벽을 따라 행진하는 사람처럼 성큼성큼 무겁게 발걸음을 옮겼다. 마찬가지로 책을 들고 있던 프로코프 홀리가 나를 올려다봤다. 눈이 벌겠다.

"아무 이상 없나?"

"응."

"그거 가져 왔지?"

"응." 그것은 바로 그가 맡아서 보관하던 권총이었다.

나는 새총용 돌멩이들이 숨겨져 있는 덤불을 힐끗 쳐다봤다. 프로코프 홀리도 그쪽을 바라봤다. 그는 애써 미소를 지으려고 했지만 짓지 못했다. 그때, 요새에서 짧은 제복 상의에 모자를 쓴 병사 하나가 물뿌리개를 들고 나타났다. 당번병이었다. 당번병을 계산에 집어넣었어야 했는데 까맣게 잊고 있었던 것이다. 오, 이런! 게다가 그는 점점 우리를 향해 다가오더니 바로 옆까지 와서 물뿌리개를 내려놓았다. 나와 프로코프 홀리의 관자놀이 혈관이 쿵쾅거렸다.

"여봐, 젊은 양반들, 혹시 담배 좀 있으신가?"

"아니요, 우리는……." 그러나 나는 말을 끝내지 못했다. 그도 그럴 것이, 우리 중에 프로코프 말고는 담배 피우는 애가 없다는 말은 할 수가 없었다!

"그럼 담배 좀 사게 2크로이처만 주지 그래? 내가 작년 반란이 일어났을 때부터 쭉 여기 있었는데 (새로운 공포의 물결이 전류처럼 내 몸을 지나갔다.) 매일 신사 양반들한테 도움을 받아서 담배를 구했거든."

나는 2크로이처를 꺼내 떨리는 손으로 병사에게 건넸다. 병사는 휘파람을 불며 물뿌리개를 집더니, 고맙다는 말도 없이 자리를 떴다.

나는 프로코프 홀리에게 손을 흔들어 작별 인사를 하고 길 아래로 내려갔다. 호테크 정원으로 들어간 나는 후스의 니콜라스를 향해 걸어갔다. 그는 전망대 근처 벤치에 앉아 책을 내려다보고 있었다. 나는 아까처럼 성큼성큼 무거운 발걸음을 옮겼다.

"이상 없나?"

"응." 그는 엷은 미소를 지었다.

"프로코프는 저쪽에 있어?"

"응. 담배 피우고 있어." 프로코프는 아래쪽 난간에 앉아 다리를 흔들며 담배를 피우고 있었다. 분명 값이 3크로이처는 되는 담배였을 것이다.

"나도 내일부터 담배를 피워야겠어."

"나도."

니콜라스에게 손을 흔들어 인사한 후, 나는 크고 무겁게 발걸음을 옮겼다.

나는 다시 문 위로 가서 앉았다. 군부대들이 연병장에서 돌아오고 있었다. 멋진 모습이다! 그러나 놀랍게도 오늘 내게는 그 광경이 초조하고 불쾌하기만 했다. 여느 때 같았으면 행진하는 병사들을 구경하며 흥분했을 텐데 말이다. 나는 울려 퍼지는 북소리만 들어도 찬란한 공상에 빠져들고는 했다. 황홀한 터키 음악이 소용돌이치는 가운데 콧김을 내뿜는 하얀 준마를 타고 개선하는 나의 모습. 내 뒤로 영웅을 찬미하는 노래를 부르며 따르는 병사들과 나를 둘러싸고 환호하는 민중들. 나는 얼굴 표정을 딱딱하게 유지하며 이따금 가볍게 고개를 끄덕이겠지. 하지만 오늘 그런 환상은 엄마가 맛없는 수프를 끓일 때나 쓸 하루 지난 맥주처럼 밋밋하고 시들하게 느껴졌다. 나는 승리에 관해 생각하며 두려움을 느꼈고, 혀에 마치 엷은 진흙막이라도 덮인 기분이 들었다. 병사들 중 하나가 이쪽으로 시선을 보내자, 나는 즉시 다른 쪽으로 고개를 돌렸다.

나는 먼 풍경을 응시했다. 마치 하늘에서 금가루가 느릿느릿 살포시 내리는 것처럼 고요하면서도 홍거운 풍경. 애처로운 색조가 공기를 가득 채웠고, 날씨가 따뜻함에도 나는 몸을 부르르 떨었다.

푸른 하늘을 살짝 쳐다보니 마린카의 모습이 떠올랐다. 아, 내 사랑 마린카! 그러나 그 순간 나는 마린카로 인해 약간의 두려움을 느꼈던 것 같다. 생각은 계속 앞으로 나아갔다. 그래, 지슈카는 소규모의 병력만으로 수십만 명의 십자군을 무찔렀잖아. 퍼시벌(아더 왕 전설에 등장하는 원탁의 기사)은 한 시간도 안 걸려서 무장한 병사 백 명을 처치했지. 하지만 우리의 이야기가 과연 어떻게 끝날지는 알 수 없는 일이었다. 역사적인 일화들을 근거로 결과를 확신하기란 어려운 일이니까. 밋밋한 맥주, 그리고 혀끝의 진흙막.

아냐. 그럴 순 없어. 이제 와서 돌아갈 수는 없다! 될 대로 되라지!

아까보다 많은 사람들이 문에서 나오고 있었다. 나의 시선은 무심코 그들을 따라갔다. 나는 아까의 미신적인 내기를 반복했는데, 이번에는 속임수를 썼다. 시골에서 온 것처럼 차려 입은 사람들 즉, 틀림없이 포드바바를 향해 왼쪽으로 방향을 틀 것 같은 사람들에게만 운을 건 것이었다.

갑자기 몸에서 열이 나더니 부르르 떨렸다. 나는 어렵사리 자리에서 일어났다. 다시 순찰하러 가야겠다! 어차피 그게 내가 할 일이잖아.

무겁게 발걸음을 옮기며 (하지만 그리 무겁지 않다는 것을 스스로도 알고 있었다.) 다시 프로코프 홀리가 있는 곳으로 갔을 때, 장교 한 명이 요새로 들어왔다. 장교가 나갈 때까지 기다리자. 겁을 먹은 프로코프 홀리의 얼굴이 하얗게 질렸다.

"무섭니, 요세프?" 나는 진심으로 연민을 느끼며 그에게 물었다.

프로코프 홀리는 대답하지 않았다. 대신 그는 오른손 검지를 오른쪽 눈 아래쪽에 가져다 대더니 살을 내려당겨 눈동자의 붉은 테두리를 드러냈다. 프라하의 젊은이들이 강력한 부정을 나타내기 위해 사용하는 잘 알려진 제스처였다.

무서우면 무섭다고 말할 것이지! 그렇게 말해도 오스트리아는…….

"열한 시……." 프로코프 홀리가 더듬거리며 말했다.

열한 시를 알리는 종소리가 따스한 공기를 가로지르며 서서히 떨어져 내렸다. 종소리 하나하나가 오랫동안 우리의 귓가에서 머물렀고, 나는 그 소리들이 물질로 변화하지나 않을까 하는 생각에 허공을 올려다봤다. 힘찬 종소리들이 유럽에서 가장 오래되고 위대한 국가를 위해 울리고 있는 것이었!

나는 또다시 후스의 니콜라스와 프로코프가 배치되어 있는 지점들로 순찰을 갔다. 최고 사령관의 입장에서 나는 프로코프에게 경계 태세를 강화하라고 주의를 줘야겠다고 생각했다.

프로코프는 여전히 난간 위에 앉아 있었지만 담배는 피우고 있지 않았다. 그는 무릎에 자두가 가득한 모자를 올려놓고 무척 맛있게 자두를 먹고 있었다. 그는 자두 씨들을 하나하나 조심스럽게 뽑아내어 검지와 엄지로 집어 들고 틱 하고 튕겨냈다. 길 저편에 있는 닭들 중 한 마리가 꽥꽥 하고 울어댔다. 이윽고 거의 모든 닭들이 안전한 거리로 달아났지만, 검은 닭 한 마리만은 딱딱한 진흙을 쪼아대며 사정거리에 남아 있었다. 그놈을 겨냥하던 프로코프는 나를 보더니 갑자기 손가락을 내게로 돌려 자두씨를 발사하였고, 씨는 나의 턱에 고통스럽게 명중했다. 턱이 마치 채찍 끄트머리로 맞은 듯 얼얼했다. 프로코프가 즐거운 웃음을 활짝 지어보였다.

"뭐 하는 짓이야?! 눈 똑바로 뜨고 있지 못해?"

"정신 잘 차리고 있어. 눈도 똑바로 뜨고 있는 걸. 좀 줄까?"

"배고프지 않아. 얼마어치야?"

"8크로이처. 좀 가지고 가."

"네 개만 줘. 요세프 갖다 주게. 그리고 정신 좀 차려! 언제 쳐들어올지 모른단 말이야."

다시 언덕을 걸어올라 가는데 또 다른 자두씨가 내 귀를 스쳐갔다. 그러나 나는 뒤돌아보지 않고 그저 당당하게 앞으로 걸어갔다.

내가 다시 프로코프 홀리의 위치로 갔을 때는 12시 30분이었다. 그는 여전히 풀밭에 드러누워 있었다.

"여기, 프란티크한테서 얻어 온 자두야."

프로코프 홀리는 내 손을 밀어내며 사양했고, 나는 자두를 풀밭에 내려놓고 그의 옆에 드러누웠다.

하늘에는 구름 한 점 없었다. 하지만 하늘을 바라보고 있자니, 눈은 구름이 끼는 것처럼 점점 흐려졌고, 공기는 꿈틀대는 하얀 벌레들로 들끓는 느낌이 들었다. 그러다 어느 순간, 이 작은 벌레들이 내 몸 속을 휘젓고 다니기 시작했다. 몸속의 피가 질주하는 듯싶더니 갑자기 얼어붙었다. 근육이 하나 둘씩 움찔거렸다. 하늘에서 융해된 납이 뚝뚝 떨어지는 기분이었다.

나는 프로코프 홀리를 향해 몸을 돌렸다.

시계의 종소리가 45분을 알렸다.

"있잖아……." 프로코프 홀리가 문득 나를 향해 몸을 돌리더니 눈을 크게 뜨며 물었다. "포호라크가 우리를 배신하면 어쩌지?"

"배신하지 않을 거야." 나는 확신이 없는 목소리로 더듬거렸다. 불안해진 나는 일어나서 풀밭을 왔다 갔다 하였다. 음흉하고 비열한 배신에 관한 생각들이 머릿속을 가득 채웠다. 그러다가 길가로 몸을 돌렸는데, 프로코프가 언덕을 전력질주하며 올라오는 것이 보였다.

"프로코프!" 나는 그 광경을 보자마자 우리도 프로코

프를 향해 달려가야 할 만한 일이 생겼음을 직감했다.

곧 프로코프 홀리가 자리에서 일어섰고, 후스의 니콜라스도 프로코프가 이쪽으로 오는 것을 보았는지 우리를 향해 달려왔다.

도착한 프로코프는 숨이 멎을 듯 헐떡거리며 말했다.
"저 아래에서 마부들이 술을 돌려 마시면서 얘기하는 걸 들었는데, 경찰이 웬 행상인 한 명을 잡았다는 거야!"

굳이 "포호라크다!"라고 말할 필요도 없이, 우리는 커다란 돌멩이가 새들의 무리 한가운데에 떨어진 것처럼 사방으로 흩어졌다.

나는 머리가 지끈거릴 만큼 빠른 속도로 길을 달려 내려갔다. 순식간에 발트슈테인 거리까지 이르렀지만 왠지 모르게 나는 멈추지 않고 더 먼 곳으로 달렸다.

나는 자갈이 깔린 길 위로 날아갈듯 발을 구르며 세노바슈나 거리로 접어들었다. 성 미쿨라셰 성당에 이르러 광장을 지나쳐 아케이드를 올라갔다. 첫 번째 기둥을 지나서 나는 급히 멈춰선 뒤 두 번째 기둥에 찰싹 달라붙었다.

경찰이 포호라크와 수레와 개를 경찰서로 끌고 가는 중이었다. 보아하니 포호라크의 심기는 무척 안 좋았다. 그의 얼굴은 말도 못하게 서글퍼 보였다.

 인류사의 기록에 빈 구멍이 생기지 않도록, 포호라크에게 무슨 일이 있었는지를 기술하도록 하겠다.

 그날 포호라크는 평소보다 늦게 스트라호프 문을 지나 시내로 들어왔다. 프라하의 관습과 행상인의 습성을 고려할 때 일곱 시는 실로 꽤 늦은 시간이었다. 포호라크는 재빠르게 거리를 내려갔다. 그는 수레를 지탱하느라 끌채를 한 손으로 붙잡고 있었고, 그의 백구는 자기가 수레를 끌지 않게 되어 기뻐하고 있었다. 수레는 규칙적으로 덜컹거리며 허공에서 들썩거렸다.

 "오늘은 왜 이렇게 늦었어요, 포호라크?" 셔츠 바람의 빵집 주인이 가게 앞에서 느긋하게 파이프 담배를 피우며 물었다.

 "몇 군데 좀 들렀다 오느라고요." 포호라크는 수레를 멈추면서 길게 "워워!" 하는 소리를 내뱉었다. 그는 오른쪽 주머니에서 버드나무 가지로 만든 커버가 씌워진 캐러웨이 브랜디 병을 꺼내 빵집 주인에게 권했다. "같이 좀 드실래요?"

"고맙지만 아침에 마실 몫은 벌써 마셨어요."

"나도 아까 마시긴 했지. 하지만 주기도문은 한 번 바치는 것보다 다섯 번 바치는 것이 나은 법 아니겠어요?"
그렇게 말하면서 포호라크는 병을 다 비우고 주머니에 집어넣었다. 그는 고개를 끄덕이고는 덜거덕거리며 갈 길을 갔다.

농산물 시장은 이미 사람들로 꽉 차 있었다. 경찰 하나가 포호라크와 그의 수레를 시장 여기저기로 안내했고, 빈자리는 보이지 않았다. 하지만 무지막지한 언쟁 끝에 그는 결국 자리 하나를 잡을 수 있었다. 포호라크는 주력 상품인 조류 고기 외에 가끔씩 토끼 고기, 버터, 달걀 등을 팔기도 했지만, 오늘은 닭과 비둘기 고기가 전부였다. 그의 몸은 그다지 상쾌하지 않은 가금류의 야릇한 냄새로 온통 뒤덮여 있었고, 그 냄새는 몇 미터 밖까지 퍼져나갔다.

포호라크는 쉰을 훌쩍 넘은 나이였다. 혹시 독자들이 지금까지의 얘기를 듣고 포호라크가 건장한 체격을 지녔을 거라는 인상을 받았다면, 실례지만 여기서 정정하도록 하겠다. 그는 동네 싸움꾼과 맞장을 뜰 만한 인물은 못 되었다. 그는 키가 큰 편에 등이 살짝 휘었고, 단단하기보다는 깡마른 몸을 지녔다. 여윈 두 뺨은 마맛자국 투성이였는데, 마음씨가 친절한 사람이 그것을 본다면 뭔가로 덮어보는 게 어떻겠냐고 권할 것만 같은 지경이었다. 포호라크가 입는 푸른색의 짧은 체크무늬 코트는 군데군데 (특히 뒤쪽의 깃 아래와 왼쪽 어깨 부분이) 체크무늬라기보다 말라붙은 진흙처럼 보였다. 지저분한 그의 갈색 바지는 항상 (8주간 비가 오지 않은 날일지라도) 높게 걷어 올려져 있었다. 여름이든 겨울이든 그는 어두운 색깔의 모자를 쓰고 다녔는데, 행상인 면허가 모자에서 튀어 나와 있었다.

포호라크가 수레 밑 그늘에 지푸라기를 깔자, 백구가 그 위에 엎드려 몸을 말았다. 포호라크는 물건들을 꺼내어 바닥에 펼친 뒤 일어서서 주위를 두리번거렸다.

"실례합니다, 아리따운 아가씨." 그는 옆에서 물건을 파는 예순 난 여자에게 말했다. "커피 사러 갔다 올 테니 물건들 좀 봐 주쇼. 여기까지 오느라 기진맥진했어요."

포호라크는 근처 카페에서 커피를 한 잔 마신 뒤, 조금 떨어진 선술집으로 가서 호밀 위스키 샷을 두 잔 마시고 나중을 위해 작은 병을 하나 샀다. 그 다음 그는 자신과 백구가 먹을 양귀비 씨 롤빵을 두 개 사서 수레가 있는 곳으로 돌아왔다.

"오른쪽 거요? 아니면 왼쪽?" 의자를 임대해 주는 여자가 물었다. 포호라크는 말없이 자기 자리를 가리키고는 여자에게 2크로이처를 쥐어준 뒤 의자에 앉았다. 그는 파이프를 꺼내어 담뱃잎을 채우고 조끼 주머니에서 성냥 상자를 꺼냈다. 그는 연기를 내뿜었다. 담배 맛은 좋았다. 그는 물건들을 넌지시 바라봤다.

"닭은 40크로이처, 비둘기는 20크로이처에 팔아야겠다." 그는 혼자 중얼거리며 담배 연기를 빨았다.

땅딸막한 양조업자가 다가왔다. 누구든지 놋쇠테가 둘러진 대야를 들고 있는 하인과 동행하고 있다면, 그 사람은 양조업자이거나 양조업자의 아내였다.

"닭은 얼마요?"

"얼마냐고요?" 포호라크는 파이프를 반대편 입가로 옮기면서 곰곰이 생각했다. "말도 안 된다고 생각할지 모르겠지만, 한 마리에 40크로이처에요."

"미친 거 아니에요?! 32크로이처, 어때요? 여섯 마리 살게요."

포호라크는 그저 고개를 젓더니 자리에 앉았다. 양조업자는 자리를 떴다.

"포호라크, 그 가격으로는 하나도 못 팔 거야." 포호라크가 아까 '아리따운 아가씨'라고 불렀던 여자가 말했다. "오늘 시장은 닭고기 천지란 말이야."

"댁이 참견할 일이 아니야, 이 늙은 할망구야! 난 내가 원하는 가격에 팔 거라고. 당신은 거기 상한 계란들이나 잘 살피지 그래. 남 장사하는 데 이래라 저래라 참견하지 말고!" 잠시 후 그는 다음과 같이 덧붙였다. "물건이 하나도 안 팔려도, 난 벌써 한몫 챙겼다고!" 그러더니 그는 조끼에서 몇 길더를 꺼내어 공중에다 대고 짤랑짤랑 흔들어 댔다.

노파는 침묵을 지켰고, 포호라크도 위스키를 마시며 분을 삼키더니 조용해졌다.

한 여자와 그녀의 하인이 다가왔다.

"닭은 얼마에요?"

"40크로이처."

"그렇게 비싸요? 35크로이처에 줘요."

포호라크는 아무 말도 하지 않았다.

"저기요, 그렇게 고집부리지 말고요."

"어쩌라고요? 내 잘못이 아니에요! 그렇게 하기로 결정해 버렸단 말입니다. 바꿀 수 없어요!"

"딴 데로 가요, 마님." 하인이 말했다. "게다가 닭들 색깔이 거의 녹색이네요."

"녹색이라니 무슨 소리야! 네 놈이 녹색이다, 이 양배추 줄기 같은 놈아! 내 닭들은 원래부터 색깔이 다양하다고." 그는 닭 몇 마리의 다리를 붙잡아 들더니 공중에서 휙휙 돌려대며 외쳤다. "이것 보라고!"

근처의 물건을 팔던 아리따운 아가씨들이 웃음을 터뜨렸고 포호라크는 다시 한 번 호밀 위스키를 마시며 화를 삼켰다.

그렇게 시간이 지났다.

시장은 점점 한산해져 갔다. 포호라크의 닭과 비둘기는 손대지 않은 채 그대로였다. 포호라크는 이따금 뭔가 물어보는 눈길로 수레를 힐끔 쳐다보며 투덜거렸다. "그게 내 잘못이야?" 술기운이 점점 밀려오기 시작했다.

그때 소시지 장수가 "뜨거울 때 사 드세요!"라고 외치며 다가왔다.

"하나 주쇼!" 포호라크가 소시지를 사서 먹는 동안, 소시지 장수는 근처의 다른 이에게 소시지를 팔았다. 잠시 후 그는 포호라크에게로 돌아왔다.

"소시지 값은 3크로이처입니다."

"무슨 값?"

반대편 자리의 여자가 말했다. "당신이 먹은 소시지 값."

"내가 소시지를 먹었다고? 당신들 미친 거 아니야!"

싸움이 벌어졌다. 포호라크가 욕지거리를 했다. 소시지 장수는 갈고리를 공중에 흔들었고, 급기야 경찰을 불렀다.

경찰이 물었다. "소시지 드셨어요?"

포호라크가 그를 노려보며 말했다. "먹었소."

"그럼 돈을 내세요!"

"낼 거야! 이제야 기억이 났단 말이야. 경찰 양반, 보시다시피 요즘 내가 나이가 들어서 이놈의 머리가 제대로 말을 듣지 않아요."

주위에서 웃음이 터졌다. 하지만 포호라크는 시무룩하게 자리에 앉아 "이놈의 늙어빠진 머리통!" 하고 중얼댔다. 그는 술병을 비우고 담배를 피웠다.

햇살이 무자비하게 내리쬤다. 포호라크는 몸 상태가 좋지 않았다. 그는 수레 그늘에 잠들어 있는 백구를 부러운 눈길로 바라보다가, 서서히 정신을 차린 뒤 닭과 비둘기들을 커버로 덮고 수레 밑으로 기어들어 갔다.

마침내, 항상 마지막 고객으로 오는 '무조건 사는 부인' 마저 구매를 마치고 시장을 떠났다. 행상인들은 바구니와 항아리, 계란 상자를 챙겨 시장을 나섰고, 경찰이 "짐 챙기세요, 끝날 시간입니다!"라고 외치며 돌아다녔다.

"짐 챙기세요! 이 수레는 누구 겁니까?" 경찰은 포호라크의 수레를 가리키며 물었다. 수레 밑에서 끙끙거리는 소리가 들렸다. 경찰이 내려다보니, 지푸라기 위에서 포호라크가 모자를 베고 누운 채 코를 골고 있었다. "포호라크 씨, 일어나요!" 경찰은 다리를 잡아 포호라크를 끌어냈다.

백구가 뛰어 대자 개줄이 당겨지는 바람에 수레바퀴가 포호라크의 손 위로 굴러갔지만 그는 계속 코만 골았다. 경찰이 웃음을 지었다.

"저기, 물이라도 좀 뿌려보면 어때요?" 어느새 업무를 시작한 거리 청소부 하나가 말했다. 휙! 반 양동이의 물이 머리를 적시자 포호라크는 움찔하며 잠에서 깨더니 몸을 일으켜 앉았다.

"일어서요!"

포호라크는 손으로 땅바닥을 짚고 천천히 일어났다. "몸이 좀 떨리는구먼. 이런 일 하기에는 너무 늙었나봐."

"자, 저랑 같이 갑시다, 할아버지. 경찰서에서 술이 깰 때까지 주무세요."

"그래, 그러세." 포호라크는 수레의 끌채를 잡고 울적한 마음으로 경찰을 따라갔다.

요세프네 다락방에서 열린 우리들의 회의는 심란했다. 서로를 향해 영원한 의리를 약속하는 서약과 이어지는 트로츠노프의 얀 지슈카의 보고. "거기서 포호라크를 봤어. 그건 내 이름이 트로츠노프의 얀 지슈카라는 것처럼 분명한 사실이야. 그를 돕고는 싶었지만 내가 할 수 있는 게 없었어!" 후스의 니콜라스는 라코브니크의 숲으로 가느라 회의에 참석하지 못했다.

우리의 극심한 불안감은 저녁 여섯 시에 비로소 해소되었다. 포호라크가 열심히 수레를 끌고 언덕을 올라 요세프네 가게로 온 것이었다. 프로코프 홀리는 가게에서 거주 공간으로 이어지는 유리문 근처에서 가슴을 졸이며 대화를 엿들었다.

"그때 몸이 좀 안 좋았는데, 경찰이 술 깰 때까지 자고 가라며 경찰서로 데려갔어. 그날 밤은 거기에서 보냈지. 오늘도 벌이가 시원치 않네. 내일은 좀 나으려나······"

며칠 후 새 권총 한 자루가 분수대 쪽 모퉁이에서 발견되었다. 권총이 어떻게 그곳에 놓였는지는 아무도 알지 못했고 다양한 추측들이 난무했다.

마침내 4주 후 프로코프 흘리는 텅 빈 손수레를 끌고 시장을 나서는 포호라크에게 넌지시 물어보았다. "포호라크, 그 6길더는 어디에 쓴 거예요?"

포호라크가 멈춰 섰다. "무슨 6길더?"

"있잖아요, 우리가 화약을 사달라고 줬던 6길더 말이에요."

"나한테 6길더를 줬다고? 이 녀석, 그러지 마라. 늙은이를 놀리면 못 써. 너 그러다 벌 받는다!" 그러면서 그는 경고를 하듯이 오른쪽 집게손가락을 치켜들었다.

(1877)

인간 군상
— 어느 수습 변호사의 목가적이고 단편적인 기록들
Figurky

어제부로 나는 서른이 되었다. 지금까지와는 전혀 다른 사람이 된 기분이다. 비로소 진짜 남자가 됐다고나 할까? 혈액은 엄격한 리듬을 타며 흐르고 있고, 신경은 강철처럼 단단하며, 생각 하나하나가 심오하다. 사람이 하룻밤 사이에, 아니, 한순간에 이렇게 성숙해지다니, 이것은 기적이다. '나는 이제 서른이다' 라는 자각이 이런 일을 가능하게 한 것이다! 서른이 되자 '대단한 일을 할 수 있다' 가 아닌 '대단한 일을 할 것이다' 라는 생각이 들면서 나는 비로소 인생을 진짜로 즐길 수 있게 되었다! 지금 나는 모든 것을 기품과 냉정을 가지고 바라본다. 지금, 바로 지금, 나는 그만두었던 일기 쓰기를 다시 시작하여 새로운 나의 모습을 그려 보고자 한다. 미래의 어느 날, 그 일기를 자랑스럽게 한장 한장 읽게 되겠지. 그리고 내가 죽은 뒤 내 일기를 읽는 사람은 '이 사람이야말로 진짜 남자 아닌가!' 하며 감탄할 것이다.

스스로가 갑자기 너무나 달라진 탓에, 어제 이전의 세월은 인식조차 할 수 없는 머나먼 과거로 느껴진다. 나는 예전에 거의 매일 일기를 썼었는데, 이제 와서 당시의 답답한 생각들을 읽어보니 도통 무슨 소리인지 알 수가 없다. 어이가 없어서 고개를 저을 지경이다.

"이상 따위가 무슨 소용인가? 우리는 왜 이런 걸 공부해야 하지? 태양의 온도 저하, 얼음투성이 바다……. 정신이 혼란한 나머지 죽을 것 같다. 아니, 자살할 것 같다. 스멀스멀 밀려오는 재난이라든가, 세상이 무너진다는 느낌……. 어딘가에서 길을 잃어버린 건지도……. 나는 아무 기쁨도 없이 삶이라는 과업 앞에 서 있다. 오로지 울적한 질문들과 함께……."

이게 도대체 무슨 미친 소리인가! 병적인 망상이다! 이 따위 생각들은 명확한 목표나 굳은 의지가 없기 때문에 생겨난다. 극도로 지루하고 무기력한 존재방식, 즉 습관의 노예로 살아온 결과인 것이다. 하지만 지금의 나는 어느새 그런 상태와 비할 바 없이 높은 곳에 서 있다!

하나, 나는 변호사 시험을 빨리, 아주 빨리 해치울 것이다.

둘, 성실하게 공부에 전념할 것이다. 시험에 통과할 때까지 사무실에 한 발짝도 들이지 않겠다. 7년간의 실무 훈련에는 시험도 포함되어 있으니까 상사는 나를 직원 명단에서 삭제하지 못할 것이다.

셋, 외출하지 않고 방에만 있겠다. 더 이상 선술집에 들락거리지 않겠다. 밤에도 말이다. 카드게임도 그만. 돈을 그렇게 쏟아 붓다니, 죄악이다. 일요일마다 성곽의 해자를 따라 산책하는 것도 그만두겠다. 극장에 가는 것도 그만. 과연 프란티슈카 양이 무슨 말을 할지 두고 보자고. 그 여자는 내가 요즘 한물갔다는 소문을 퍼뜨리고 다니던데, 진짜 한물간 게 누군지 그녀에게 보여주겠다!

이 얼마나 '훌륭한 생각'인가! 나 자신에게 입맞춤이라도 해주고 싶다! 그래, 말라스트라나로 이사를 해야겠다. 다정하고 평온한 이웃들이 사는 동네, 고요하고 시적인 외딴 동네 말라스트라나로 말이다. 지금처럼 숭고한 내 영혼에게 절대적으로 필요한 것은 바로 그런 시적인 환경이다. 멋진 생활이 될 것이다! 조용하면서도 활기 넘치는 멋진 공동 주택에 방을 빌리자. 사색하기에 좋은 고요한 페트르진 언덕, 예쁘고 조그만 정원들이 보이는 곳. 그래, 반드시 정원이 있어야 해. 공부와 평화가 공존하도록 말이야. 아, 벌써부터 가슴이 벅차오른다.

자, 그럼 실행에 옮기자! 곧 있으면 성 게오르그 축일이니 그때 이사를 가는 거야! 내가 알기로는 페트르진 언덕에 나이팅게일도 있다던데…….

*

행복하다. 이보다 더 좋은 방을 찾을 수는 없을 것이다. 게다가 우예스트 거리라니. 이곳이라면 사람들로부터 멀리 떨어져 몸을 웅크린 어린아이처럼 아늑하게 지낼 수 있다! 내가 여기 있다는 걸 아무도 모르겠지!

나는 처음 보자마자 이 건물이 마음에 들었다. 한 가지 걸리는 것은 방을 집주인으로부터 직접 빌리는 것이 아니라 다른 세입자로부터 재차 빌린다는 점이다. 하지만 그건 그리 중요하지 않다. 나에게 방을 내어준 세입자는 철도 기관사의 아내이다. 기관사는 보이지 않았다. 하루 종일 철길 어딘가에 있을 테니 안 보이는 것도 당연하겠지. 그들 부부는 건물 2층에 세 들어 사는데 둘이 살기에는 공간이 너무 컸다. 그들의 공간은 거리를 향해 나 있는 큰 방 하나, 부엌 하나, 그리고 뒤쪽 곁채에 위치한 작은 방 두 개로 되어 있었다. 내가 세를 들기로 한 것은 바로 그 작은 방들이다. 두 개의 방에는 안마당이 내려다보이는 창문이 모두 세 개가 있는데, 그중 뒤쪽 방의 창문으로는 페트르진 언덕과 작은 정원이 보인다. 기관사의 아내에 따르면 세입자들은 언제든 그 아름다운 정원으로 나가 시간을 보낼 수 있다. 하지만 나는 공부를 해야 하므로 정원에 나가지 않겠다. 여하간 그 정원은 마음에 든다. 건물은 페트르진 언덕의 경사가 올라가는 밑부분에 위치해 있고, 정원은 건물의 2층 높이에 가까운 지점에 있기에, 내 방은 마치 1층인 것처럼 보인다. 창문을 여는 순간, 페트르진 언덕에서 종다리들이 지저귀는 소리가 들렸다. 아주 좋아! 확인해 보니 페트르진 언덕에는 나이팅게일도 살고 있다고 한다!

기관사의 아내는 나이가 어린 편으로, 스물두 살 정도로 보인다. 그녀는 건강한 아름다움을 지녔다. 사실, 그녀의 이목구비는 전형적인 의미에서 비율이 좋지는 않다. 턱이 좀 넓은 편이다. 그래도 뺨은 혈기가 좋고 매끈하다. 눈은 살짝 돌출되어 있기는 하지만 수레국화처럼 짙푸르다. 그녀에게는 태어난 지 일곱 달이 된 카첸카라는 딸이 있다. 만나자마자 자기 사는 얘기를 늘어놓는 사람들이 있는데 기관사의 아내가 바로 그런 사람이다.

카첸카는 좀 웃기게 생긴 아기다. 머리는 마치 막대기 끝에서 균형을 잡고 있는 공처럼 생겼고, 눈은 자기 엄마처럼 튀어나왔는데 뭔가 굉장히 어리벙벙한 인상이다. 그래도 상냥하게 미소를 지어주면, 카첸카는 그 공 같은 머리로 웃어대다가 금세 흐리멍덩한 두 눈을 반짝거린다. 그리고 매우 깜찍한 표정을 짓는데 그것은, 음, 그것은 뭐랄까……. (지금은 적당한 말이 떠오르지 않으니 이 부분은 나중에 마무리하겠다.) 나는 카첸카의 뺨을 쓰다듬으며 "아기가 참 착하네요"라고 말했다. 어떤 경우이든 엄마들의 마음을 얻으려면 애를 칭찬하는 것이 좋다. "그리고 정말 조용해요. 거의 울지를 않거든요." 아기의 엄마가 대꾸했다. 공부에 전념할 작정인 나로서는 희소식이다.

내가 변호사가 될 계획이라고 얘기하자 기관사의 아내는 기쁜 빛을 감추지 않았다. 나의 성이 '크루믈로브스키'라고 알려주자 그녀는 "와, 이름이 참 멋져요!"라고 말했다. 속마음을 좀처럼 감추지 않는 사람들이 있는데 기관사의 아내가 바로 그런 사람이다. 우리는 임대를 확정했다. 그녀는 옷 세탁 서비스와 아침 식사를 제공하기로 했다. 점심과 저녁은 집 바로 옆의 (내가 보기에 깔끔한) 선술집에서 해결할 것이다. "우리도 남편이 집에 있을 때는 거기 가서 식사해요. 가정식 요리를 파는데 맛이 아주 좋답니다!" 마음에 든다. 나는 가정식 요리를 아주 좋아한다. 양념투성이인 식당 요리는 도대체 견딜 수가 없다. 매일매일 감자 경단, 수수죽, 슈바벤식 커틀릿을 곁들인 국수를 먹어야지. 맞은편에는 구두수선공이, 바로 위층에는 재봉사가 산다. 여기에 뭘 더 바라겠는가? 참고로 몇 블록 떨어진 곳에 마하(체코 근대문학의 시대를 연 낭만주의 시인 카렐 히네크 마하 Karel Hynek Mácha)의 생가가 있다는 것도 언급해야겠다. 하지만 나는 글로 된 시에는 전혀 관심이 없다. 나에게는 인생이라는 시가 수백 배는 더 가치 있기 때문이다. 마하 얘기는 그냥 지나치기 그래서 언급했을 뿐이다. 개인적으로 나는 시를 써 본 적이 없다. 물론, 학생 때 좀 써

보기는 했다. 사실 재능도 좀 있었던 것 같다. 기억하는 바로는 짧은 자유시 한 편을 지었었는데 두운이 썩 훌륭했다. 내용은 거의 떠오르지 않지만 두운 부분만은 기억한다.

귀족의 개가 짖는다,
제때 제꺽 제멋대로.

학교에서 이 시를 낭송했을 때 모두가 웃어댔고, 나는 두운에 주목하라고 말하면서 스스로를 변호했다. 하지만 녀석들은 더욱 웃어댈 뿐이었고, 그때부터 '두운'이라는 말 대신 '제제제'라는 표현을 사용했다. 바보 천치들!

기관사의 아내와 얘기를 나누는데 쉰 정도 되어 보이는 남자가 파이프 담배를 피우며 부엌으로 들어왔다. 외출복 차림이 아닌 것으로 보아 같은 건물의 이웃인 듯했다. 그는 문틀에 기대어 담배 연기를 뿜었다.

"이분은 크루플로브스키 박사님이에요." 기관사의 아내가 '박사'라는 단어를 눈에 띄게 강조하며 말했다.

남자는 계속 담배를 피웠다. "만나서 반갑군. 환영하는 바일세." 그는 부드럽고 두툼한 손을 나에게 내밀었다. 자고로 이웃과는 잘 지내야 하는 법인데 여기 사는 사람들은 죄다 친절하군! 남자는 단단한 체구에 혈색이 좋았고, 푸르고 촉촉한 두 눈은 마치 눈물 속을 헤엄치는 듯 보였다. 강조하건대 정말 성실한 눈빛이었다! 그러나 사람 성격을 판단하는 데 일가견이 있는 나는, 종종 술기운이 그런 성실한 눈빛을 만들기도 한다는 점을 잘 알고 있다. 그는 윗입술이 두꺼웠다. 술꾼들은 죄다 윗입술이 두껍다.

"자네 슈이스트카 카드게임은 좀 하나?"

나는 공부에 집중해야 해서 그런 건 하지 않는다고 대답하고 싶었지만 이웃과의 관계를 이렇게 순식간에 망칠 수는 없는 노릇이었다.

"슈이스트카를 하지 않으면 체코 사람이 아니죠!" 나는 예의 바른 미소로 대답했다.

"좋아. 한번 날을 만들어 보세." ('날을 잡다'라고 할 것을 '날을 만들다'라고 하다니, 전형적인 독일식 표현이다. 지금 도시들에서 우리의 체코 말이 망가져 가고 있다! 이 양반의 잘못된 어법은 차후 대화를 나누면서 조심스레 고쳐볼 작정이다.) "우리 예술가들은 학구적인 사람들을 좋아하지. 배울 점이 많거든."

당신은 진짜 뭘 좀 배우게 될 거야! 그러나 지금은 우선 답례로 그를 칭찬해야 한다. 그런데 이 양반은 도대체 뭐 하는 사람이지? 촉촉한 눈, 혈색 좋은 얼굴, 살집 있는 손을 지닌 예술가라……. 분명 손가락들 끝에는 굳은살이 박여 있겠지. 보이지는 않지만 틀림없이 그럴 거야. 나는 사람들을 판단하는 데 일가견이 있다. 그는 콘트라베이스 연주자일 게다.

"뭐, 음악하시는 분들은 여가 시간이 많지 않으니까요."라고 나는 말했다.

"이 친구 하는 말 들었어?" 남자가 격렬하게 웃어 대자 그의 어깨가 들썩거리며 문간에 부딪혔는데, 그 모습은 마치 통나무에 몸을 비벼대는 코뿔소와도 같았다. "그러니까, 내가 저 인간처럼 정신 나간 음악가란 말이로군!" 그는 어깨 너머로 복도 중간의 문을 가리켰다. 그의 웃음은 거칠고 덜컥거리는 기침으로 변해 갔다.

"아우구스타 씨는 화가에요." 기관사의 아내가 말했다.

그때 여덟 살쯤 되어 보이는 남자아이가 우리 쪽으로 달려 왔다. 아마도 웃음소리와 기침소리에 이끌린 것 같았다. 아이는 화가의 몸에 기댄 채 나를 빤히 쳐다봤다.

"아우구스타 씨의 아드님인가요?" 나는 조금 당황하여

그에게 물었다.

"내 아들 페피크일세. 우리는 저기 오른쪽 곁채에 살고 있지. 자네 방 바로 건너편이야. 우리 방 창문과 자네 방 창문이 서로 마주보고 있는 셈이군."

"이 아저씨 누구야?" 페피크가 나를 가리키며 물었다. 나는 아이들의 단순하고 직접적인 화법이 좋다.

"요 건방진 녀석아. 크루믈로브스키 박사님이라고 불러."

"여기 살러 온 거야?"

"안녕, 페피크? 크로이처(당시 체코가 속해 있던 오스트리아헝가리 제국에서 사용된 동전) 한 닢 줄까?" 나는 페피크의 머리를 쓰다듬으며 말했다.

아이는 말없이 내게 손을 내밀었다.

나는 그들 모두에게 좋은 인상을 남긴 것 같다.

*

정말 고된 하루였다! 짐을 옮기고, 풀고, 제자리에 정리하고……. 바빠서 머리가 빙글빙글 돌 지경이다. 나는 이사를 해 본 적이 별로 없었다. 이사라는 걸 전혀 좋아하지도 않는다. 사실 어떤 사람들은 이사를 즐기기도 한다. 변덕스러운 사람들에게 나타나는 일종의 질병이랄까? 하지만 이사라는 행위에조차 시詩가 깃들어 있음은 부정할 수 없다. 자신이 살던 공간이 텅 비어 황량해져 가는 광경을 보노라면 갑작스러운 슬픔과 우울이 밀려온다. 그것은 마치 안전한 항구를 떠나 망망대해로 나서는 기분과도 같다. 그리고 새로운 집은 그 무엇도 허락하지 않을 차가운 눈초리로 우리를 이방인 취급한다. 나는 낯선 장소에서 어린애가 되어버린 기분이었다. 엄마의 치맛자락을 붙들고 "아, 무서워!"라며 울고 싶었다. 하지만 내일이면 분명 "아, 잘 잤다"라고 말하며 자리에서 일어나겠지.

지금은 몇 시인가? 10시 30분. 우물처럼 조용하다. 우물처럼 조용하다니, 정말 훌륭한 비유다. '무덤처럼 조용하다'라는 표현보다 훨씬 낫다. 적어도 그만큼 진부하지는 않다.

기관사의 아내 덕분에 나는 매우 즐거웠다. 뭐가 그리 신기한지 그녀는 물건들을 죄다 만지고 살폈다. 그런 순진무구한 호기심은 나쁠 것이 없다. 그녀는 부지런히 나를 도와 침대를 세팅했다. 사슴가죽으로 된 매트리스와 베갯잇을 그녀는 매우 마음에 들어 했다. 세팅이 끝나자 그녀는 침대가 어떤 느낌인지 보려고 그 위에 드러눕더니 다람쥐처럼 웃어 댔다. 아, 그러니까 만약 다람쥐가 웃을 수 있다면 말이다. 그러더니 그녀는 카첸카를 침대 위에 눕히고는 또 웃기 시작했다. 마치 방울 소리처럼 야릇하고 작은 웃음이었다. 가장자리가 붉은 천으로 된 텁수룩한 내 여우털 양탄자를 침대 옆에 깔던 그녀는, 카첸카가 유리 눈알이 박힌 여우 머리를 무서워하는 것을 보고 또다시 재미있어 했다. "애가 말을 안 들으면 저걸로 겁을 줘야겠어요!" 정말이지, 이 사람들은 사소한 것에서 큰 즐거움을 찾는다.

그런데 곧 화가 날 만한 일이 벌어졌다. 두 번째 분량의 이삿짐을 싣고 돌아오니 글쎄 페피크가 내 금붕어를 손에 쥐고 어항 옆 의자에 무릎을 꿇고 앉아 있는 것이었다. "이런, 세상에!" 나는 소리를 질렀다. 그때, 등 뒤에서 낯선 목소리가 들려 돌아보니 웬 여자가 문밖으로 나가는 것이 보였다. 침대의 옆에서는 기관사의 아내가 배를 잡고 웃고 있었다.

"화가 선생의 부인이에요. 침대에 한번 누워보려고 온 거였어요. 아까는 집주인네 딸이 와서 누워보더니 참 편하다고 하더라고요."

그녀는 건물에 있는 사람들을 죄다 불러다가 내 침대에 누워보라고 할 작정인가 보다. 이 사람들은 도대체 어디에 누워서 자는 걸까? 어쨌든 페피크는 어른 없이 혼자 내 방에 들어오지 못하게 해야겠다. 어항을 쓰러뜨릴지도 모른다. 이 일만 제외하면 페피크는 밝은 노란색 곱슬머리와 작은 건포도 같은 눈을 가진 착한 꼬마다. 눈은 아빠를 닮지 않은 걸 보니 틀림없이 엄마를 닮았을 것이다.

나이팅게일의 지저귐이 들리는지 귀를 기울였지만 아무런 소리도 들리지 않는다. 아직 날씨가 추운가 보다. 이게 무슨 봄 날씨란 말인가?! 봄이 온 지 벌써 6주가 지났건만 여전히 겨울 코트가 필요하다. 여름이 다가오면 더 추워져서 여름용 모피 코트를 입어야 될지도 모른다. 나, 참! '여름용 모피 코트'라니, 진짜 재미있겠군.

하지만 나이팅게일들에게는 이 정도 추위쯤 아무것도 아닐 텐데. 다시 귀를 기울이지만 역시 아무것도 들리지 않는다. 그런데, 발자국 소리? 남자의 육중한 발자국 소리가 복도를 따라 다가오고 있다. 삐걱하고 문이 열린다. 부엌문일 것이다. 남자의 목소리가 들린다. 그리고 여자의 목소리. 기관사가 일을 마치고 돌아온 것 같다. 기관사의 부인이 남편에게도 내 침대에 누워보기를 권하며 들어올까봐, 나는 얼른 등잔불을 끄고 침대로 들어간다. 게다가 일을 마치고 귀가한 기관사는 분명 지저분한 상태일 것이다.

*

민법, 상법, 증권법, 민사소송, 특허소송, 재산처분법, 임대차소송, 광업법, 해양법, 형법, 형사소송, 국내법, 공증인규정, 무역규정, 출판규정, 외환규정, 수렵법, 관세법…….

그래, 이거다! 초심을 잃지 않도록 나는 매일 아침 이 목록을 읽으면서 아직 갈 길이 멀다는 것을 상기할 것이다. 그래, 절대 초심을 잃지 말아야지. 나는 새사람이 되었다. 앞으로도 뭔가 괜찮은 것들을 다짐하면 무조건 기록하고, 그 목록을 매일 아침 읽겠다! 사람은 쉽게 망각하는 동물이니까…….

*

훌륭한 아침식사다. 치커리가 들어가지 않은 커피와

폭신한 롤빵. 하얀 가운을 걸친 기관사의 아내. 아, 눈이 부실 지경이다. 그들 부부는 행복한 결혼 생활을 하고 있는 것이 틀림없다.

"커피가 아주 맛있어요." 그녀의 호의를 얻을 요량으로 나는 말을 건넨다.

"맛있다니 다행이에요. 또 필요하신 거 없으세요?" 나는 어젯밤에 들었던 기관사의 목소리를 떠올린다.

"남편은 지금 집에 계신가요? 만나 뵙고 싶은데……"

"남편은 보고서를 들고 기차역으로 출근했어요. 저녁 식사 시간에 돌아올 거예요." 그러면서 그녀는 또 웃는다. 그녀는 한시도 웃지 않을 때가 없다. "침대 정리랑 청소를 좀 할게요. 방금 카첸카를 씻겼는데 이제 막 잠들었거든요." 그녀는 덧붙여 말한다. "하시는 일을 방해하고 싶지는 않은데, 잠시 저 방에 가 계시겠어요?"

나는 다른 방에 들어가 창밖으로 안마당을 내려다본다. 건너편 창턱의 화분들에는 꽃들이 자라고 있다. 우리 체코인들이 흔히 기르는 꽃들이다. 그런 것들만 모아서 별도의 목록을 만든 다음 '체코의 식물'이라고 이름 붙이면 어떨까? 크고 즙이 많은 잎사귀를 지닌 바질은 건드리기만 해도 시드는 탓에 '버림 받은 소녀'라고 불린다. 지난해 씨앗을 받아두었다 새로 심었을 봉선화는 향기는 없어도 꽃이 무성하다. 칙칙하고 질긴 잎과 번쩍이고 붉은 꽃을 가진 보기 싫은 펠라고늄, 톱니 모양의 잎 때문에 손이 많이 가는 제라늄, 육두구와 로즈메리도 빼 놓을 수 없다. 결혼식과 장례식에 등장하는 로즈메리의 향기는 사랑을, 그 상록의 빛깔은 정절을 의미한다. 로즈메리는 기억력을 강화한다는 속설이 있다. 로즈메리를 몇 병 사둬야겠다. 사람들은 로즈메리를 물에다 띄우기도 한다.

꽃잎들이 강둑을 따라 흘러간다.
나는 올해 결혼을 하게 될까?
아니야, 아직 아니야! 아직 결혼할 때가 아니라고!

정원은 무척 잘 정돈되어 있다. 그늘이 진 쉼터가 많은데, 가구당 하나씩 할당되어 있는 것 같다. 아마도 그녀는 쉼터 옆에 당아욱을 심겠지? 나중에 꼬마 페피크가 봉오리를 딸 수 있도록 말이야. 그리고 틀림없이 경단의 그레이비소스에 사용할 딜을 화단에 심어 놓을 거야.

"박사님, 다 끝났어요!" 그녀가 문가에 서서 웃고 있다. 그쪽 방의 창문들은 활짝 열려 있다. 닫고 싶지만 우선은 그녀가 나가기를 기다리자. "박사님, 뭐 필요한 거 없으세요?" 이게 바로 제대로 된 숙식 서비스다. 그녀에게 뭔가 다정한 말을 건네야 할 텐데…….

느닷없이 아기 우는 소리가 어렴풋이 들려오더니, 잇따라 여러 옥타브를 넘나드는 성인 여자의 소프라노 목소리가 들려온다.

"건너편에 아기가 있나 봐요?"

"네, 이제 돌이 된 아기인데 하루 종일 울어 대요." (안마당 쪽 창문은 되도록 열지 말아야지.) "게다가 여편네는 만날 소리를 질러 대요. 빵 상자 경첩에 기름을 아주 잘 칠해 놨어요." (안마당 쪽 창문은 절대로 열지 말아야지. 정원 쪽 창문을 하루 종일 열어 놓아야겠다.)

나는 기관사 아내의 말투가 그리 고상하지 않다는 사실을 깨달았다. 상관없다. 순박해서 그런 거니까 그리고 뭔가 말라스트라나에서만 통용되는 용어들이 있는 것 같다. 방금 들은 '기름칠이 잘 된 빵 상자' 같은 표현은 들을 때마다 적어 둬야겠다.

내가 끄적이는 것을 본 기관사의 아내는 "제가 박사님 방해한 게 아니었으면 좋겠는데…… 저 때문에 일을 못하고 계신 건 아니죠?"라고 묻는다.

"오, 아닙니다. 그냥 뭘 좀 끄적이고 있었어요. 그런데 화가 선생님 위층에는 누가 살고 있나요?"

"결혼 안 한 남자가 하나 살고 있는데 좀 괴짜예요. 이름이 프로바즈니크인데 전에 무슨 일을 했는지는 모르겠어요. 하루 종일 집에 앉아 있다가 창밖으로 몸을 내밀고 기분 나쁜 눈초리로 이웃집들을 쳐다봐요. 고양이 등이라도 쓰다듬어 보면 좋을 텐데……" 그녀는 웃는다. (나는 얼른 '고양이 등을 쓰다듬다' 라고 적는다.) "집주인은 건물 정면 쪽 2층에 딸하고 함께 살고 있어요. 그 위에는 베이로스테크 부부가 사는데, 남편이 공무원이에요. 두 사람이 끼고 있는 반지들이 아직 반짝반짝한 걸 보니 결혼한 지는 얼마 안 됐나 봐요. 어머, 내가 너무 오래 떠들었네. 카첸카가 벌써 깼으려나……" 그녀는 웃더니 사라진다.

자, 이곳 상황은 다 파악했다. 창문을 닫고 공부에 착수하자.

지금은 9시. 오늘은 화요일. 공부를 시작하기에 완벽한 날이다!

다른 사람들처럼 나도 민법부터 시작한다. 틀림없이, 아주 꼼꼼하…….

"어머, 그러고 보니 첫날 잘 주무셨는지도 안 물어봤네요." 그녀의 명랑한 목소리가 문가에서 들려온다. "저기 보렴, 카첸카야. 박사님이셔. '안녕하세요' 해야지. 자, 인사 드리렴. (그녀는 아기의 머리를 앞으로 민다.) 그래, 그렇지! (아기를 내 쪽으로 던질 기세다.) 침대가 이렇게 좋으니 당연히 편히 주무셨겠죠! (어느새 내 침대 옆에 서 있다.) 카첸카야, 이것 좀 보렴! (아기를 침대 위에 내려놓는다.) 아유, 요 녀석. 꼭 귀한 집 따님 같네. 침대 참 좋다!' (침대에 걸터앉는다.)

귀여운 여자 아기…… 참 보기 좋은 광경이다. 그렇긴 하지만…… 나는 계속 법학 서적을 들여다본다.

"가자, 아가야. 박사님 공부하셔야지. 방해하면 안 돼." 킥킥하는 웃음소리와 함께 그들은 사라진다.

아, 저렇게 순진무구할 수가!

자, 그럼 우선 각 항목을 주의 깊게 읽어보자. 모두冒頭 법령은 일단 넘어가고, 서론, 민법에……, 고양이! 흰 고양이가 문가에서 야옹거리고 있다! 아까는 왜 못 봤지? 여기서 키우는 고양이인가? 고양이를 쫓을 때 뭐라고 하더라? "쉭!" 아, 그럼 오히려 더 울어 댈지도 모르겠군!

저놈이 여기 있으면 공부를 할 수가 없다! 나는 고양이가 싫다. 고양이는 두 얼굴을 가진 음흉한 동물인데다 쥐를 쫓아다닌다. 게다가 어찌나 긁고 깨물어 대는지! 잠자리에 들면 가슴 위로 뛰어 올라와 숨통을 막는다.

나의 다짐: 매일 밤 잠자리에 들기 전에 "쉭!"이라고 말하기.

고양이도 정신병에 걸릴 수 있다고들 하던데 바로 그 점을 이용하는 거다. 기관사의 아내에게 (아마 그녀가 기르는 고양이일 테니까) 고양이가 정신병 증상을 보이는 것 같지 않냐고 살며시 귀띔해 주는 거다.

아, 저것이 또 야옹하고 우네. 문을 열자 고양이는 밖으로 달려 나간다. 기관사의 아내가 뭔가 필요한 게 있냐고 묻는다. 없다고요? 그럼 문은 왜 열어두셨어요? 저 고양이 때문에요. 아하! 그리고 웃음소리.

서론……, 누군가 문을 두드린다. 화가 양반이다. 그는 나를 방해하고 싶지 않지만 아까 창문이 열려 있을 때 내 방에 걸린 그림들을 보고 궁금해서 왔다고 한다. 나에게는 나브라틸이 그린 두 점의 구아슈가 있는데, 하나는 '폭풍의 바다'라는 제목의 어두운 그림이고, 다른 하나는 '햇볕의 바다'라는 보다 밝은 그림이다. 화가는 그림들을 향해 다가간다. 외출하는 중인지, 기다란 검은 코트와 달

갈 모양의 모자 차림에 단장短杖을 쥐고 있다. 저 모자는 불두화佛頭花만 달면 꼭 코사크 식 무덤처럼 보이겠군. 나브라틸의 작품인 것 같다고 그가 말하자 나는 맞다고 대답한다. 그는 이런 느낌의 나브라틸은 처음 본다고 말하고는 언제 카드게임을 하겠느냐고 묻는다. "조만간에 하죠"라고 대답한다. 그는 집주인도 초청해서 3인조 게임을 하든지, 아니면 거기에다 자기 친구 한 명을 더해 4인조 게임을 하자고 말한다. 이어서 그는 그건 그렇고 자기 아내가 어제 있었던 일에 대해 부끄러워하고 있다고 내게 전한다. 그의 부인이 어제 내 침대에 누워 있을 때 내가 갑자기 들어오자 깜짝 놀랐고, 사실 기관사의 아내가 누워보라고 권해서 그랬던 것뿐이라고. 나는 예의 바른 웃음을 지으며 걱정하지 말라고 대답한다. 내가 상황을 잘 정리하겠다고 말이다. "여자들이란!" 화가는 그렇게 말하더니 나와 악수를 한 다음 방을 나간다.

기관사의 아내가 문가에 나타나 간식을 먹겠냐고 묻는다.

"아니요, 괜찮습니다."

서론, 민법에 관하여, 민법의 개념.

*

공부에 몰두한 나머지 시간 가는 줄 몰랐다. 벌써 저녁 먹을 시간이라니 왠지 아쉬웠다. 식사는 맛있었지만 양이 부족했다. 뭐, 하루 종일 앉아 있어야 하니까 과식하지 않는 편이 좋다. "커피 드릴까요?" "아니, 괜찮습니다. 좀 있다가 마시려고요. 8시까지는 안 마실 것 같아요." "담배는요?" "집에서는 안 피웁니다."

*

굉장하다! 작은 배를 타고 초고속으로 급류를 내려갈 때 강둑의 물체들이 휙휙 스쳐 지나가는 느낌이랄까. 묵주의 구슬들이 손가락을 빠져나가듯, 조항 하나하나가 읽혀 나간다. 나 자신이 이렇게나 많은 걸 알고 있을 줄은, 공부가 이렇게 쉽게 진척될 줄은 몰랐다. 공부에 푹 빠진 나머지 아무것도 보이지도 들리지도 않았다. 기관사의 아내가 여덟 번에서 열 번쯤 방에 들어왔던 것 같다. 아마 여우털 양탄자를 가지고 카첸카에게 장난을 치고 있었을 것이다. 내게 뭐라고 말을 걸었던 것 같지만 나는 대답하지 않았다. 아무튼 내가 공부에 열중하고 있음을 그녀도 이제 깨달았을 것이다.

아주 만족스럽다. 135개 항을 마쳤다! 밤참을 먹은 후 계속 공부하기로 한다. 도대체 왜들 공부가 즐겁지 않다고 하는가! 나의 몸은 지금 즐거움으로 전율하고 있다.

고기가 좀 질기다.

아, 이런 멍청이! 기관사를 깜빡했네.

"네, 그거 조금 더 주세요. 참, 그리고 남편 분 좀 만나 뵐 수 있을까요? 그냥 얼굴이나 좀 뵀으면 하는데……."

"아, 남편은 9시 기차를 타야 해서 벌써 역으로 갔어요. 저는 또 과부가 됐지 뭐예요." 그녀는 웃는다. 어쩌면 영원히 그를 못 만날지도 모르겠다.

*

10시 30분. 피로를 느낀다. 의욕은 그대로지만 기력이 떨어졌다. 민법에는 1,502개의 항들이 있다. 8일이면 다 끝낼 수 있을 것이다. 잠깐 휴식을 취하기로 한다.

각 법의 조항 수를 세어 더한 후 간단한 나눗셈을 적용해 보니 길어도 한 달이면 시험 준비를 완전히 마칠 수 있다!

몸은 여전히 떨리고, 맥박은 힘차게 뛰고 있다. 잠이 안 올 것 같지만 자리에 누워야 한다. 등잔과 공책을 침대 옆 탁자 위에 올려놓자. 잠시 명상을 해야지.

깜짝이야! 침대에 가보니 그 위에 뭔가가 있다. 똑바로 선 작은 삼각형 두 개. 고양이다! 고양이가 침대 위에 누워서 나를 빤히 쳐다보고 있다.

아, 어떻게 하지? 고양이가 뭘 무서워하는지 알아야 하는데…… 아니, 겁을 주지는 말자. 그럼 어떤 식으로 쫓아내나? "꺼져! 휘이, 휘이!" 고양이가 나를 미친 사람 보듯 쳐다본다. "이럇!" 응? 그건 말들한테 하는 거잖아. "저리 가! 얼른 꺼져! 에비! 쉭!" 놈은 그저 계속해서 나를 쳐다본다. 그러더니 고개를 떨구고 잠들어 버린다. 아, 이제 어쩌나?

짐승들은 보통 불을 무서워한다. 등잔을 들이대 봐야지. 이렇게 가까이 들이대면……. 고양이는 꼼짝 않고 눈만 슬쩍 깜빡인다. 아마 짜증을 내는 것 같다.

그렇지, 신발! 명중하진 않았지만 어쨌든 놈은 침대를 나와 문 쪽으로 내려갔다. 나는 문을 연다. 휴, 살았다.

복도 저편에서 뭐 필요하신 거 있냐고 묻는 목소리가

인간 군상 231

들린다. "없어요." "아, 문을 여셨길래요." "고양이를 내보내느라고요." 필요한 게 생기면 내가 알아서 부탁할 텐데. 그녀는 혼자서는 잠을 잘 못 잔다고 말한다. 나는 대꾸하지 않는다. 수상쩍은 웃음소리.

*

오, 이런 반가울 데가! 짹짹짹짹째재잭…… 나이팅게일이다!

저렇게도 달콤하게 노래를 부르다니, 얼마나 멋진 목을 지녔는가! 수천 명의 시인들이 찬미하는 성스러운 필로멜(그리스신화에 나오는 아테네의 공주로 형부에게 겁탈을 당한 뒤 나이팅게일로 변한다.)이여!

쪼쪼쪼쪽쪼쪼쪽……

째잭째잭째째잭……

이런 새들에게서 자유를 빼앗다니, 인간이란 동물은 지독한 폭군이다! 자유롭지 않으면 이 새들은 노래할 수 없다. 우리의 깃털 달린…….

씨씨씨씨씨씨씨……

꾸꾸르꾸꾸꾸르……

꿀처럼 달콤하군! 우리의 깃털 달린 음유시인을 보호하는 법률에 영광 있기를!

깍깍깍깍깍깍……

음, 지금 건 좀 날카롭군. 다른 노래를 불러주지 않으련?

깍깍깍깍깍깍깍까아악……

으악, 그만! 이건 뭐 하얗게 타오르는 철사가 머릿속을 뚫고 지나는 것 같잖아!

깍깍칵칵깍깍칵칵카악……

좋아, 일단 자리에서 일어나자. 계속 듣다가는 미쳐버릴지도 몰라. 아니, 내 신경은 벌써 날카로울 대로 날카롭다고! 맞아, 저쪽 방과 이쪽 방 사이의 문을 닫으면 안 들리겠지…….

깍깍깍깍까아악……

실패. 저 망할 놈의 꽥꽥이는 틀림없이 안마당 어딘가에 있을 거야.

깍깍까아악……

소총, 소총이 어디 있지! 창문에서 총을 쏘아 놈을 떨어뜨려야겠다. 총소리가 온 동네에 울려 퍼져도 어쩔 수 없어! 해로운 짐승은 죽여도 괜찮다고!

깍깍카카깍깍카카카악……

으아, 주님! 뇌가 녹아 버릴 것 같아요! 더는 못 참겠어. 놈이 어디 있는지 알면 당장이라도 나가서 그냥!

깍깍까아악……

아, 그거다! 나는 옷장에서 낡은 코트를 하나 꺼내 안감을 뜯어낸 뒤, 속에 들어 있는 솜으로 귀를 틀어막는다. 그래. 자, 어디 한번 소리 질러 보시지!

깍깍까아악!

또 실패. 나는 코트의 솜을 죄다 끄집어내 귀에다 쑤셔 넣고, 그것도 부족해서 두꺼운 스카프처럼 머리에 두른다. 하지만 효과가 없다. 놈의 꽥꽥거림은 성벽이라도 뚫어버릴 기세다!

오늘밤은 끔찍한 밤이 될 것 같다!

*

10시, 이제야 나는 침대에서 기어 나오고 있다! 머리는 텅 빈 양동이가 되어 버린 기분이다. 잘은 몰라도 3시쯤 잠이 든 것 같다. 나는 2시와 3시 사이에 미친 듯이 졸았고, 나이팅게일은 계속해서 꽥꽥거렸다. 구시가지의 나이팅게일들은 그렇게 꽥꽥거리지 않는다. 최악인 것은 감기에 걸린 것 같다는 사실이다. 눈과 눈 사이에서 머리가 쿵쿵거리고 코가 간지럽다. 하늘은 검고 공기는 쌀쌀하다. 어떤 여름에는 마치 11월 같기도 하다. 차가운 소나기, 시들어 가는 잎사귀, 추위에 떠는 사람들······.

기관사의 아내가 청소를 해야 한다며 나를 다른 방으로 몰아낸다. 또 창문을 활짝 열어 놓을 텐데 그러면 감기가 악화될지도 모른다. 그건 안 된다. 화가 양반을 만나러 가야겠다. 그의 부인과 내 침대에 얽힌 일을 매듭지어야지. 이런 종류의 일은 섬세하게 다룰 필요가 있다. 게다가 화가 양반이 나를 방문했으니, 나도 답례로 그를 방문해야 한다. 나는 예절을 아는 사람이다.

"그래요, 아우구스타 씨네 가 보세요." 기관사의 아내가 말한다. "오늘은 부인이 혀 짧은 소리를 하고 있거든요."

그녀가 하는 말들은 확실히 좀 이상하다. 아니, 혀 짧은 소리도 날을 골라가면서 한단 말인가?

나는 문을 두드린다. 그리고 귀를 기울인다. 아무 소리도 들리지 않는다. 다시 두드린다. 조심스럽게 손잡이를 돌리자 문이 스르륵 열린다. 눈앞의 거실에 온 가족이 모여 있다. "아, 죄송합니다……." 아무도 나에게 눈길을 주지 않는다. 화가는 머리를 손에 받친 채 이젤 앞에 앉아 있다. 그의 아내는 고개를 숙이고 양탄자를 쥔 자세로 찬장 옆에 서 있다. 단지 페피크만이 나를 바라보더니 혀를 쏙 내밀고 등을 돌린다. 아이는 아빠를 힐끗 쳐다보더니 이번에는 엄마를 쳐다본다. 녀석의 버릇없는 행동은 못 본 척 해야겠다. 알아서 그만 하겠지. 조그만 검둥개가 내게 다가와 킁킁거린다. 아직 어린 개라서 그런지 짖지를 못한다. "실례합니다……." 나는 아까보다 큰 소리로 말한다.

"아, 크루믈로브스키 씨, 용서하시게. 우리 집 하녀가 들어온 줄 알았지 뭔가. 여보, 이쪽은 건너편에 사는 박사 양반이야. 오늘 우리 집 메뉴는 감자 수프라네. 난 감자 수프라면 하루 세 끼라도 먹을 수 있어. 지금 수프에 보리를 섞을지 말지 의논하는 중이었지. 어서 앉게나."

나는 최대한 점잖게 행동하기로 한다.

"여러분들과 초면은 아닌 것 같네요. 아우구스타 씨와 아드님은 전에 만난 적이 있고, 부인도 지나가면서 한 번 뵀었죠. 정식으로 인사드립니다. 크루믈로브스키 박사라고 합니다."

흰머리가 섞인 가느다란 금발의 여인이 어색하게 몸을 숙여 인사한다. 꼭 허리를 굽힌 나무 마리오네트 인형 같은 모습이다. 그녀는 뭔가 말을 하려 한다. "아우구스타 씨께 말씀 들었는데, 저한테 불편하신 게 있으셨다면서요? 하하하, 하지만 이웃끼리는 잘 지내야죠." 마리오네트 여인은 또다시 몸을 숙인다. 그녀는 내게 착석을 권하며 새집이 마음에 드는지 묻는다.

"오, 아주 마음에 듭니다. 그런데 어젯밤에······." 나는 나이팅게일에 관해 이야기한다.

"응? 나이팅게일? 난 아무 소리도 못 들었는데?"

"당연하지. 당신은 어제 술에 절어서 제정신이 아니었잖아!" 부인의 면도날처럼 날카로운 소프라노가 말을 가로막는다.

"내가? 아, 조금 취했었나······."

"이게 조금이야? 이거 좀 봐요, 박사님!" 그녀가 소매를 걷어 올리자 멍든 자국들이 보인다. "나에겐 선택권이 있었어요, 박사님. 나한테 환장한 남자들이 한둘이 아니었거든요. 그런데 결국 고른 게 이 모양이라니!" 부인은 장사꾼 수준의 교육밖에 받지 못했음이 틀림없다. 어떻게 말을 해야 할지 모르겠는데, 여하튼 그녀는 진짜 혀 짧은 소리를 하고 있다. 그녀는 마치 내가 여기 있는 게 보이지 않는 듯, 가구의 먼지를 털기 시작했다.

"음, 어젯밤 집사람이랑 좀 싸웠어." 이렇게 말하며 화가는 웃어보려 하지만 실패한다. "그래, 어제 선술집을 여섯 군데나 들른 건 사실이야. 하지만 한 곳에서 한 잔 씩만 마시고 곧바로 집에 왔어. 그런 점에서 난 참 운이 없다네. 평소에는 괜찮은 녀석인데, 술만 마시면 내 안의 다른 내가 튀어나오거든. 결국 그놈이 술을 퍼마시다가 사고를 일으킨단 말이지. 그러니까 그건 그놈 잘못이지 내 잘못이 아니라고." 그는 억지웃음을 짓는다. "그런 게 항상 문제가 되는 건 아닙니다. 아니, 어쩌면 오히려 좋을 수도 있어요. 루터가 말하기를······." 하지만 나는 먼지떨이가 내 머리를 향해 날아오기 직전임을 느끼고 말을 멈춘다. "어젯밤은 나이팅게일 때문에 정말 제정신이 아니었어요." 나는 조심스레 화제를 바꾼다. 검둥개가 내 바짓가랑이를 물어 대고 있다. 불편하지만 발로 차서 쫓을 수도 없는 노릇이다.

"내가 흉내 내는 소리를 한번 들어봐야겠군. 아주 재미있을 텐데. 그렇지, 안나?" 안나는 아무 말도 하지 않는다. "내가 나이팅게일 흉내를 잘 낸다네. 가끔은 나이팅게일

대여섯 마리가 내 목소리를 듣고 날아오는데, 그럴 때면 콘서트가 따로 없지. 자네도 직접 보게 될 걸세."

총 맞기 싫으면 안 그러는 게 좋을 거야.

"풍경화를 그리시는 줄 알았는데 지금 보니 초상화를 그리시는군요." 그의 캔버스에는 사람의 형상이 그려져 있다.

"성인聖人들만 그린다네. 먹고 살려고 하는 일이지. 붉은색이나 파란색 예복 세 벌에 살점만 좀 붙이면 완성이야. 하지만 벌이가 많지는 않지. 사실 난 초상화가야. 예전에는 일감이 많았지. 유대인 지역에서 초상화를 그려달라고들 난리였거든. 뭐, 그것도 벌이가 대단한 건 아니었어. 유대인 한 명당 20길더(옛 오스트리아헝가리 제국에서 사용된 금은화)를 벌 수 있었지. 그런데 웬 독일 놈이 나타나더니 유대인들을 가로채 갔다네. 이봐, 좋은 생각이 났어! 내가 크리스피누스 성인을 그려야 되는데, 모델을 해주지 않겠나? 자네, 성 크리스피누스의 모델로 어울려. 뭔가 특별한 느낌이 있어······."

나는 그 느낌이란 게 뭔지 궁금하다. 내가 도둑처럼 생겼다는 뜻인가? 나는 화제를 페피크에 관한 것으로 돌린다. 화가 선생의 호의를 얻을 수 있으리라.

"페피크야, 이리 오렴."

"싫어. 아저씨는 멍청이야."

화가가 페피크의 따귀를 때린다. 나는 얼굴이 벌게진다. "카첸카네 아줌마가 엄마한테 말했단 말이야! 저 아저씨 멍청하다고. 그렇지, 엄마?" 페피크는 엉엉 운다.

"조용해, 이놈아!"

그러니까 내가…… 멍청이라고? "이리 오렴, 페피크." 나는 머뭇거리는 목소리로 말한다. 페피크는 여전히 엉엉 울면서 내 무릎들 사이에 와서 선다. 애들하고 놀 때는 어떻게 하더라? "손을 이리 내밀어 보렴. 이 손가락은 보글보글, 이 손가락은 바삭바삭, 요건 지글지글, 이 녀석이 '한입만 줘'라고 말하니까 저 녀석은 '오늘은 안 돼!'라고……." 페피크는 미소도 짓지 않는다. 어쩌지? 녀석은 그저 돌덩이처럼 서 있다. "좋아, 페피크. 수수께끼 풀어 볼까? 나는 초록색이지만 풀은 아니에요. 대머리지만 신부님은 아니고요. 노랗지만 밀랍이 아니에요. 꼬리가 있지만 개는 아니랍니다. 나는 무엇일까요?" "몰라." 나는 페피크에게 그게 뭔지 알려주고 싶지만 사실은 나도 모른다. 문제만 알고 답은 모르는 것이다.

"또 해봐. 멍청한 얘기 또 해봐!" 페피크가 나를 독려한다.

나는 그 말을 못들은 척 하며 일어선다. "자, 돌아가서 다시 공부해야겠습니다. 벌써 12시네요."

"벌써 그렇게 됐나? 우리 집 시계가 30분 정도 빠를 거야." 화가가 말한다. "아니에요." 부인이 말을 자른다. "어제 시계탑 종소리가 울렸을 때 거기다 우리 시계를 맞춰 놨어요. 빗자루로." 그녀는 나를 만나서 정말 반가웠고 앞으로 종종 들르라고 말한다. 틀림없이 서로 좋은 이웃으로 지낼 수 있을 거라면서. 나는 그들이 왜 나를 멍청하다고 생각하는지 알고 싶다!

복도에서 집주인의 딸로 보이는 여자와 스쳐 지나간다. 꽤 나이가 들어 보인다.

"혀 짧은 소리를 하던가요?" 기관사의 아내가 묻는다.

"그렇더군요."

"그건 오늘 그 집에 돈이 좀 들어왔다는 뜻이에요. 돈이 한 푼도 없을 때는 혀 짧은 소리를 안 하거든요." 기관사의 아내는 지독한 험담꾼이 틀림없다. "아까 복도를 걸어오실 때 프로바즈니크 씨가 창문에서 몸을 내밀고 박사님을 쳐다보고 있었어요." 나는 고개를 쳐든다. 누렇고 여윈 얼굴 하나가 얼핏 보인다. 필요한 거 있으세요? 아니요. 나는 약간 무뚝뚝하게 대답한다. 카첸카를 잠시 박사님께 맡겨도 될까요? 뭘 좀 사러 나가야되는데 카첸카는 혼자 있으면 울거든요.

"하지만 아기를 어떻게 보는지 모르는데요!"
"그냥 침대에 눕혀두고 갈게요."
"울면 어떡하죠?"
"걱정 마세요. 옆에 누가 있으면 안 울어요."
"그게 아니더라도 뭔가 문제가 생기면……."
"불쌍한 우리 아기……."
나는 심기가 매우 불편해졌다.

*

나의 다짐: 페피크를 도덕적으로 올바르게 인도하기.

*

나는 프란시스 버난드의 『행복한 생각들』을 읽은 적이 있다. 하지만 나의 '다짐들'은 그의 것과는 다르다. 난 버난드를 따라하는 게 아니다.

다시 공부할 기분이 들지 않았다. 기분은 괜찮지만 기력이 없다. 잠을 좀 자기로 한다.

나이팅게일은 조용하다. 아마 얼어 죽었는지도 모르지. 제발 그랬으면 좋겠군.

왜 나를 멍청하다고 생각하는지 정말 알고 싶다!

*

우선 진심으로 축하하는 바이네! 바람직한 조언이 떠오를 때 주저 없이 얘기하는 것이 우정의 의무일 테니, 오랜 친구의 조언을 부디 받아들여 주길 바라며 얘기를 시작하겠네. 첫째, 침착함을 잃지 말 것. 자네가 지식이 충분할 것임은 믿어 의심치 않지만, 침착함은 이 세상 모든 지식을 합친 것보다 두 배는 더 가치가 있지. 보통 심사위원들은 학생의 지적 능력을 파악하기 위한 질문들을 던진다네. 예를 들어, "누가 자네를 찾아와 이런저런 사건을 맡기고 싶다고 한다면 어떻게 하겠는가?"라고 심사위원이 묻는다면, 자네는 "수수료의 일부를 선불하라고 말하겠습니다."라고 대답해야 되는 것이지. 단언컨대 이런 조언은······.

바보 같은 놈! 낡은 일화들을 제멋대로 가져다 쓰는 주제에 자기가 영리하다고 뽐내는 인간들은 참을 수가 없다. 학창 시절에 우리들이 이놈을 '떠버리'라고 불렀던 것도 당연하다. 하지만 녀석에게 편지를 써서 시험 준비 중임을 알리고 예의 바르게 "만약 나의 좋은 벗인 자네가 조언을 해줄 수 있다면……"이라고 덧붙인 것은 순전히 내 잘못이다. 타인의 도움 따위는 필요 없다. 하물며 이 녀석의 도움은 절대로. 다시는 편지 쓰지 말아야지!

결국 나는 감기에 살짝 걸리고 말았다. 온몸에 미열이 나고, 머리는 꽉 막힌 듯 답답하며, 눈에는 끊임없이 눈물이 고인다. 이런 상태인데도 공부를 할 수 있다는 것이 놀랍다. 식욕도 그대로이다. 자, 공부하자, 공부!

*

집주인이 나를 만나러 왔다. 그는 예순쯤 되어 보이는 묘한 느낌의 남자이다. 그렇지 않아도 마른 그의 몸은 양손에 양동이를 움켜쥔 듯 축 처진 어깨와 오목하게 들어간 가슴 때문에 더욱 말라 보인다. 짧게 면도한 여윈 얼굴, 이가 빠진 탓에 입안으로 말려 들어간 입술, 크로이처 동전 모양의 턱, 코담배를 해서 검어진 코, 잿빛 머리카락. 그러나 검은 눈동자는 이글이글 타오르는 듯하다. 그는 줄곧 야위고 주름진 두 손으로 허공의 무언가를 초조하게 거머쥐며 이따금 온몸을 실룩거린다. 목소리는 속삭임에 가깝다. 누구든지 이 사람 옆에 있으면, 갑자기 무슨 일이라도 터질 것처럼 초조한 기분이 들 것이다.

그는 내가 주소 변경을 경찰에 통보했는지 확인하고자 들른 것이었다. 나는 물론 잊어버리고 있었다. 명심해서 처리해야겠군. 그는 화가로부터 조만간 슈이스트카 게임을 함께 할 거라는 얘기를 들었다며, 기대된다고 말한다. 나는 고개를 숙여 인사한다. 그는 나의 감기 기운을 눈치채고는 "건강한 사람들은 도통 자기가 행복한 줄을 모른다니까!"라고 말한다. 그리 위트 있는 말은 아니었지만, 나는 예의 바른 미소와 함께 나지막이 "맞습니다."라고 대답하며 그의 건강을 기원한다. 그는 별로 건강해 보이지 않는다. 그의 목은 틀림없이 주의를 요하는 상태인 것 같다. 그가 기침을 조금 하자 가래가 내 신발에 떨어진다. 그는 그것을 못 본 것 같다. 사과를 받으면 오히려 당황스러울 테니 차라리 다행이다. 나는 의자 아래로 발을 숨긴다. 그는 내게 다루는 악기가 있는지 묻는다. 아쉽지만, 없다. 어릴 때 피아노 레슨을 받긴 했지만 아무것도 익히지 못했다. 나는 웃음을 지으며 "뭐…… 체코인이라면 다들 어느 정도는 음악적 소질이 있잖습니까?"라고 대답한다. "잘됐군, 잘됐어! 언제 한번 피아노 연탄곡을 같이 연주하지 않겠나? 여름이면 정원에 스피넷을 갖다 놓거든. 낡았지만 아직은 쓸 만해. 함께 연주할 수 있을 걸세!" 나는 물러설 순간임을 느낀다. "피아노요? 아닌데…… 전 바이올린을 합니다." 그는 "바이올린은 좋은 걸 쓰고 있나?"라고 물으며 벽을 살핀다. 좀 더 물러서야 한다. "실은 오랫동안 연주를 못했어요. 먹고 살기가 바빠서……." "유감이군……." 그는 공부하는 걸 방해하고 싶지 않다며, 자신은 세입자의 권리를 존중하지 않는 다른 집주인들과는 다르다고 말한다. 하지만 분명 그는 속으로 뭔가를 생각하고 있다. 그는 지금 스페인에서 벌어지는 일들의 배후에 비스마르크가 있을까 하고 자문하면서 예리한 눈으로 나를 직시한다. 나는 외교관들의 생각은 가늠하기 어렵다고 대답한다. "맞는 말이야." 그는 동의한다. "통나무를 옮기는 것이 성냥개비를 옮기는 것보다 어려운 법이지." 그는 내 발을 직통으로 밟고는 덧붙여 말한다. "늘 하는 말이지만, 왕들은 자기가 소유한 것들에 결코 만족하지 않지." 나는 토를 달지 않고 예의 바르게 웃는다. 그는 방을 나간다.

순진한 견해이지만 틀린 말은 아니다. 이들은 자신들의 철학을 속담 형식으로 표현하고 있다. 그러한 속담은 한 개인의 세계를 완벽하지는 않더라도 온전히 담고 있기에 하찮게 보아서는 안 될 것이다. '개인적 속담'들을 수집해 보는 것도 재미있겠군.

오늘은 대체로 만족스러운 하루였다. 이제 자러 가야겠다.

나이팅게일이 꽥꽥거리고 있지만 이번에는 멀리 떨어져 있다. 마음껏 꽥꽥거리라지. 혹시라도 화가 양반이 저것을 이쪽으로 불러들인다면 가만있지 않을 테다. 아, 그러니까, 사람이 참는 데에도 한계가 있다고 예의를 갖춰서 알려주겠다는 뜻이다. 아무튼 그가 지금 어느 선술집에 있는지 모르겠지만 빨리 귀가하기를 빈다. 그래도 어제는 아우구스타 부인이 혀 짧은 소리를 냈었는데…….

그러고 보니 기관사의 아내는 오늘 내게 필요한 게 있는지 한 번도 묻지 않았다. 모든 것은 시간이 흐르면 제자리를 찾는 법. 그런 게 아닐지도 모르지만……. 어쨌건 공부하느라 딴 생각할 틈이 전혀 없었다.

*

 감기와 공부. 너무 몰두한 나머지 바깥세상이 어떻게 돌아가는지 하나도 모르겠다.
 그러나 기관사의 아내가 필요한 것이 없냐고 예전처럼 자주 묻지 않는 것은 사실이었다. 오늘은 그녀로부터 내가 정말 좋은 사람이며 하느님이 분명 나를 축복할 것이라는 말을 들었다. 그녀는 웬 구두수선공의 과부와 함께 부엌에 있었는데, 그 과부는 두 아이를 부양해야 하는 힘든 가정 형편에 관해 끝없이 하소연을 늘어놓았다. 결국 나는 그녀에게 1길더를 쥐어줄 수밖에 없었다. 하느님은 1길더에 얽힌 사연조차 알아주실지도 모르니까.
 고양이는 이제 방에 들어오지 않는다. 문을 활짝 열어놓아도 놈은 그냥 밖에 서서 야옹거릴 뿐이다. 나를 신뢰하지 않는 게 분명하다.
 그러고 보니 아직 기관사를 만난 적이 없군. 집에 오기는 하는 걸까?

*

커피에 치커리가 들어 있다! 그래, 틀림없어. 끔찍하군! 이거, 그냥 넘어갈 문제가 아니야.

*

나는 결승점에 다다른 경주마처럼 민법의 막바지로 질주한다.

*

아니, 또 치커리가……. 어제보다 많이 들어 있잖아! 오늘 기관사의 아내는 필요한 게 있는지 한 번도 묻지 않았다. 덕분에 평화롭고 조용한 하루를 보내기는 했다. 어제 그녀는 또 다른 구두수선공의 과부를 집에 데려왔었다. 정말이지, 나는 인심이 너무 좋다. 또 1길더…….

*

오늘은 페피크가 가혹한 매질을 당했다. 아이의 비명이 온 건물에 울려 퍼졌다. 나는 기관사의 아내에게 페피크가 무슨 잘못을 했는지 물었다. 듣고 보니 별일 아니었다. 자기가 사온 견과류를 아빠가 먹어 대기 시작하자 그걸 막으려고 했을 뿐인데 그렇게 매를 맞았다는 것이다. "아유, 그 양반 먹성이 어찌나 좋은지!" 나는 페피크가 불쌍한 마음이 든다. 아직 조그만 개구쟁이일 뿐인데! 형편없는 인간이에요, 그녀가 말한다. 아우구스타 씨는 지난 성 금요일에 카예탄 성당의 봉헌금 상자에서 크로이처 세 닢을 슬쩍했다고 한다.

그래, 반드시 페피크를 도덕적으로 올바른 길로 이끌어 줘야겠어! 시간 여유가 좀 생기면 바로 착수하자. 저렇게 귀여운 아이를 돕지 않는다는 건 부끄러운 일이야. 비뚤어진 아빠는 제대로 된 양육을 할 수 없어.

조지 워싱턴도 말썽쟁이였지만 그에겐 다행히 어질고 현명한 아버지가 있었다. 하느님은 아이들에게 자기 아버지가 조지 워싱턴의 아버지와 닮았는지 판별할 능력을 부여해야 한다. 만일 닮지 않았다면, 그 아버지는 아버지이기를 포기해야 한다. (조지 워싱턴을 따라함으로써 아버지를 가르치려 했던 마크 트웨인의 경우를 생각해 보자.)

*

 화가 양반이 찾아와서는 내게 잠깐 캔버스 앞에 앉아 크리스피누스 성인의 모델을 해 줄 수 있냐고 물었다. 나는 내가 앉아 있을 곳은 책상뿐이라고 대답했다. 나의 의지는 더욱더 확고해지고 있다.

*

 민법을 끝냈다! 내일부터 증권법을 공부해야지. 오늘 밤은 편한 마음으로 잘 수 있겠군!

*

 비로소 푸시킨이 "나는 정말 바보 멍청이야!"라고 외쳤을 때 그의 장딴지가 어떤 느낌이었을지 알 것 같다. 그야말로 끔찍한 순간이었으리라! 오늘 아침 나는 민법 공부를 마쳤다고 생각하며 자리에서 일어났다. 하지만 스스로에게 민법에 관한 질문을 하나 던졌을 때, 대답이 전혀 떠오르지 않았던 것이다!

"아아, 주님!" 나는 나도 모르게 소리치며 머리를 움켜잡았다. 얼굴의 피가 가시는 것 같았다.

기관사의 아내가 무슨 일이 일어났는지 보러 달려왔다.

"아는 게 하나도 없어요!" 나는 바보 같이 소리쳤다.

"저도 그렇게 생각했어요." 그렇게 말하고 그녀는 깔깔 웃으며 돌아갔다. 이런 무례한 여자가 있나!

어쨌든 지금은 마음이 조금 진정되었다. 전에 공부했던 경험으로 미루어 볼 때 이것은 자연스러운 현상이다. 지식이란 건 시간을 들여 숙성시켜야 한다.

방금 전 그녀의 말은 예전에 나더러 멍청하다고 했던 것과 상관이 있을까? 그래, 이건 순진함의 차원이 아니야. 말도 안 되는 무례라고!

*

또 다른 구두수선공의 과부들이 두 명이나 왔다. 그중 한 명의 남편은 사실은 재봉사였다. 기관사의 아내는 블타바 강 서쪽 땅의 흐느끼는 과부들을 몽땅 데려올 심산

일지도 모른다!

*

 전환점이다! 전혀 생각지도 못했던 극적인 전환점이 찾아 왔다. 사회적인 동시에 자연적인 전환점이다.
 먼저, 따뜻하고 밝고 아름다운 날씨 덕분에 감기가 사라졌다. 둘째, 나는 기관사의 아내가 내어 주는 치커리 커피가 지긋지긋해서 방금 직접 알코올 난로에 커피를 끓여서 마셔봤다. 이제부터 내 커피는 내가 만들어 먹기로 한다. 그 밖에도 달라진 것들이 있다. 이제 기관사의 아내는 내게 저녁 식사만 올려다 주게 되었다. 밤참은 직접 선술집으로 내려가서 먹을 것이다. 그녀의 친절 따위 원치 않지만, 그녀 역시 친절하려는 의지가 이제 남김없이 사라져 버린 것 같다. 그 편이 차라리 낫다. 하루 종일 한 곳에 앉아 있으면 정신이 둔해지므로 공부가 더 힘들어진다. 따라서 최초에 솟아오른 에너지가 소진될 때까지 공부를 지속하다가 잠시 휴식을 취하는 편이 전략적으로 좋다. 아래층으로 내려가 좋은 사람들과 기분 전환을 좀 한다고 해서 해로울 것은 없을 것이다. 그리고 매일매일 잠깐이라도 정원을 산책할 생각이다. 요 며칠 간 사람들이 정원을 거닐고 있는 광경을 보았다. 아침 일찍 정원에 나가서 공부하는 것은 어떨까? 학창 시절에 바깥에서 자연을 벗 삼아 즐겁게 공부했던 기억이 떠오른다.

나의 다짐: 매일 아침 일찍 일어나기. 아주 일찍!

방금 또 구두수선공의 과부 하나를 돌려보냈다.

*

이런 느낌의 선술집을 나는 정말 좋아한다! 대단한 자극이 있지는 않아도 나름 즐거운 시간을 보낼 수 있는 곳. 바로 지금의 내게 필요한 장소이다. 이런 곳에서는 위트 있어 보이려고 애쓸 필요 없이 그저 벌어지는 일들을 묵묵히 관찰할 수 있다. 자기만의 개성과 상식을 지닌 순박한 사람들. 눈에 띄지 않는 위트를 지니고, 서로의 소박한 위트에 만족하는 사람들. 이들은 별일 아닌 것에도 즐거워하며 웃는다. 그러나 지적인 즐거움을 얻기 위해서는 심리학자의 방식으로 개인을 이해해야 한다. 나의 재능은 바로 거기에 있다.

실내는 보기 좋고 깔끔하지만 조금 어둡다. 뒤편에는

당구대가 하나 있고, 벽을 따라 작은 테이블들이 늘어서 있다. 앞쪽 테이블들 중 네 곳에는 사람이 앉아 있다. 그날 저녁 알게 된 바로는 손님들 모두가 단골이었고, 술집은 몇 년간 단골 중심으로 운영되고 있었다. 나는 들어가자마자 그 사실을 깨달았다. 모두가 말을 멈추고 돌아서서 나를 쳐다봤기 때문이다.

나는 모두에게 인사를 건넨다. 바닥에 새로 뿌려진 모래가 발에 밟힌다. 나는 남자 하나가 앉아 있는 테이블에 합석한다. 내가 인사를 하자 그는 그저 고개만 끄덕인다. 금세 땅딸막한 술집 주인이 나타난다. "아이고, 박사님이시군요! 드디어 저희 가게까지 내려와 주시다니 정말 기쁩니다. 저희 집 음식은 만족스러우신가요?" 나는 완벽히 만족스럽다고 대답한다. 사실 불만이 좀 있기는 하지만, 선의의 거짓말로 상대의 장점을 부각시키는 편이 나은 경우가 있다. "다행입니다. 제가 세상에서 바라는 것이라곤 손님들의 만족뿐이거든요. 그런데 두 분은 서로 아시나요?" 나는 건너편의 정체 모를 사내를 쳐다본다. 그의 딱딱하고 음침한 얼굴은 정면을 똑바로 응시하고 있다. "모르신다고요? 하지만 두 분은 이웃 사이인데…… 이쪽은 박사님 바로 윗집에 살고 있는 재봉사 셈프르 씨입니다."

"아, 셈프르 씨……." 나는 그에게 손을 내민다. 그는 고개를 살짝 들고 테이블을 향해 시선을 떨구더니, 마침내 코끼리가 뒷다리를 내미는 듯한 태도로 손을 내민다. 별난 친구로군! 그때 웨이터가 주문을 받으러 온다. 나는 남자에게서 서빙 받는 편이 더 좋다. 웨이트리스들은 항상 애인과 구석에서 시시덕거리기 때문에, 불러내려면 테이블을 두드리거나 해야 한다.

나는 식사하는 중에는 눈과 귀를 딴 곳에 돌리지 않는다. 하지만 식사를 끝낸 뒤, 담배에 불을 붙이고 나서 주위를 찬찬히 살피며 광경을 인식하기 시작한다. 맞은편 테이블에는 여러 남자들이 활기차게 대화를 나누고 있다. 다른 테이블에는 두 명의 젊은이가 앉아 있다. 왼쪽 테이블에는 중년 부부, 젊은 아가씨 두 명, 그리고 뚱뚱하고 나이가 좀 있어 보이는 육군 중위가 앉아 있다. 테이블들로부터 귀에 거슬리는 웃음소리가 들려온다. 특히 왼쪽 테이블이 그렇다. 아름다운 치아와 명랑한 눈을 지닌 젊은 아가씨가 나를 바라보고 있다. 신경이 쓰인다는 뜻은 아니다. 그녀의 아버지로 보이는 중년 남자는 머리의 형태가 특이하다. 온통 직각인데다 정수리에는 흰 머리카락들이 뭉쳐 있다. 마치 병목 부분에 맥주 거품이 일고 있는 정육면체 병처럼 생겼다. 딸들의 머리도 아버지와 비슷한 모양이지만 그보다는 둥그스름하다.

조용한 것은 내가 앉아 있는 테이블뿐이다. "일은 좀 어떠세요, 셈프르 씨?" 내가 먼저 말을 건다. 그는 몸을 조금 움직이더니 가까스로 "그저 그래요."라고 대답한다. 대화를 즐기는 사람은 아니군. "도와주는 직공은 많으세요?" "같이 있는 건 두 명. 보통 외주를 맡겨요." 나 참, 대답 한번 길게 하는군! "가족은 있으세요, 셈프르 씨?" "아니요." "아, 미혼이시군요." "아니요." 그리고 그는 어렵사리 덧붙인다. "사별했어요. 3년 전에." "부인과 자녀가 없다니…… 힘드시겠어요." 그는 다시 어렵사리 대답한다. "딸이 있습니다. 일곱 살." "그럼 재혼하셔야겠네요." "네."

술집 주인이 다가와 우리 테이블에 합석한다. 나는 "저희 테이블에 일부러 들러주시다니 영광입니다."라고 말한다. "저의 마땅한 업무입니다. 장사에 도움이 되거든요. 가게 주인들은 테이블을 두루 돌아다녀야 해요. 손님들이 그걸 좋아하거든요. 굉장히 영광으로 생각한답니다." 나는 그의 위트 있는 농담에 웃어주고 싶지만 깜빡거리는 눈 속에는 지적인 흔적이라곤 조금도 없다. 그는 농담을 한 것이 아니었다. 틀림없이 바보이다. 하지만 그의 눈은 정말이지……! 저렇게도 밝은 초록빛 눈은 처음 본다. 그는 얼굴의 혈색이 좋다. 머리카락도 얼굴처럼 붉은 것이 마치 얼굴 피부의 일부가 닳아서 머리카락으로 변한 것 같다. 멀리서 보면 그 머리의 윤곽은 깜빡이는 불빛처럼 보인다.

"요즘 날씨가 참 좋지요?" 나는 대화를 이어가려고 애쓴다. "그게 어쨌다고요? 날씨가 좋으면 사람들이 산책하느라고 가게에 안 옵니다. 저도 아까 낮에 밖에 나갔었는데 햇볕 때문에 등이 뜨거워서 곧바로 다시 들어왔어요. 등이 뜨거울 정도로 햇볕이 강하면 곧바로 폭풍이 오거든요. 뭐, 오늘은 오지 않을 것 같습니다만……." "네, 그래도……." 나는 다시금 대화를 시도한다. "도시에서는 비가 좀 내려도 큰일은 아니지요. 우산만 있으면 괜찮으니까요." "우산을 안 가지고 있었습니다." "그럼 집까지 뛰어가시면 되죠." "산책하러 나간 건데 뛰라고요?" "그럼 길가에서 비를 피하거나요." "산책하러 나간 건데 길에서 비를 피하라고요?" 뭐 이런 자식이 있나! 그는 하품을 한다. "피곤하세요?" "어제 잠을 일찍 자서 그런지 벌써 하품이 나오는군요." "손님은 많이 없었습니까?" "손님은 있었는데 맥주가 잘 안 팔렸어요. 나 참, 돈도 안 되는 일이나 하고 있으니, 원⋯⋯." 정말 희한한 종자로군!

왼쪽 테이블에서는 중위가 거품을 물며 열변을 토하고 있다. "회색 말이 몇 종류가 있는지 말할 수 있는 사람은 천 명 중 한 명 정도일 겁니다. 17종이 있지요! 가장 희귀한 것은 비단말. 정말 아름다운 말이죠! 눈과 입 주변이 연분홍이 섞인 흰 색인데, 밝은 노란색 발굽은⋯⋯."

그때 새로운 손님이 들어온다. 사람들의 표정과 침묵으로 보건대 어쩌다 들어온 뜨내기손님인 것 같다. 그는 뒤쪽 테이블에 자리를 잡는다. 대화가 재개되고 중위의 강의가 이어진다. "사실 여러분의 회색 말은 원래 검은 색이었던 것이죠." 젊은 아가씨가 계속 나를 쳐다보고 있다. 내가 힘 좋은 말처럼 보이기라도 하는 건가?

나는 맥주잔을 비웠지만 주인과 웨이터는 눈치 채지 못한다. 테이블을 두드리자 웨이터인 이그나츠가 미친 듯이 달려온다. 이 친구에게는 재미있는 구석이 있다. 나는 그를 훑어본다. 나이는 마흔 정도. 양쪽 귀에 은색 장식단추를 박고 있는데, 오른쪽 귀에는 탈지면이 삐져나와 있다. 그는 나폴레옹 1세를 조금 닮았지만 머리가 매우 둔해 보인다. 느릿느릿 껌뻑거리는 커다란 눈꺼풀이 뭔가를 심사숙고하는 것 같지만, 단언컨대 그의 머릿속에는 단 한 줌의 생각도 없을 것이다. 그는 얼이 빠진 듯 서 있다가 손님이 테이블을 두드리면 펄쩍 뛰면서 허둥지둥 달려간다.

옆 자리에서는 폴란드어가 대화의 주제로 올랐다. 그런데 그들은 희한한 '위트'가 담긴 이름으로 서로를 부르고 있다. 동물 이름 다음에 '코' 내지 '귀' 같은 단어가 붙은 매우 이상한 별명들이다. 그중 한 명이 폴란드어는 체코어와 독일어를 합친 언어이므로 그 두 가지를 하는 사람은 당연히 폴란드어도 할 수 있을 거라고 주장하면서 예를 들어 보인다. 또 다른 손님이 들어온다. 뿌리가 깊은 나무 그루터기처럼 생긴 통통한 남자인데, 아마도 단골인 것 같다. 그는 웃음을 짓더니 우리 테이블에 합석한다. "아, 또 다른 이웃이 왔군요." 주인이 이쪽으로 다가오며 말한다. "크루블로브스키 박사님, 이 친구는 클리케시입니다. 우리 동네 구두장이죠." 클리케시가 손을 내민다. "아주 잘생긴 친구로군!" 그가 말한다. "여자들이 환장하겠는데, 박사 양반!" 나는 당황스러워서 피가 얼굴로 몰려드는 것 같다. 나는 태연한 척 하면서 옆 자리의 그 젊은 여자에게 살며시 미소를 짓는다. 별다른 효과는 없다. "하하, 당연히 박사님이 당신보다는 잘 생겼지." 주인이 웃는다. "당신 얼굴은 쿠키 틀처럼 마맛자국투성이잖아!" "아이구, 이런 이런……" 클리케시는 모래 바닥에 발을 끌며 말한다. "드디어 시청에서 바닥 청소 하라고 경고장을 보냈나 보군." 웃음소리가 들려온다. "크루믈로브스키 박사, 농담이 아니라, 경찰이 1년에 한 번 이 친구를 목욕탕에 끌고 가려고 찾아온다네. 어찌나 발버둥 치는지 경찰 세 명이 달라붙을 때도 있지." 가게가 온통 웃음바다가 된다. 클리케시는 이 동네 재담가임이 틀림없다. 분명 독설가이기는 하지만 그의 울퉁불퉁 거친 얼굴에는 조금도 악의가 없다. 두 눈은 장난기가 가득하지만 솔직해 보인다. "그래, 저 친구는 돈을 좀 아껴야 되긴 하지." 그가 덧붙인다. "그래야 술을 사먹을 수 있거든. 나도 저 친구만큼은 못 마시겠다니까." 그는 술잔을 비우며 말한다. "자, 그럼 밤참을 좀 먹어볼까?" 손을 흔들며 말하는 그의 모습은 허공에 뿌리를 흔들어대는 나무 그루터기를 연상시킨다.

저쪽에 앉아 있던 두 명의 청년들은 당구공을 피라미드 모양으로 세팅하며 게임을 시작하고 있다. 그 둘은 앉아 있을 때는 키가 비슷해 보였는데 일어선 걸 보니 한 명은 키가 작고 한 명은 지나치게 키가 크다. 예전에 내가 알던 어떤 남자는 앉아 있을 때는 평범해 보이지만 실제로는 키가 천장에 닿을 듯 아주 컸다. 그는 일어서기만 하면 사람들이 웃음을 터뜨리는 통에 아주 힘들어 했었다.

"별 거 없네. 만날 똑같아." 클리케시가 투덜거리며 메뉴를 살핀다. "굴라시, 피망, 내장 수프……." "시끄러!" 주인이 응수한다. "나는 삶은 닭이 먹고 싶다고!" "나 참, 우리 가게 주방에 전세라도 냈나?" "삶은 닭이 뭐 그리 힘들다고 그래? 계란을 삶은 다음 그 위에다 암탉을 얹어 놓기만 하면 되잖아, 헤헤헤!" "눈에 들어간 머리카락이나 좀 빼시지!" 비꼬는 말이다. 클리케시는 성당 신부님들처럼 대머리이다.

"저기 봐! 카렐이 벼룩을 잡고 있어." 옆 테이블에서 누군가 말하자 모두 입을 다물고 고개를 돌린다. 모두 기대에 차 있다. 카렐이라는 남자가 셔츠 안으로 손을 집어넣으며 차분히 자신 있는 미소를 짓는다. 이윽고 넣었던 손을 빼내어 엄지와 검지를 문지르더니 테이블 위에 뭔가 올려놓는다. 들려오는 웃음소리와 박수갈채. 여자들은 손수건으로 입을 막는다. "저 친구, 벼룩 잡는 귀신이야. 몽땅 다 잡아내지." 클리케시가 내게 알려 준다. 나는 놀란 듯한 표정을 지으며 묻는다. "남김 없이요?" "그래." 그가 대답한다. "마지막 한 마리까지 깡그리. 어이, 이그나츠, 내 밤참 아직 멀었나? 그리고 술잔 도로 가져 와. 아직 다 안 마셨다고. 벌써 다 마셨을 리가 없잖아." 그는 나를 돌아본다. 지금 농담한 거였군. "하하." 나는 웃는다. "선생님은 참 재미있는 분이군요." 이그나츠가 주방에서 나온다. 희색이 만면한 그의 얼굴은 더 없이 바보 같아 보인다. "죄송합니다만, 클리케시 씨, 아까 뭘 주문하셨죠?" "장난하나? 그새 잊어먹다니! 내 살다가 이런 일은 처음이군. 내가 주문한 건……." 하지만 그도 자기가 뭘 주문했는지 기억하지 못하는 것 같다.

다른 테이블에서 중년 여성의 날카로운 목소리가 들려온다. "스무 살이 넘은 딸들에게는 비슷한 옷을 입혀서는 안 돼요. 그러면 둘 중 아무도 시집을 못 가게 될 거라고요." 따라서 그녀는 지금 똑같은 옷을 입고 있는 그녀의 딸들이 아직 스무 살이 안 되었음을 선전한 셈이었다. 하! 참 훌륭하군.

"박사 양반, 이 가게 조심하는 게 좋을 거야. 먹지도 않은 술값이 영수증에 들어갈 지도 몰라." 굴라시를 한 숟가락 떠먹으며 클리케시가 말한다. "주인놈은 예전에 군인이었는데, 그때는 영수증에서 자기가 마신 맥주값을 몰래 빼더니, 지금은 그걸 만회할 기세로 솜씨 좋게 집어넣고 있다네." 나는 자연스럽게 웃는다. 나는 셈프르 씨도 대화에 끌어들이려고 해보지만, 그가 꺼낸 말이라고는 자신이 아침마다 와인 가게에 간다는 것뿐이다.

이그나츠는 넋을 잃고 당구 게임 구경에 푹 빠져 있다. 그는 키가 작은 선수를 응원하는 듯하다. 이따금 흥분해서 벌떡 일어나곤 하더니, 지금은 아예 한쪽 발로 펄쩍 펄쩍 뛰고 있다.

클리케시가 식사를 마쳤다. 그는 파이프에 담뱃잎을 채우더니 불을 붙인다. 명멸하는 불빛 속에서 그의 얼굴은 마치 낡은 대장간처럼 보인다. 그는 담배 연기를 뿜어내고는 만족스러운 눈으로 가게 안을 둘러본다. 그의 시선이 당구대 옆에 앉아 있는 뜨내기손님에게 멈춘다. "저 자식, 그 구두장이잖아!" 그는 미소를 지으며 혼잣말을 하더니 힘차게 소리친다. "이봐, 거기, 뱀 같이 생긴 놈!" 뜨내기손님은 몸이 뻣뻣해지지만 돌아보지 않는다. "야, 구두장이!" 클리케시가 다시 소리친다. 뜨내기손님은 노기를 띤 채 천천히 몸을 돌리며 말한다. "이 술꾼이 어디서 술주정이야." 그는 클리케시 쪽으로 침을 뱉는다. "이 자식이…… 지금 침 뱉었어?" 클리케시가 격노한다. "감히 프라하 시민인 나에게 침을 뱉어?" 그가 일어서려고 하자 술집 주인이 그를 밀어 앉히더니 뜨내기손님에게로 다가간다. 클리케시는 주먹으로 테이블을 쾅하고 두들긴다. 그는 지금까지 아무도 자신의 술 취한 모습을 본 적이 없으며, 혹시 괴로운 일이 있어서 좀 과음하더라도 딴 놈들은 상관할 바 아니라고 말한다. 그러는 사이 주인은 뜨내기손님을 주방을 통해 가게 밖으로 데리고 나간다. 손님은 기꺼이 가게를 나선다. 클리케시는 계속해서 투덜거린다. 갑자기 가게 밖 길가에서 언쟁과 몸싸움을 하는 소리가 들려오더니, 잠시 후 주인이 가게로 돌아온다. "밖에 내보냈더니 다시 들어오려고 하잖아요." 그가 말한다. "그래서 전당포에 물건 던지듯이 길바닥으로 밀쳐내 버렸죠."

가게 안은 금세 활기를 되찾고, 옆 테이블에서 박수갈채가 들린다. "브라보, 브라보! 뢰플러가 파리 흉내를 낼 거야! 뢰플러, 어서 파리 흉내를 내 보라고!" 가게 안이 박수갈채로 가득 찬다. 클리케시는 파리 흉내 내기를 본 적이 있느냐고 내게 묻는다. 나는 없다고 대답한다. 그는 너무 재미있어서 배를 잡고 웃게 될 거라고 말한다. 사실 나는 파리 흉내 내기를 천 번쯤은 본 것 같다. 프라하의 술집들에서는 누군가는 꼭 파리 흉내 내기를 한다. 나는 개인적으로 그 광경을 견딜 수가 없다. 나를 등지고 앉아 있던 뢰플러는 가게 안이 너무 시끄럽다며 흉내 내기를 거절한다. "쉬잇! 모두 조용!" 주변이 고요해지자 뢰플러는 윙윙거리기 시작한다. 처음에는 날아다니는 파리처럼, 그러다가 창문에 부딪힌 파리처럼 윙윙거리더니, 유리잔에 갇힌 파리와 같은 먹먹한 윙윙거림으로 마무리한다. 나도 사람들을 따라 박수를 친다. 그들은 내가 이 광경을 즐겼는지 궁금해 하며 돌아본다. "대단한 친구야!" 클리케시가 한 마디 한다. "저 친구는 진짜 최고야. 너무 웃어서 배가 터질 지경이군!" 그는 여전히 흥분이 가시지 않은 채 맥주잔을 비운다. 그는 배를 툭툭 쳐 가며 변명하듯 말한다. "아직 1리터 모자라서 말이지, 헤헤헤!"

"그게 아니잖아!" 누군가 당구대 쪽에서 갑자기 소리를 지르자 사람들이 고개를 돌린다. 아, 이런, 이그나츠! 그가 응원하던 키 작은 선수가 게임에서 계속 뒤지자, 이그나츠는 더 이상 화를 참을 수가 없었던 것이다. 가게 안이 웅성거림으로 소란스러워진다. 키 작은 선수는 큐대를 당구대에 내동댕이치고, 중위는 "저런 무례한 놈! 저 자식

쫓아내!'라고 고함을 지른다. 주인은 아침에 장부 정리가 끝나는 대로 이그나츠를 쫓아내겠다고 맹세한다. 클리케시는 이그나츠를 향해 웃으면서 묻는다. "저렇게 말한 게 이번이 몇 번째야?"

또다시 소란이 잠잠해진다. 어느 순간, 마르고 지저분하고 수염을 깎지 않은 행상인 하나가 들어온다. 그는 꾀죄죄하고 번쩍거리는 정장을 입고 있다. 그는 조용히 가방을 테이블 위에 놓고 열더니 판매하는 물건들을 보여준다. 손님들은 고개를 저으며 거절한다. 행상인은 말없이 테이블들을 옮겨 다니다가 가방을 닫고 가게를 나간다. 박수갈채가 들리고 또다시 "쉬잇, 쉬잇, 조용!" 하는 소리가 들린다. 뢰플러는 이번에는 철판에서 지글거리는 소시지 흉내를 내고 있다. 박수갈채와 웃음소리. 이그나츠만이 혼자 말없이 한쪽 구석에 서서 소심하게 눈을 껌뻑이고 있다.

뢰플러는 목이 부은 듯한 목소리로 티롤 지방의 요들을 부르기 시작한다. 듣기에 거슬리지만 나는 박수를 친다. 한편 중위는 이런저런 이야기들을 시끄럽게 토해내고 있는데, 만약 내가 부인과 딸들을 대동하고 있는 저 아버지라면 놈을 발로 차서 쫓아냈을 법한 이야기들이다! 아마도 저들은 중위를 오랫동안 알고 지냈기에 저렇게 참고 있는 것 같다. 하지만 그렇다면 오히려 한참 전에 데리고 나가는 편이 좋았을 텐데…….

나는 선술집을 나간다.

대체로 즐거운 시간을 보낸 것 같다. 가끔씩 서민들과 어울리는 것은 좋은 일이다.

*

오늘 아침에는 일찍 일어나지 못했다. 밤에 선술집을 들린 다음날에는 꼭 늦잠을 자게 된다. 나는 사실 항상 늦잠을 잔다. 일찍 일어나는 것을 즐기는 사람도 있다지만 상관없다. 푹 자면 공부도 잘 될 것이다!

*

아, 날씨가 너무 좋다! 나는 참지 못 하고 창문을 활짝 연다. 그러자 당연하게도 집안의 온갖 소리들이 들려오기 시작한다. 하지만 별로 신경 쓰이지는 않는다. 그것은 그저 멀리 떨어진 둑에서 들리는 강물 소리처럼, 고맙게도 오히려 꼭꼭 닫혀 있던 내 방의 단조로움을 해소해 준다. 머리 위 셈프르의 방에서 누군가 노래를 부른다. 아마도 셈프르의 직공들 중 한 명일 것이다. 소탈하고 기교 없는 목소리가 익살스러운 노래를 부르고 있다. "이렇게 그녀는 곤경에 처해 있네, 부모가 제대로 못 키운 탓이라네……. 헤헤!'

페피크가 슬쩍 내 방으로 들어온다. 이것이 버릇으로 굳기 전에 그만두도록 잘 구슬려야겠다. "이리 오렴, 페피크. 너도 노래 부를 줄 아니?" "물론이지!" "그럼 좋은 노래 한 곡 불러주렴." 아이는 "내게는 작은 비둘기가 있었어"라고 제대로 노래를 시작하지만 '오크 나무'를 '오트밀 나무'로 헷갈린다. 그러나 아이는 기죽어 하지는 않는다. 사실 도시 사람이 오크 나무를 모른다고 해도 이상할 것은 없다. "잘했어. 이제 다른 데 가서 놀지 않을래? 아저씨 혼자 해야 할 일이 많단다. 아무 때나 막 들어오면 안 돼요." 페피크는 방을 나간다. 착한 녀석.

지금은 증권법을 공부하는 중이지만 기분 전환할 겸 해서 나는 무역법을 잠시 살펴본다.

*

화가의 방이 소란스럽다. 페피크가 또 매질을 당하고 있다. 나는 창문을 닫다가 화가와 눈이 마주친다. "망할 애새끼! 내가 편할 날이 없다니까!" "애가 뭘 어쨌길래요?" 나는 물어본다. "성당 신부인 형님이 편지를 보냈는데 저 귀신이 그걸 먹어 버렸어. 답장도 못 쓰게 됐다고!" 나는 창문을 닫지만, 여전히 위층에서 직공의 노래 소리가 들려온다. "부모가 제대로 못 키운 탓이라네……"

*

나는 아래층 선술집에서 셈프르와 저녁을 먹는다. 이그나츠는 아직 쫓겨나지 않았다. 웃기는군. 그와 주인은 옆 테이블에서 전날의 매상을 정리하고 있다. 이그나츠는 묵묵히 곁눈질을 하며 주인이 어제 맹세한 대로 자기를 쫓아낼까봐 노심초사하고 있다. 주인은 앞뒤로 몸을 흔들며 앉아 있다. 얼굴은 지쳐 있고 눈은 무거워 보인다. 주인은 어젯밤 일을 전혀 기억하지 못하는 듯하다. 장부 정리가 끝나자 이그나츠는 쏜살같이 자리를 뜬다.

주인이 우리와 합석한다. "수프가 맛있어요." 나는 평을 한다. "당연하지요!" 주인이 대답한다. "이그나츠 씨, 고기에는 뭘 곁들이면 좋을까요?" "드시고 싶은 거 드세요." "그럼 비트 요리 주세요." "안 돼요." "안 된다니 무슨 말이에요? 여기 메뉴에 있는데……." 이그나츠는 묵묵부답이다. 주인이 참지 못하고 웃음을 터뜨리더니 지껄이기 시작한다. "박사님, 제가 가져다 드릴게요. 저 친구는 말이죠, 저 친구는……." 나는 놀라서 그를 쳐다본다. "저 친구는 비트를 쳐다보지도 못해요. 보기만 해도 기절한답니다. 말라붙은 피가 생각난다지 뭐에요." 진짜 식욕 돋는군.

저녁 식사 중에 즐거운 대화 따위는 오가지 않는다. 주인조차 무용지물이다. "신문에 뭐 재미있는 기사 있나요?" 내가 묻는다. "저야 모르죠. 신문 안 읽거든요. 가끔 길 가다 신문 가판대에 들러서 뭐 특별한 사건이 있는지 물어보기는 하지만……." 나는 가게의 벽 아래 부분이 전반적으로 닳아 있음을 깨닫고 묻는다. "벽이 왜 저렇죠?" "여기는 예전에 댄스홀이었어요. 사람들이 춤을 추다보니 벽이 저렇게 닳아 버렸죠." "그럼 여기서 장사하신 지 얼마나 되셨나요?" "저요? 12년이요." 셈프르는 말을 거의 하지 않는다. "에"라든가 "음" 정도가 그가 대화에 기여한 전부이다.

*

저녁때쯤 나는 정원으로 나간다. 건물에 사는 사람들의 절반이 정원에 나와 있다. 나는 3층의 젊은 부부와 기관사를 제외한 모두와 안면을 익혔다. 한꺼번에 그들 모두를 떠올리려니 머리가 아찔하다. 화가 양반 위층에 사는 프로바즈니크 씨는 어떤 사람인지 잘 모르겠다. 나는 그를 창문으로 몇 번 봤을 뿐이었다. 그의 얼굴은 왠지 가늘고 누런 국수 가락을 연상시켰는데, 나는 이제야 그 이유를 깨닫는다. 그는 얼굴 전체에 짧고 검은 수염을 기르고 있지만 입술과 턱 주변은 깨끗이 면도되어 있다. 그래서 얼굴이 꼭 국수 가락처럼 보이는 것이다. 그는 머리카락이 거의 다 세어 있고 나이는 쉰 정도로 보인다. 걸을 때는 눈에 띄게 구부정한 자세로 걷는다.

정원을 향해 몇 발자국 다가가자 뒤쪽에 있는 프로바즈니크 씨가 보인다. 오른쪽 나무 쉼터에는 집주인과 그의 딸, 화가, 화가의 아내, 페피크가 있다. 집주인의 타오르는 검은 눈이 마치 침입자를 보듯 나를 바라보고 있다.

"아빠!" 알토 음역의 명랑한 목소리가 울린다. "크루플로브스키 박사님이잖아요!" "아, 크루플로브스키 박사로군. 내 깜빡 했네!" 그는 열기 있는 마른 손을 내게 내민다. "허락해 주신다면 저도 이 정원에서 잠시 쉬고 싶습니다만……." "오, 물론이지." 그가 기침을 하자 내 신발에 침이 튄다. 우리는 자리에 앉는다. 나는 할 말을 찾지 못한다. 이 사람들은 이런 소강상태가 아무렇지 않을지 모르지만 나는 초조하다. 이들은 새로운 세입자가 재미있는 인간인지 아닌지 판단하는 중인지도 모르겠다.

페피크가 나의 유일한 희망이다. "페피크, 이리 오렴. 기분은 좀 어떠니?" 페피크는 내 다리에 살갑게 달라붙어서는 자기 팔꿈치를 내 무릎에 올려놓는다. "이야기 또 해 줘." 아이가 내게 청한다. "이야기를 해 달라고? 하하, 요 꼬맹이가 지난번 들려준 수수께끼를 기억하는구나." "옛날이야기 해 줘." "옛날이야기? 옛날이야기는 아는 게 없는데……. 잠깐! 하나 생각났다." 나는 진지한 목소리로 옛날이야기를 시작한다. "옛날 옛적에 왕이 한 명 살고 있었습니다." 좋아. "왕에게는 자식이 없었습니다." 좋아, 좋아. "어느 날 왕의 맏아들이 여행을 떠나기로 마음먹었습니다." 모두가 웃음을 터뜨린다. 화가는 "박사 양반 진짜 짓궂은 친구로구먼!'이라고 말하면서 평소에도 촉촉한 눈에서 커다란 눈물을 두 방울 훔쳐낸다. 화가는 지성을 갖춘 양반이므로, 나는 그의 호평에 내심 만족한다. 위트 있다는 평가는 언제 들어도 좋은 것이다. "자, 계속하게." 그가 재촉한다. "이건 어른들도 재미있어할 만한 이야기로군." 이제 나는 새로운 곤경에 처했다. 사실 이야기는 그것으로 끝이기 때문이다. 그렇게 끝나는 것이 핵심인데, 이 선량한 자들은 그걸 깨닫지 못하고 있다. 하지만 나에겐 순발력이 있으니 어떻게든 해낼 수 있으리라. 나는 이야기를 계속 전개시켜 보지만 썩 잘되는 것 같지 않다. 서서히 나는 내가 말도 안 되는 소리를 지껄이고 있음을 깨닫는다. 사람들은 점점 내 말에 귀를 기울이지 않더니 자기들끼리 대화하기 시작한다. 아, 정말 다행이야. 이제 이야기를 듣고 있는 것은 페피크뿐이다. 나는 아이의 머리를 쓰다듬는다. 하지만 이야기를 끝내긴 끝내야 하는데……. 나는 더듬거리고만 있다. 갑자기 좋은 생각이 났다! 나는 마치 뭐가 발견했다는 듯 페피크의 손을 잡는다. "페피크, 손이 너무 지저분하구나!" 페피크는 자신의 손을 바라보더니 말한다. "아저씨, 몸을 굽혀 봐. 귓속말 할 게 있어!" 그는 속삭인다. "크로이처 동전 열두 개 주면 나

손 씻으러 갈게." 나는 몰래 동전 열두 개를 꺼내어 페피크의 손에 쥐어 준다. 페피크는 정원을 훌쩍 가로지르더니 방금 나타난 셈프르의 일곱 살 난 딸에게로 달려간다.

나는 옆에 앉아 있는 집주인의 딸을 힐끗 쳐다본다. 아버지랑 똑같이 생겼군! 여윈 얼굴, 너무 말라서 사라져 버릴 것 같은 손, 좁은 턱, 잡기도 힘들 만큼 작은 코. 그렇지만 아름다운 검은 눈동자를 지닌 그녀의 얼굴은 보기 싫지가 않다. 알토 음역의 목소리도 매력적이다. 사실 나는 검은 눈동자를 좋아한다. 푸른 눈을 지닌 여성들은 내게는 맹인처럼 보인다.

"박사 양반은 다루는 악기가 있으신가? 참, 이름이……."

"크루믈로브스키잖아요." 집주인의 딸이 대화에 끼어든다.

"그래, 오틸리에. 나도 안단다. 크루믈로브스키 박사지."

"요전에 제 방에 친절히 들르셨을 때 말씀드렸던 것 같군요. 바이올린을 했었지만 굉장히 오래 됐습니다." 나는 바이올린에 관해서는 털끝만큼도 모른다. 어쨌건 집주인은 더 이상 내 말을 듣고 있지 않다. 딸이 몸을 내 쪽으로 기울이더니 슬픈 듯 속삭인다. "아빠는 불쌍하게도 낮이 되면 항상 기억을 잃어요." 집주인은 갑자기 힘을 내어 까 악거리는 목소리로 말한다. "가자, 오틸리에야. 좀 걷고 싶구나……. 박사 양반, 이걸 받아주시겠소?" 그가 나에 게 건네준 카드에는 "오늘 목 상태가 안 좋습니다. 말을 크게 하지 못하는 점 사과드립니다"라고 쓰여 있다.

이때 프로바즈니크 씨가 우리 자리에 합석한다. 그는 미소를 짓는데, 왠지 비꼬는 듯이 보인다. 그는 나에게 악수를 청한다.

"안녕하신가, 크라토흐빌 박사."

"제 이름은 크루믈로브스키입니다."

"거 참, 이상하네. 박사들은 이름이 죄다 크라토흐빌 인 줄 알았는데, 헤헤헤!" 그의 웃음소리는 숨 가쁘고 날카롭다.

나는 그를 빤히 쳐다본다.

"두 사람 무슨 얘기하고 있었지? 잘 지내시나, 아우구스타 씨?"

"그냥 그렇다네."

"에이, 그럴 리가. 계단에서 볼 때마다 채 마르지 않은 캔버스 하나는 꼭 들고 있던데. 하루에 두 점쯤 그리는 건

식은 죽 먹기겠지?'

화가는 확연히 만족한 미소를 짓는다. "물론이지. 소위 '교수'라는 작자들도 그만큼 그릴 수는 없을 거야."

"초상화들을 미리 그린 다음 보관해 두는 건 어때? 헤헤헤! 그런데 말이야, 요즘 초상화가는 세상에서 가장 흔한 존재에 속하지 않는가? 사실 초상화가가 사라진다고 해도 세상은 여전히 웃긴 얼굴들로 넘쳐날 텐데 말이야! 자네도 이제 다른 걸 좀 그려보지 않겠나?"

나는 웃음이 터질 것 같았다. 프로바즈니크 씨의 신랄한 빈정거림은 매우 재미있었지만, 화가는 그게 도대체 무슨 말인지 혼란스러워 보였다. 이 불쌍한 남자를 왜 괴롭히는 걸까?

"나는 원래 역사적 사건들을 그렸어." 그는 더듬거린다. "하지만 잘 안됐지. 사람들은 역사를 모르더군. 한번은 신부 하나가 발렌슈타인의 군사 캠프에서 있었던 카푸친 수도회의 설교를 그려달라고 맡겼었지. 자랑은 아니지만, 내가 그린 그림은 아주 훌륭했어. 그런데 신부가 완성된 그림을 퇴짜 놓더라고. 카푸친 수도회가 없는 카푸친 설교를 그려 달라는 거야! 아니, 그런 작자가 신부라니! 또 한 번은 쿠코프의 관청에서 얀 지슈카의 초상화를 그려달라고 한 적이 있어. 그때 얼마나 힘들었던지! 우선 난 관청에 스케치를 그려 보냈지. 관청은 내가 그린 지슈카의 군화를 못마땅해 했어. 역사적 사실과 맞는지 팔라키 선생한테 물어보라더군. 팔라키 선생은 군화의 역사성을 인정했지만, 관청에 있던 말리나라는 전문가는 내가 그린 지슈카가 군사적 표준에 어긋난다고 판단했어. 나는 그 자식들과 오랜 기간 다퉜고 급기야 관청은 신문에 나를 비난하는 기사를 내겠다고 통보했지. 역사를 다루는 건 위험한 짓이야."

"그럼 풍속화는 어떤가? 예를 들어, 술 취한 플루트 연주자의 플루트를 수리하는 땜장이 같은 거 말이야. 아니면 '여학교에 나타난 쥐' 같은 주제는 어때? 쥐는 빼버리고, 자리에서 일어난 여학생들과 선생님만 그려도 되겠지. 겁에 질린 얼굴들을 다양하게 표현할 수만 있다면 말이야!"

"헤헤, 풍속화도 그려 봤어. 심지어 전시회에 내놓은 작품도 있었지. 당시에 독일어로 표기된 내 그림의 제목은 '가정 치료'였어. 남자가 침대에 누워 있고 여자가 그에게 단지 하나를……"

"으엑!"

"왜 그러나? 단지는 보이지도 않았어. 음식이 식지 않도록 천에 둘러싸여 있었거든."

나는 화가가 곤경에서 빠져나오도록 돕고 싶지만 어떻게 해야 좋을지 모르겠다. "오늘 무슨 요일이죠?" 나는 어색하게 프로바즈니크 씨에게 묻는다.

"집주인의 옷깃을 한번 보게나, 크라토흐빌 박사." 프로바즈니크가 씨익 웃는다. "집주인은 옷깃을 일주일에 딱 한 번 새것으로 갈거든. 옷깃 상태를 보아하니 오늘은 목요일이로군."

이런 무례한 인간이 있나! "불쌍한 분이에요. 낮이 되면 기억을 잃는 증상은 흔한 병이 아니겠죠?"

"맞아. 분명 집주인은 예전에 밀짚모자 장사를 했을 걸세. 밀짚모자 장사꾼들은 유황 성분 때문에 결국 정신이 이상해지고 말거든. 그래서 티롤 지방 사람들이 간단한 덧셈도 못하는 것이지."

"하지만 집주인은 훌륭하고 존경스러운 분 같습니다."

"존경스럽긴 한데 정신이 나갔어. 나사가 다섯 개쯤 빠진 것 같지. 내가 저 사람을 알고 지낸지 20년이 넘었군."

"딸이 뒷바라지를 하는 것 같은데……. 그렇죠? 참 상냥한 여자인데 실제보다 나이 들어 보이더군요."

"호기심이 아주 많은 여자야. 아마 이 세상에 이렇게 일찍 태어난 것도 호기심 때문이었을 걸. 20년은 더 기다려야 했는데 하고 후회하고 있겠지. 하지만 아주 솔직해. 나를 야단친 적도 몇 번 있지."

나는 프로바즈니크의 무례함 때문에 심기가 불편해 진다. "잠시 집주인과 얘기를 나누러 갈까요?" 나는 화가에게 말한다. "가세." 화가가 동의하더니 프로바즈니크의 등을 몇 번 때린다. 등을 맞은 프로바즈니크의 몸이 크게 흔들리다가 곧 균형을 잡는다.

두 사람이 자리에서 일어난다. 나무 쉼터에 가만히 기대어 골똘히 생각에 빠져 있던 아우구스타 부인은 남편이 일어나는 걸 보더니 정신을 차린다. "저기, 여러분, 오늘 밤참으로는 스크램블드에그를 만들까 해요." "좋아." 화가는 대답을 하고 자리를 뜬다. 이 순간을 틈타, 아우구스타 부인은 자신에게 구혼한 남자들이 많았다는 사실을 심하게 혀 짧은 소리로 다시금 내게 들려준다. 모든 남자들이 그녀에게 환장했었다고 말이다. 나는 그녀를 기분 좋게 할 요량으로 그녀가 아직도 그래 보인다고 말한다. "아직도 그렇다뇨?" 그녀가 따지듯 묻는다. 나는 무슨 말을 할지 당황하다가, 결국 그녀가 예전에 매력적이었을 것 같다고 더듬거린다. 그녀는 코를 쳐들고 자신은 나이가 그리 많지 않으며, 얼마 전에 잘 차려 입고 길을 가는데 (갑자기 전광석화와 같은 속도로 말하기 시작한다) 뒤에서 걷던 누군가가 "무르익었군"이라고 하더니 "정면은 확인해 볼 필요도 없겠어"라고 덧붙였다고 말한다. 나는 뭔가 말하려 했지만, 그녀는 이미 사라져 있다.

나는 정원의 다른 사람들을 향해 걸어간다. 집주인은 나를 알아본다는 듯 미소를 짓더니, 아까와 똑같은 말이 쓰인 카드를 건넨다. 그들은 설탕 정제소에 관한 대화를 나누고 있다. 나는 내 위트에 대한 평판을 만회하고자 시도한다. "아가씨는 설탕 정제에 관해 잘 아시나요?" "아뇨, 전혀 몰라요!" "하지만 정제 설탕에 관해서는 잘 아시잖아요!" 나는 한 사람이 웃기 시작하면 다른 사람들도 따라 웃는다는 법칙을 잘 알기 때문에, 오랫동안 쉰 목소리로 웃어 댄다. 그러나 아무도 따라 웃지 않는다. 다들 내 농담을 이해하지 못한 것 같다.

집주인은 내가 악기를 다루는지 물으며 발을 밟는다. "아니요." 나는 짜증스럽게 대답하지만 곧 미안한 마음이 들어 그에게 묻는다. "오페라 구경은 자주 가세요?"

"아니, 안 간다네. 오른쪽 귀가 왼쪽 귀보다 반음을 높여서 듣는 탓에 오페라는 나한테 안 맞거든." 낮에 기억을 잃는 것도 모자라 오른쪽 귀는 반음 높여서 듣는다니, 정말 희한한 사람이야! "피아노 앞에 앉아서 작업하는 게 더 좋다네." "작곡을 하시나요?" "지금은 안 하고 있어. 몇 년 동안 모차르트의 곡을 수정하고 있었지. 곧 마무리해서 자네에게 들려주겠네!" 그러면서 그는 프로바즈니크의 신발에 침을 튀긴다. 프로바즈니크는 신발을 풀에다 문질러 닦으며 말한다. "나도 몇 년 간 오페라 구경은 안 갔다네. '마르타' 정도라면 혹시 보러 갈지도 모르겠군."

집주인이 내 손을 잡더니 사람들에게서 떨어진 옆쪽으로 끌고 간다. 그는 내게 뭔가 말하려 하지만 입 밖으로 꺼내지 못한다. 들리는 거라곤 주전자에서 김이 나오는 듯한 "스" 하는 소리뿐이다. 함께 정원을 세 번 돌고나서 마침내 그가 입을 연다. "양배추에는 인燐이 없다네." 그리고 그는 다시금 카드를 건넨다.

화가가 나를 붙잡더니 구석으로 끌고 간다. "아까 내가 프로바즈니크의 등을 때리는 걸 봤나? 혹시 그 자식이 자네를 도발하거든 등을 살짝 때리게나. 그럼 바로 졸아들 테니까." 화가는 그가 비열한 인간이라고 단호하게 말한다.

이번엔 프로바즈니크가 나를 옆으로 끌고 간다. 그는 블타바 강에 섬을 조성하는 사업에 관해 생각해 본 적이 있느냐고 내게 묻는다. 나를 보는 그의 눈이 의기양양하다. 나는 실로 굉장한 아이디어라고 칭찬한다. "알겠나? 내겐 그런 아이디어가 백만 개쯤은 있다네! 하지만 요새 사람들은 아이디어에 관심이 없지. 그런 얼간이들한테는 얘기해 줘 봤자 소용이 없어."

"슈이스트카 한 판 어떤가?" 화가가 제안한다. 좋아, 딱 한 시간만. 화가는 나무 쉼터의 서랍에서 카드를 꺼낸다. 우리는 테이블에 둘러앉는다. 나와 집주인이 한편이 되고, 화가와 프로바즈니크가 상대편이 된다.

아, 정말이지 대단한 게임이다! 턴이 끝날 때마다 집주인은 으뜸패가 뭔지를 묻는다. 그는 내가 첫 패로 내놓은 카드의 색깔을 몰라서 그에 알맞은 카드를 내지 못한다. 게다가 분명 그림패를 가지고 있는 것 같은데 내놓지를 않는다. 내가 뭔가 물어보면 그는 다시 아까의 "목 상태" 카드를 건넬 뿐이다. 당연하게도, 프로바즈니크와 아우구스타는 신나게 게임을 즐기며 왁자지껄 웃어 대고 있다. 나는 가진 패를 포기하고 크로이처를 지불해야 한다는 것을 깨닫는다. 오틸리에가 아버지를 대신하여 판돈을 낸다. 그러지 않으면 우리는 단 한 게임도 진행할 수 없을 것이다. 집주인은 자기가 이미 돈을 냈다고 계속 우긴다. 그것도 모자라 그는 테이블 아래에서 내 발을 계속 밟아 댄다. 내가 발을 뒤로 빼자 그는 테이블 아래에 밟을 만한 물건이 없는지 정신없이 더듬는다.

갑자기 집주인은 자기가 에이스를 냈으니 나는 킹을 냈어야 했다며, 내가 게임을 못하다고 욕을 한다. 하지만 우리는 순서 맞추기 게임을 하는 게 아니었고, 정작 에이스를 낸 것도 나였다. 그는 계속 트롬본처럼 요란하게 소리를 지른다. 내 주머니에 있는 '목 상태' 카드는 벌써 열다섯 장이 되었다! 오틸리에가 애원하듯 나를 바라본다. 나는 그녀의 뜻을 이해하고 침묵을 지킨다.

게임은 한 시간 동안 이어졌고 나는 15크로이처를 잃는다.

마침내 집주인은 오틸리에와 집으로 돌아간다. 차가운 저녁 공기는 '그의 목'에 안 좋기 때문이다. 프로바즈니크도 자리를 떠난다. 화가 가족의 하녀가 그들에게 밤참을 가져오자, 나는 그녀에게 아래층 선술집에서 먹을 것과 맥주를 가져오도록 부탁한다.

식사를 마친 후 나는 화가와 함께 시간을 보낸다. 그는 자신이 한 번도 정당한 평가를 받아본 적이 없다고 말한다. 그는 대학교에서 퇴학을 당했는데, 이유는 그가 교수들보다 아는 게 많았기 때문이었다고 한다.

*

이제 집에 돌아왔다. 머리가 어질어질하다.

*

나는 날씨가 아무리 따뜻해도 더 이상 밤에 창문을 열지 않는다. 지난밤 새벽 두 시쯤, 화가의 방에서 또 한 차례 야단법석이 있었다. 아우구스타 부인이 나무 그루터기라도 뚫을 듯한 기세로 '독창'을 불렀다. 나는 곧 무슨 일인지 알게 되었다. 화가가 술에 절어서 집에 들어온 것이었다. 집에 도착한 화가는 자신이 만취했음을 인식하고는, 걷다가 물건을 넘어뜨릴까봐 부인이 불을 밝혀주기를 문간에서 기다렸다. 당연하게도 그는 선 채로 잠이 들었고 요란한 소리를 내며 넘어졌다.

이 사건으로 인해 나는 비로소 나이팅게일 소리가 들

리지 않게 된 이유를 깨달았다. 나이팅게일은 자정이 훨씬 넘어서야 노래를 하기 시작했다. 즉, 그것은 선술집에 있다가 집으로 돌아온 나이팅게일이었던 것이다.

*

정원에 집주인과 그의 딸이 있는 것이 보였다. 나는 기억이 온전한 집주인과 얘기를 나누고 싶었기에 정원으로 달려 내려갔다. 유감스럽게도 창문으로는 보이지 않았던 프로바즈니크 씨도 함께 있었다.

집주인은 스피넷 앞에 앉아 연주를 하고 있다. "들어보게나, 크루믈로브스키 박사. 오래전에 만든 곡을 자네에게 들려주겠네. 가사가 없는 곡이야." 그는 연주를 시작한다. 내가 듣기에 연주는 꽤 괜찮은 편이었고 악기 상태가 별로였음에도 그는 감정과 기교를 잘 살려서 연주하였다. 나는 박수를 친다. "어땠는가, 프로바즈니크 씨?" "음, 사실 제가 좋아하는 건 '마르타'지만 지금 그 곡도 괜찮구면요. 이런 똥통 같은 장소에서 듣기에는 충분합니다. 저기, 빈대를 쫓을 때 쓸 노래를 작곡해 보면 어떠신가요? 그러면 제가 매일 휘파람으로 불러드릴 텐데. 빈대 때문에 아주 돌아버리겠거든." 그는 웃으면서 몸을 돌린다. 집주인은 나를 보며 프로바즈니크의 머리가 정상이 아니라는 뜻의 제스처를 취한다. 그것을 본 프로바즈니크는 내게 몸을 기울여 속삭인다. "난 음악하는 사람들 머릿속이 진짜 궁금해. 저 인간의 뇌는 틀림없이 구더기로 뒤덮여 있을 걸세!" 집주인은 우리가 그에 관해 얘기하고 있는 것을 보고는 "통나무를 옮기는 것이 성냥개비를 옮기는 것보다 어려운 법이지"라고 중얼거린다. 분위기를 누그러뜨리기 위해 나는 "프로바즈니크 씨는 음악을 배운 적이 있으신가요?"라고 묻는다. "나 말인가? 오, 그럼. 바이올린, 플루트, 성악을 각각 3년 씩 공부했었지. 합하면 모두 9년이군. 하지만 내 음악 지식은 전반적으로 초보적이야." 나는 집주인의 딸에게 몸을 돌린 뒤, 예의를 갖추어 어젯밤 잘 잤느냐고 묻는다. "잘 잤어요. 그런데 아침에 깨어났을 때 갑자기 우울해져서 울기 시작했죠. 왜 그랬는지 저도 모르겠는데 울음을 멈출 수가 없었어요." "분명 뭔가 이유가 있겠지요. 당신처럼 현명한 여자라면……." "제가 현명하다고요? 아빠, 박사님이 저 보고 현명하대요!" 그리고 그녀는 눈물까지 흘리며 웃는다. 나는 인간의 눈물 즉, 그것이 어떻게 실제로 끊임없이 흐르는

지를 설명하지만 누구도 주목하지 않는다. 스스로 훌륭한 강연이라고 자신하면서 안구의 미광에 관한 설명을 반쯤 마쳤을 때, 집주인이 갑자기 "들어갈 시간이다, 오틸리에야. 저녁 먹어야지."라고 말하며 일어선다. 그들은 나를 프로바즈니크의 손아귀에 남겨둔 채 떠나버린다.

이 괴팍한 남자는 나를 불편하게 만든다. 그의 괴이한 웃음은 그런 불편함을 오히려 가중시킬 뿐이다. 하지만 그냥 자리를 뜨고 싶지는 않아서 나는 결국 대화를 시작한다. "집주인은 꽤 괜찮은 음악가로군요." "그래, 사람들이 말하길 저 사람이 잘하는 것이…… 그게 뭐더라, 곡 하나를 클라리넷 여러 개로 나누는……." "기악 편성이요?" "그래, 바로 그거야. 하지만 그게 뭐가 대단하다고 그러는지…… 오르간 연주자와 개가 함께 연주해도 그리 듣기 싫진 않던데 말이야!" 나는 참지 못하고 웃음을 터뜨린다. 그는 나를 훑어보더니 "박사 양반, 오늘 상태가 안 좋아 보이는군"이라고 말한다. "그렇습니까? 저는 몰랐는……" 그러나 그때 프로바즈니크가 뭔가 기억해 내려는 듯 손으로 이마를 비벼대더니 진지한 목소리로 입을 연다. "자네는 영리한 친구야. 나는 자네를 놀릴 마음이 전혀 없다네. 눈치챘겠지만 난 사람들을 깊이 증오하고 있지. 살면서 상처를 많이 받았거든. 나는 수년 동안 집밖으로 나가지 않았다네. 머리가 세기 시작하면서부터 외출을 그만뒀지. 밖에서 사람들을 마주칠 때마다 다들 경악하면서 '아니, 프로바즈니크 씨, 머리가 죄다 세어 버렸네요!'라고 소리를 질렀거든. 건방진 것들! 이제 내 머리카락은 독일 쥐마냥 잿빛이 되어 버렸지만 나도 놈들을 반격할 방법을 고안해 냈어." 프로바즈니크는 기쁨의 미소를 짓는다. "놈들이 입을 열기 전에 내가 먼저 '세상에, 오늘 왜 그렇게 안 좋아 보이나? 무슨 일 있나?'라고 말하는 거야. 그러면 다들 하얗게 질려가지고서는 기분을 확 잡치게 되지. 그래, 나는 놈들을 불안하게 만들기로 결심했어! 나는 지난 몇 년 간 보고 들은 것들을 기록하는 데 각별한 재미를 들였어. 말 그대로 하나도 빠짐없이 말일세. 누군가에 관한 뭔가를 들을 때마다 메모를 해두고 알파벳 순서로 철저하게 정리했지. 시간 날 때 내 방에 한번 들리게. 말라스트라나 사람들에 관한 완벽한 자료를 보여줄 테니. 울화가 치밀어 오를 때마다 나는 그 자료를 하나씩 꺼내어 익명의 편지를 썼어. 모르는 사람으로부터 자기 얘기가 적힌 편지를 받으면 사람들은 미쳐버리지. 하지만 아무도 나를 의심하지 못하더군, 아무도! 하지만 이제 그런 편지를 쓰는 일은 거의 그만뒀다네. 딱 한 통만 더 쓸 생각이야. 나는 옆방에 사는 행복한 부부가 꼴 보기 싫어. 편지에 쓸 거리가 필요하지만 아직 발견하지 못했다네."

나는 몸을 부르르 떤다. 프로바즈니크는 뿌듯한 듯이 말을 이어간다. 말의 속도가 더욱 빨라지고 있다. "나는 젊은 시절에 말하자면 꽤나 난봉꾼이었어. 그때만 해도 내가 안 건드려 본 여자가 없었지! 걱정 말게나, 자네를 건드리진 않을 테니까! 하지만 유부녀를 범한 적은 없다네. 오로지 미혼 여성들만을 표적으로 삼았지. 학생 때는 학교 출석부를 뒤져서 성적이 최악인 여학생들의 이름을 적었어. 그런 여자들이 제일 쉬운 법이지. 또 연애 중인 학생들을 일일이 주목하다가 커플이 싸우기 시작하면 짠 하고 나타났지. 애인에게 화가 난 여자는 정말 쉬운 먹잇감이니까."

나는 벌떡 일어선다. 더 이상 참을 수가 없다. "실례합니다. 가야겠어요." 나는 자리를 뜬다.

돌아가는 길에 뒤에서 큰 웃음소리가 들린다. 저 작자가 나를 바보 취급하나?

내가 저녁을 먹으러 간 사이 기관사의 아내가 내 방을

청소했다. 요즘은 가끔 부엌을 지나갈 때만 그녀를 본다. 그래, 이게 정상이지.

*

오늘 낮에 화가의 방에서 또 한 차례 소동이 일어났다. 페피크가 혼쭐이 났는데, 원인은 어제 내게서 받은 크로이처 열두 닢이었다. 페피크는 짐꾼에게 돈을 지불하고 그의 등에 업혀 집으로 돌아왔다. 페피크로부터 돈을 받은 짐꾼은 어깨에다 아이를 태우고는 말 흉내를 내고 있었다. 우리 건물 바로 앞에서 말이다.

아울러 페피크가 솀프르 씨의 어린 딸인 마린카에게 그 광경을 보여줬다는 사실이 밝혀졌다. 첫사랑이겠지? 나도 세 살 때 사랑에 빠져서 혼이 난 적이 있다. 하지만 페피크는 너무 자주 혼이 난다.

*

선술집에서의 저녁. 똑같은 테이블에 똑같은 사람들이 앉아 있다. 갑자기, 국립극장이 대화 주제로 등장한다. 뚱뚱한 중위는 자신이 국립극장에 간 적이 있는데 매우 재미있었다고 말한다. 그는 공연작의 제목을 독일어로는 기억하지만, 체코어 원제는 기억하지 못한다. 다른 사람들도 원제가 무엇인지 알지 못한다. 마침내 중위는 제목이 '건달의 딸'이었을 거라고 결론짓는다. 웃기는 놈이네! 그리고 나서 그들은 코미디와 진짜 연극의 차이점에 관해 토론한다. 중위는 1개 연대에 4개 실전 대대와 1개 예비 대대가 있는 것처럼, 진짜 연극은 마땅히 5막으로 구성되어야 한다고 권위적으로 주장한다.

그리고 그저께의 일화들이 반복된다. 클리케시가 내장 수프라든가 1년에 한번 술집 주인을 목욕탕으로 끌고 가려고 오는 경찰들이라든가 삶은 달걀로 만드는 삶은 닭에 관해 얘기를 하고, 술집 주인은 쿠키 틀 같은 마맛자국들에 관해 한마디 한다. 사람들은 이틀 전처럼 박장대소한다.

'병 모양 머리'를 한 아가씨는 여전히 나를 바라보고 있다. 그녀는 태양이 물을 빨아들이듯 나를 응시한다. 지저분하고 깡마르고 면도를 하지 않은 행상인이 또다시 나타난다. 그는 아무 말도 하지 않고 아무것도 팔지 못하고 가게를 나간다. 나는 이 재미있는 광경을 계속 볼 수만 있다면 행상인이 저러다 굶어죽는다 해도 개의치 않을 것 같다. 어쩌면 그는 항상 지저분한 차림으로 말없이 술집과 술집을 돌아다니면서 아무것도 팔지 않겠다고 약속이라도 했는지 모르겠다.

당연한 수순으로 카렐이 벼룩을 잡기 시작하고 사람들은 마법에 걸린 듯 그 광경을 바라본다. 그리고 뢰플러가 윙윙거리는 파리와 지글대는 소시지의 흉내를 내자 박수가 쏟아져 나온다. 내가 여기 온 첫날 본 것과 똑같은 광경들이다.

하지만 새로운 것도 있었다. 카렐이 갑자기 뢰플러에게 "돼지 흉내를 내보자!"라고 말한 것이다. 박수가 쏟아지자 두 사람은 돼지 흉내를 낸다. 그들은 테이블보 아래로 주먹들을 집어넣고 자루에 담긴 돼지처럼 움직이기 시작한다. 여기에 그들의 아주 자연스러운 꿀꿀거림이 추가되자 장면은 완벽해진다. 나에게는 카렐의 얼굴만이 보이는데, 돼지 흉내를 내는 그의 두 눈은 기쁨으로 반짝이고 있다.

*

오늘은 공부를 충분히 못한 것 같다.

*

밤에 폭풍이 심했지만 아침이 되자 날씨가 온화해졌다. 나는 책을 들고 정원으로 달려 내려간다. 정원에는 아무도 없다.

아니, 페피크가 있구나. 창문에서 안 보였던 거군. 어떻게든 쫓아내야겠다. "페피크야, 12크로이처를 빼앗겼다면서?" 나는 아이의 머리를 쓰다듬는다. 아이는 나를 보더니 교묘한 웃음을 짓는다. "아니야, 아빠한테 돌려받았어!" "그래, 그럼 그 돈으로 이제 뭐 할 거니?" "아저씨, 비밀 지킬 수 있어?" "물론이지!" "베드르지셰크가 나한테 당첨 번호를 말해주기로 약속했어!" "베드르지셰크가 누구니?" "복권 가게 아줌마네 아들이야. 얘기 안 해 준다고 했는데, 내가 6크로이처 준다고 하니까 말해주겠다고 그랬어." 애들의 순진함이란 참 귀여워! "그럼 돈을 벌면 그걸로 뭐 하려고?" "할 거 많아. 아빠한테 맥주 사주고, 엄마한테 금색 비단 드레스 사줄 거야. 아저씨한테도 뭔가 사줄게." 페피크는 마음씨 좋은 아이다.

*

페피크, 이 불한당 같은 자식! 화가 치밀어 온몸이 다 떨린다.

날씨가 더워지자 나는 방으로 돌아왔다. 나름 기분이 좋았는데…… 그런데…… 이놈의 악당이! 나는 자리에 앉아 정원에서 하던 공부에 관해 생각하며 무심코 방을 둘러봤다. 시선이 문득 나브라틸의 구아슈 '햇볕의 바다'에 닿았을 때, 나는 '햇볕'이 사라졌음을 깨달았다! 그림에는 오직 구름과 어둠뿐인 것이었다! 나는 그림 가까이 다가갔다. 그림과 그 주변의 벽은 온통 조그만 진흙 탄환으로 뒤덮여 있었다. 페피크가 반대편 창문에서 장난감 총을 가지고 이쪽으로 쏜 것임이 틀림없다.

나는 그림을 벽에서 내려 들고는 항의하기 위해 화가를 찾아갔다. 격노한 화가는 내가 보는 앞에서 페피크를 가차 없이 후려갈겼고 나는 흐뭇하게 그 광경을 지켜보았다. 그게 얼마나 멋진 구아슈였는데!

화가는 그림을 복원해 주겠다고 말했다.

　게으름은 이제 그만! 아래층에서 저녁을 먹은 직후 블랙커피를 주문한 것은 순전히 게으름 때문이었다. 직접 커피를 끓이기가 귀찮았던 것이다. 덕분에 나는 아까 마셨던 커피를 소화시키기 위한 커피를 끓이고 있다.

　*

　오늘도 공부를 많이 못했다. 갑자기 부엌에서 군도軍刀가 덜컹거리는 소리가 난다. 요즘 기관사들은 군도를 차고 다니나?

　*

　창밖에서 사람들이 카드게임을 하러 내려오지 않겠냐고 소리치며 묻고 있다. 나는 대답하지 않는다. 나가지 않을 테다. 바깥의 사람들은 내가 방에 없는 게 아닌지 궁금해 한다. 화가는 내가 방에 있을 거라고 말한다. "기다려 봐. 나의 세레나데로 저 친구를 불러낼 테니." 그러더니 그는 창문 바로 밑으로 와서는 끔찍한 소리로 낑낑대며 노래를 부른다.

> 그대는 나더러 왜 경단을 좋아하는지 묻네,
> 우유와 꿀을 섞어 만든 경단,
> 하나 먹어봐요, 아가씨. 그럼 알게 될 거야,
> 그 맛이 기가 막히게 좋다는 걸요.

그는 껄껄 웃어 대다 잠시 귀를 기울이더니 결론을 내린다. "방에 없군. 있었다면 내 노래를 듣고 병에서 코르크 마개 빠지듯이 튀어나왔을 텐데."

*

나는 견딜 수가 없어서 잠시 후 정원으로 내려갔다.

그들은 간밤의 폭풍에 관해 얘기하고 있었다. 화가의 아내는 폭풍이 너무너무 무섭다는 말을 열 번도 넘게 한다. 화가가 맞장구를 친다. "마누라는 폭풍을 아주 무서워하지. 간밤에 나는 부엌에 있는 하녀를 깨워서 무릎 꿇고 기도를 하라고 시켰어. 그런 일도 안 할 거면 하녀가 왜 필요하겠나? 아니, 그런데 이년이 그러다 잠이 들어 버린 거야! 그래서 오늘 아침 일어나자마자 내쫓아 버렸지."

프로바즈니크는 기도하는 것이 힘들다고 말한다. "나는 십계명을 알기는 하지만, 주기도문부터 외우지 않으면 십계명을 암송할 수가 없어. 그런데 주기도문을 외우다 보면 꼭 '하늘에서와 같이 땅에서도' 부분에서 헛갈려 버려서 다시 처음부터 외우게 되지." 이때 화가의 아내는, 어제 바람이 굉장히 센 걸 보고 분명 누군가 목매달아 죽었을 거라 생각했다고 말한다. 그런데 아니나 다를까, 아침에 우유 파는 여자가 그녀에게 와서는 어떤 퇴역 군인이 자살했음을 알려줬다는 것이다. "자살이라고!" 딴청을 부리고 있던 프로바즈니크는 누가 자살했느냐고 묻는다. "아, 난 그게 누구인지 알겠어!"

나는 집주인의 딸에게 폭풍이 무서웠냐고 묻는다. "저는 폭풍이 온 줄도 몰랐어요. 폭풍이 치는 내내 잠만 잤거든요." 그러면서 그녀는 매력적인 웃음을 짓는다. 그녀는 칠을 새로 한 커다란 새장을 조립하고 있다. 도개교, 포탑, 퇴창 등으로 장식된 새장은 고대의 요새를 연상시킨다. 그녀는 내게 그 새장이 카나리아를 키우는 데 적당할지를 묻는다. "물론이죠." 나는 그렇게 말하고는, 카나리

아라든가 고대의 성채 따위에 관해 설명을 늘어놓는다. 완전 허튼 소리들 뿐이로군! 교양이 넘치는 여자들과 있을 때는 세상에서 최고로 위트 있는 남자인 내가 어째서 이 여자 앞에서는 지적인 얘기를 한 마디도 못하는 건지 통 모르겠다. 그녀의 나이가 궁금하다. 그녀는 웃을 때는 열두 살 정도로 보이지만, 진지한 표정을 지을 때면 서른은 되어 보인다. 이런 사람들은 정말 골치 아프다!

프로바즈니크는 초상화를 그릴 때 그래도 조금은 모델과 닮게 그려야 함을 화가에게 강조하고 있다. 사회가 진짜 예술을 모르기 때문에 그런 터무니없는 것을 요구한다고 말이다. 그리고 비엔나에서는 요즘 롤러를 가지고 초상화를 그리는데 15분 정도면 완성된다는 말도 덧붙인다. 화가는 프로바즈니크가 말을 멈출 때까지 그의 등을 퍽퍽 두드린다.

집주인이 다가와 카드를 나눠주며 어렴풋한 목소리로 까악거린다.

프로바즈니크가 나를 옆으로 끌고 간다. "지금 프라하의 빈민들을 위해 누구도 아무것도 하지 않아. 고작해야 '아, 불쌍한 사람들! 저들에게는 일거리가 없어!'라고 말할 뿐 전혀 손을 쓰지 않지. 내게 좋은 아이디어가 있어.

굉장한 건 아니지만 몇 명 정도는 도울 수 있는 방법이야. 돈이 많이 들지도 않아. 작은 손수레 하나랑 뜨거운 김을 계속 공급할 수 있을 크기의 주전자 하나만 있으면 돼. 바로 가가호호 방문하면서 담배 파이프를 청소하는 일을 주는 거지. 프라하에는 흡연자가 아주 많으니까 돈을 꽤 많이 벌 수 있을 거라고. 어떤가, 내 아이디어가?" "놀라운 생각입니다."

다시 슈이스트카 게임이 시작되고 우리는 습관처럼 어제와 똑같이 편을 짠다. 그리고 어제와 똑같은 상황이 되풀이된다. 단, 이번에 나는 17크로이처를 잃는다. 게임이 끝나자 집주인은 흥분해서 소리를 지르다 딸과 함께 돌아간다. 화가와 그의 아내는 생각에 잠긴다. "내일 일요일이로군." 마침내 화가가 입을 연다. "여보, 가서 거위를 한 마리 사와!"

*

클리케시는 화가 잔뜩 나 있다. 그는 프라하 시 기병대 소속인데, 오늘 그의 부대의 대위가 죽었다. 장례식에 관해 의논하려고 모인 자리에서 클리케시는 비엔나에 전보를 보내어 대위를 소령으로 사후 진급시키도록 요청하자고 제안했다. 소령의 장례식이 대위의 장례식보다 화려할 것이기 때문이다. 하지만 현명한 누군가가 그를 설득하여 계획을 포기하도록 했고, 분해서 제정신이 아닌 클리케시는 지금 말도 한 마디 못하고 있다.

사람들은 '죽음'에 관해 이야기하기 시작한다. 광장의 상인들 중 하나가 가족상을 치렀다는 말이 들린다. 누가 죽은 걸까? "부친이에요." 주인이 말한다. "나이가 꽤 많았는데 스스로도 너무 오래 살았다고 부끄러워했었죠." 원인은? 상인의 조부처럼 폐결핵이었다. 바로 이런 것을 가족력이라고 하는 것이다.

또 그 행상인이다. 정말이지, 저 친구는 이런 식으로 돌아다니기로 약속한 게 틀림없어!

이대로는 안 된다! 이건 공부하는 게 아니야. 나는 달팽이 같은 속도로 진행하고 있다. 나의 생각은 늘 책이 아닌 딴 곳에 가 있다. 내 머리가 이상한 게 아니라 주위가 산만해서 그런 것이다. 이 인간들, 나의 이웃들이 머릿속으로 자꾸 기어들어 오고 있다. 그들이 차례차례 비집고 들어오는 것이 느껴진다. 한 사람이 공중제비를 하면 다른 한 사람이 이야기를 들려주면서 활짝 특유의 웃음을 지어 보인다. 계속 이대로 갈 수는 없다! 변화가 필요하다! 이 사람들을 보려고 말라스트라나로 이사 온 건 아니잖은가.

*

11시. 부엌에서 군도의 덜그럭거리는 소리가 들린다. 친척일까? 기병대원?

*

화가의 아내가 새된 목소리로 통곡을 하며 흐느낀다. 끔찍한 외침과 함께 개가 낑낑거리며 짖는 소리가 들린다. 나는 개가 엄청난 잘못을 저질렀음을 알게 된다. 화가의 아내가 가족의 기념품들을 넣어둔 지갑을 먹어치워 버린 것이다. 지갑 안에는 그녀의 돌아가신 아버지의 머리카락이라든가, 혼인성사 전 고해를 하며 받은 카드 따위가 들어 있었다.

*

30분 동안 좀 조용한가 싶더니, 화가의 방에서 다시 한바탕 소란이 벌어진다. 화가가 집에 돌아왔는데 아마도 와인 가게에 들렀다 온 것 같다. 그는 큰소리로 떠들다가 욕지거리를 하더니 급기야 고래고래 소리를 지른다. "내 말 잘 들어, 이 욕심쟁이 해골바가지야! 거위의 간은 집안의 가장이 먹는 거야! 만인이 아는 사실이라고, 이 주둥이밖에 없는 여편네야!" 분노한 화가의 모습이 창문에 나타난다. 나는 재빨리 창턱 아래로 몸을 숙인다. 잠시 후 "내 말이 맞지 않소, 셈프르 씨? 거위의 간은 가장이 먹는 게 맞지 않냐고요?"라는 말이 들려온다. 셈프르 씨의 대답은 들리지 않고, 화가는 다시 소리를 지른다. "그래, 그러니까, 당신이……" 아우구스타 부인은 가족의 유품을 잃어버린 마음을 달래기 위해 거위 간을 요리해 먹은 것 같다. 두 사람의 악다구니가 얼마간 이어지더니 화가의 목소리가 들린다. "저것이 10길더 지폐 두 장까지 먹어버렸다고? 그럼 우린 이제 뭘 먹어야 하나?"

*

아름답고 유쾌한 오후. 자유와 여유를 만끽할 수 있는

평온한 일요일. 나는 견딜 수가 없어 정원으로 내려갔다. 아무도 없는 정원은 황홀하게 고요하다.

나는 한가로이 거닐며 꽃과 나무를 하나하나 관찰한다. 식물들은 마치 일요일을 위해 특별히 피어난 것 같다. 억누르기 힘든 환희가 점점 나의 영혼을 사로잡는다. 나는 어린애처럼 깡총깡총 뛰고 싶지만 누가 볼까봐 자제한다. 대기는 고요하지만, 귀를 기울이면 무한히 멀고 엄청나게 분주한 세계로부터 소리가 들려올 것 같다. 나는 나무 쉼터에 몸을 숨기고 팔짝팔짝 뛰어본다. 아, 정말 행복하다! 한 번 더, 그래!

나는 나무 쉼터들을 차례로 거닐면서 주변을 둘러보고 생각에 잠긴다. 이 나무 쉼터의 가족, 저 나무 쉼터의 가족…… 사람들…… 그들의 희한한 개성들. 밝은 미소가 얼굴에 번진다. 참으로 즐겁다.

스피넷! 케케묵고 희미한 소리를 지닌 작고 낡은 스피넷. 나는 이 늙은 친구가 무슨 얘기를 해줄지 궁금하다. 스피넷은 그동안 수많은 울음과 한숨들을 뱉어냈겠지! 그의 영혼은 예기치 못한 화음이 울려 퍼지는 공간 속으로 수천 번은 날아올랐으리라!

나는 자리에 앉아 스피넷을 연다. 건반이 다섯 옥타브

밖에 안 되는군. 불쌍한 녀석! 내가 마지막으로 피아노를 연주한 게 언제더라? 나는 피아노 연주에 취미가 없었고 선생도 건성건성 가르쳤다. 아, 아름다웠던 어린 시절이여! 나는 아련한 몽상에 빠져든다.

그래도 뭔가 기억해낼 수 있지 않을까? 최소한 코드 몇 개라도…… C#, E, A, 그래, 이거야! A, D, F#, 아주 좋아! 이제 조금 더 높여서…… D, F#, A, D…….

"그래, 박사 양반 피아노를 치긴 치는구먼." 갑자기 화가의 목소리가 들린다. "멋진데!" 나는 몸을 굳힌 채 계속 앉아 있다.

"한곡 연주해 주세요. 박사님, 부탁해요!" 오틸리에 양이 재잘거린다.

"정말로 저는 연주할 줄 모릅니다, 오틸리에 양, 전혀 못해요! 평생 피아노를 건드려 본 적도 없는 걸요. 정말이에요, 저는 바이올린을 연주하……" "어머, 그럼 오히려 더 재미있네요. 방금 깔끔하고 제대로 된 코드들을 치셨는걸요. 하실 수 있을 거예요. 부탁해요, 박사님!" 그녀는 애원하듯 양손을 비비꼰다. 지금 그녀는 열두 살 난 아이처럼 보인다. 아, 어째서 그때 곧바로 스피넷을 닫고 일어나지 않았는지는 하느님만이 알겠지! 남자라는 건 자존심이 강한 동물이고, 그 자존심 때문에 우스운 꼴을 당하는 것이다.

"진짜로 연주할 줄 모릅니다. 정말이라는 걸 보여 드리죠. 부탁이니 비웃지는 마세요." 나는 내가 오페라 '노르마'에 나오는 행진곡을 암기했었다는 것을 기억한다. 몇 년 전 어디선가 연주한 적이 있었는데 그럭저럭 괜찮았던 것 같다. 어떻게 연주하는지 틀림없이 기억하고 있을 것이다! 첫 번째 프레이즈는 고음부와 저음부 모두 G, B, D로 진행된다. 나는 손가락을 G, D, B에 맞추고 연주를 시작한다. 열 번째 마디 이후로는 기억이 나지 않는다.

"자네, 정말로 연주할 줄 모르는군." 프로바즈니크가 쉭쉭대며 말한다.

"나무 쪼개는 소리 같네." 집주인이 투덜댄다. 내 이마에서 땀이 난다.

"오, 아니에요, 멋졌는걸요." 집주인의 딸이 외친다. "피아노 연주해 본 적이 없으신데 이만큼 치신 거잖아요. 틀림없이 엄청난 음악적 재능이 있으신 거예요." 나는 그녀를 껴안아 주고 싶다. 어쩌면 저리도 상냥할까! "저는 예전부터 박사님이 음악적으로 매우 재능 있을 거라고 짐작했어요. 휘파람을 정말 아름답게 부시거든요. 박사님,

오늘 아침에 '트라비아타'를 휘파람으로 불고 계셨죠? 저 그거 들었어요."

그녀는 정말 모르는 게 없군. 여자의 호기심이란! 아니 어쩌면 혹시……. 아, 맙소사……. 하지만 '맙소사'라고 할 건 아니잖은가……. 내가 그녀를 향해 호감 이상의 욕구를 느낀다는 것은 아니지만 혹시라도 내가 생각하는 그런 상황이라면…….

"자네에게 가사 없는 곡을 하나 더 들려주겠네." 집주인이 그렇게 말하고 스피넷 앞에 앉는다.

그의 연주는 조금 진행되다가 막혀버린다. 당연하겠지. 지금은 한낮이니까! 그래도 나는 박수를 쳐 준다. 프로바즈니크가 빈정거린다. "음, 멜로디가 짧고 좋군. 구걸할 때 쓰면 딱이겠어!"

그때 화가의 아내가 다가온다. 그녀는 페피크를 찾아 돌아다니다가, 근처 식당 옆 골목에서 구주희(중세 유럽 대륙에서 시작된 것으로 보이는 볼링 경기)를 하고 있는 페피크를 발견했다. 페피크는 한 남자아이에게 2크로이처를 쥐어주고는 구주희 핀을 설치한 뒤 핀이 몇 개 쓰러졌는지 소리쳐 알려달라고 시켰다고 한다. 그리고 지금, 페피크는 사람들이 보는 앞에서 수차례 따귀를 맞고 있다. 그와 더불어 엄마의 귀청을 찢는 설교가 뒤따랐다. 지금 그녀는 혀 짧은 소리를 거의 하지 않고 있다. 걸신들린 개 덕분에 나은 거군! "이제 집밖으로 한 발짝도 못 나갈 줄 알아! 가서 아기 데리고 나와." 페피크는 느릿느릿 발을 끌며 사라진다.

잠시 후, 어린 아기의 비명이 울려 퍼지는가 싶더니 페피크가 마치 강아지 잡듯 아기의 뒷덜미를 붙잡고 나타난다. 어느덧 아기는 비명도 지르지 못한 채 얼굴이 시퍼레져 있다. 화가의 아내가 달려가 아이를 낚아챈 뒤 페피크의 **뺨**을 몇 대 더 때린다.

덕택에 화가의 심기는 험악해졌다. 그는 그림을 아무리 그려봤자 돈이 안 벌린다는 불평을 늘어놓는다.

"그럼 조각, 예를 들어 목각을 해 보면 어때?" 프로바즈니크가 제안한다. "자넨 아직 젊으니까 새로운 걸 배울 수 있지 않은가?"

"뭐? 목각? 목각사들이 굶어 죽어나는 판인데! 요즘 목각사들이 하는 일이라곤 소시지용 꼬챙이에 글자를 새기는 것뿐이라고!"

집주인의 딸과 나는 사람들에게서 떨어진 나무 쉼터로 가서 대화를 나눈다. 사실, 대화라기보다는 나 혼자 일방적으로 떠들고 있는 셈이다. 오늘은 아무 문제없이 말이 술술 나오고 있다. 하지만 내가 하는 말은 오로지 나 자신에 관한 것이다. 상관없다. 자기 자신에 관한 이야기야말로 열정과 깊이와 진지함을 지니는 법이다. 나는 나를 향한 오틸리에의 존경심을 느낄 수 있다. 그녀는 계속 내가 지닌 재능이라든가 좋은 자질에 관심을 보이고 있다. 그녀는 분명 총명하다. 멋진 여자야!

*

클리케시가 밤참을 먹으며 셈프르와 진지한 대화를 나누고 있다. 셈프르는 평소와 달리 주의 깊게 이야기를 경청하고 있다. 들리는 바에 의하면, 클리케시는 셈프르에게 재혼을 권하며 그를 위해 점찍어 둔 신붓감이 있다는 말을 하고 있다. "스물여섯 살……, 3,000……, 자네보다 권세 있는 남자들을 많이 알고 있는데……, 그들이 그녀에게 관심이 있지." 아니, 생각해 보라고. 그런 여자가 이런 곳에 시집오겠어!

중위가 자꾸 나를 쳐다본다. 스무 번은 쳐다본 것 같다. 도대체 뭘 원하는 거야?

*

공부를 하고 있지만 잘되지 않는다. 차라리 정원에 내려가서 앉아 있는 게 낫겠다. 혼자이든, 다른 사람들과 함께이든 말이다. 머릿속에서 생각들이 질주하는데 이것은 마치…… (다음 말이 떠오르지 않는다.)

*

오, 세상에! 화가는 오늘도 한바탕 소동을 벌였고, 이번에는 금방 끝났다. 내가 틀리지 않았다면 그에게 맞아서 울고 있는 것은 1번, 그의 아내이거나 2번, 페피크이거나 3번, 개다.

그리고 그는 지금 편지 쓰기에 좋은 종이 한 장을 얻으러 나를 찾아 왔다. 성당 신부인 형에게 편지를 서야 하는데, 집에 편지 쓸 만한 종이가 없다는 것이다. 그는 글쓰기가 죽을 만큼 싫지만, 뭔가 써야할 때에는 평화롭고 평온한 환경이 필요하다고 말한다. 그렇지 않으면 쓸모없는 생각밖에 떠오르지 않는다고 말이다. "하지만 박사 양반,

한번 생각해 보게. 저런 지옥 같은 난리 통에서 그게 어디 쉬운 일이겠나! 일단 집안사람들을 두들겨 패든지 해서 주위를 정리 정돈해야 돼. 그러다 누군가 쫑알대면 또다시 두들겨 패러 가야 돼. 한번은 하녀가 전투 나팔처럼 시끄럽게 굴어서 쫓아냈던 적도 있었지. 우리가 여기 이사 온 후 네 번째로 고용한 하녀였다네!'

종이를 건네주자 그는 떠난다. 이번엔 페피크가 훌쩍이며 나타나더니 그의 아빠가 괜찮은 펜 하나를 부탁한다는 말을 전한다. 나는 아이에게 펜을 건네준다.

화가가 방안을 돌아다니고 있는 것이 보인다. 분명 열심히 생각을 하는 중일 것이다.

*

나는 옆 건물의 가게를 찾아간다. 필요한 것이 생기면 직접 그곳을 찾아간다. 집에 돌아오는 길에 나의 훌륭한 벗이자 정신병원의 수석의사인 옌센 박사를 마주친다. 그는 길가를 천천히 거닐며 주변을 둘러보고 있다.

"안녕하신가, 의사 선생. 어쩐 일로 이 동네까지……?"

"어쩌다보니 오게 됐어. 그냥 산책하는 중이라네. 나는 말라스트라나에서 산책하는 게 좋거든. 자네는 어쩐 일인가?"

"지금 이 동네에서 살고 있지. 얼마 전에 이사 왔어."

"어디에 사는가?"

"바로 저기야."

"잠시 둘러봐도 괜찮겠나?"

나는 옌센 박사를 좋아한다. 그는 지적이고 침착하며 유쾌하다. 박사는 내 방을 마음에 들어 하며 주위를 둘러보더니 보이는 모든 것들에 관해 한마디씩 한다. 나는 그에게 자리를 권하지만 그는 사양하면서 날씨가 좋으니 창가에 서 있겠다고 한다. 그는 정원을 등진 채 복도를 향해 서 있다. 창문 맞은편에는 거울이 걸려 있는데, 나는 박사가 자꾸 거울을 들여다보고 있음을 알아챈다. 박사는 진지한 친구이지만, 외양을 신경 쓸 정도의 허영심은 있는 것 같다. 그는 내게 어쩐 일로 말라스트라나로 이사 오게 됐는지 묻는다. 나는 공부하기 좋은 조용한 환경을 기대하며 이곳에 왔는데 내 생각이 틀렸다고 대답한다. 여기 사는 사람들은 조용한 환경과는 거리가 멀다고 말이다. 그는 이곳에 어떤 사람들이 사는지 묻는다. 나는 프로바즈니크에 관한 얘기부터 시작한다. 정신과 의사인 옌센 박사라면 틀림없이 그에게 흥미를 가질 것이다. 나는 생생한 설명과 함께 세부 사항들을 곁들이지만, 박사는 별 흥미를 느끼지 않는다. 그는 거울을 들여다보다가 별안간 깜짝 놀라더니 창밖으로 몸을 쑥 내민다. "저기 길에 있는 것은 집주인의 딸이 아닌가?" 놀란 나는 박사에게 그녀를 아느냐고 반문한다. 그는 그녀 가족을 예전부터 알고 지냈다고 한다. 나는 문득 집주인의 유별난 특징들에 관해 박사에게 묻고 싶어진다. 가까스로 내가 무슨 말인가를 웅얼거리자, 박사는 미소를 지으며 말한다. "아니, 설마 그럴 리가! 그 사람은 그냥 건강염려증이 있는 것뿐이야. 물론 그것만으로도 고생스럽겠지만. 나는 꽤 어린 시절부터 그들 가족을 알았다네. 우리 어머니가 그들과 친했지. 오틸리에가 아직도 미혼이라니 의외로군! 나름 매력적이고 상냥한데다 집안일도 잘하는데…… 게다가 돈도 좀 있지. 저 집은 남에게 빚진 것도 없을 뿐더러 자본도 좀 있다네. 아주 훌륭한 신붓감이 될 텐데 참 안타깝군." 그는 다시 창밖으로 몸을 빼더니 미소를 지으며 고개를 끄덕인다.

아하! 그러니까 박사가 여기까지 산책 나온 것은 우연이 아니로군! 그랬는데 때마침 내가 나타나서 도움이 되었던 거야. 갑자기 나는 옌센 박사가 좀 싫어진다.

잠시 후 박사는 내 방을 나가면서 근처에 오게 되면 다시 들르겠다고 약속한다. 아니, 오지 마! 돌이켜 보건대 나는 그리 예의 바른 대답을 하지 못한 것 같다.

*

그런데, 옌센 박사처럼 나도 미혼이잖아! 아니, 그게 무슨 소리야? 난 그런 생각을 하고 있는 게 아니라고……. 하지만 나 같은 젊은 변호사가 약간의 자본만 얻을 수 있다면……. 하하! 하하하! 왜 이런 말도 안 되는 생각을 하는 거야? 게다가 하필 지금?

*

얀 네루다라는 작가는 "남자들은 모든 여자로 인해 질투심을 느낀다. 설령 전혀 관심이 없는 여자일지라도!"라고 말했는데, 나는 그 말이 옳다고 생각한다.

*

화가는 여전히 깊은 생각에 잠겨 방안을 왔다 갔다 하고 있다.

*

저녁 식사 중에 대참사가 벌어졌다. 파리 가족이 내 수프에서 헤엄치고 있었던 것이다. 나는 알아차리지 못하고 엄마 파리와 아빠 파리를 먹어버렸지만, 남은 아기 파리를 먹기 직전에 멈출 수 있었다. 나는 파리를, 페피크는 편지를, 개는 가족 기념품을 먹어 치웠다. 맙소사, 이 집 안에는 온갖 게 다 식용이구먼!

*

그게 누군지 이제 알았다! 군도의 딸그락거리는 소리가 들렸을 때 나는 마침 창가에 서 있었다. 슬쩍 내다보니 아래쪽에 그 뚱뚱한 중위가 보이는 것이었다! 내가 일기에서 언급했던 바로 그 중위였다. 기관사의 아내의 친척일까?

*

저녁 시간에 정원에서 대화를 나눈다. 프로바즈니크는 오늘 옆집 여자가 울다가 눈이 벌게졌다고 흥분한 목소리로 내게 속삭인다. 정말 혐오스러운 인간이야. 그리고 나서 그는 집주인에게 오늘 있었던 기병대 대위의 장례식에 갔었느냐고 묻는다. "아니, 안 갔소." 집주인이 대답한다. "나는 부친의 장례식 이후로는 장례식에 가지 않는다오. 그때 노래가 참 끔찍했지! 노래 부르던 여자 하나가 음정을 어찌나 심하게 틀리던지 그때의 불협화음이 아직까지도 뇌리를 스친다오." 표현 한번 시적이군.

화가가 우리 쪽으로 다가온다. 그의 혈색 좋은 얼굴에서 고심과 집중의 흔적이 보인다. "편지는 다 쓰셨어요?" 내가 묻는다. "아니, 내일 쓸 거야. 나는 편지 쓰는 데 시간이 좀 걸린다네." "그럼, 그럼. 신부님 형에게 돈 좀 보내달라고 편지 쓰려면 시간이 좀 걸리겠지, 안 그런가?" 프로바즈니크가 말하자 화가가 대꾸한다. "요즘엔 몇 백 길더쯤 아무것도 아니잖아." "아무것도 아니라고!?" 프로바즈니크가 성을 낸다. "그건 상상력이 없으니까 하는 소리야! 나는 100길더만 있어도 먹고 살 수 있어! 식은 죽 먹기지! 프라하 외곽에다 땅을 빌리고 거기에, 그러니까, 엉겅퀴를 심는 거야! 그래, 엉겅퀴만! 그러면 들새 사냥꾼이 나한테서 다시 그 땅을 빌리겠지. 오색방울새를 잡으려고 말이야. 그러지 않으면 내가 직접 잡아도 되고!' "땅 둘레에 울타리를 꼭 치게나." "왜?" "외풍을 막아야 되잖아. 엉겅퀴가 류머티즘에 걸리면 안 되니까 말이야!' 화가에게도 위트라는 것이 생겼군.

오늘 집주인은 평상시와 달리 슬퍼 보인다. 남들에게 카드를 건네주지도 않는다. 그에게 다른 고민거리가 생겼는데, 그것은 그의 코가 떨어져 버릴지도 모른다는 걱정이었다. 집주인은 오늘 아침 복트 박사라는 사람이 쓴 기사를 읽었고, 거기에는 코가 떨어지는 증상이 감기로부터 시작된다는 말이 쓰여 있었다. 집주인은 자신이 며칠 째 감기를 앓고 있음을 상기하면서, 한쪽 콧등이 "느슨해지는 느낌이 들었었다"고 확신했다. 하지만 지금은 오후 시간이라서 어느 쪽 콧등인지 기억하지 못한다. 오틸리에는 슬픈 얼굴로 아버지를 바라보다가 크게 한숨이 나오려는 것을 가까스로 참는다. 그녀와 나는 사람들로부터 떨어져 얘기를 나누지만, 오늘은 화자와 청자의 관계가 역전된다. 지금은 그녀가 주로 얘기를 하고 있다. 그녀는 몹시 슬퍼하면서 속마음을 털어놓는데, 얘기를 듣다보니 나까지 괜히 슬퍼진다. 나의 공감이 그녀에게는 위안이 되는 것 같다.

*

사람들이 떠나고 나만 혼자 정원에 앉아 있다. 오늘은 선술집에 갈 수 없다. 사람들과 어울리지 못할 것 같다. 그냥 기분이 이상하다. 우울증과 왠지 모를 환희가 섞여 있는 느낌이랄까.

*

어제는 조금 일찍 깨어났다. 더운 날씨 탓인 것 같다. 일찍 일어나는 것이 공부에는 좋지만, 나는 깨어나도 침대 밖으로 나가지를 못한다. 그렇게 누워 있는 건 참 기분이 좋다. 여러 가지 생각들이 머릿속을 한가로이 스쳐지나가고, 그러다가 유난히 즐거운 생각이 붙잡히면 나는 거기에 매달려 몽상을 펼친다.

솔직히 그런 생각들이 나의 공부와 구체적으로 관련된 것은 아니다. 지금 나는 광업법을 공부하는 중인데, 여러 가지 낯선 용어들 때문에 정신이 없다. 갱도에서 황금을 채굴하듯, 침대에서 나는 꿈들을 채굴한다. 내가 오틸리에의 곁에 서면, 나의 생각들은 나의 채굴권을 보호하기 위해 그녀와 내 주위를 둥근 고리로 둘러싼다.

문득 내가 '오틸리에'라고 적은 것을 깨달았다. 좀 조심하자!

*

화가의 방이 유난히 조용하다. 화가는 테이블에 앉아 손바닥에 고개를 올려놓고는 위쪽을 바라보며 뭔가에 집중하고 있다.

오후에 옌센 박사가 나타났다! 그녀에게 관심이 있는 게 분명하군!

분명, 박사를 대하는 나의 태도는 그리 예의 바르지 않지만, 박사는 별로 개의치 않는 듯하다. 사실, 그는 나에게 별로 신경 쓰지 않고 있다.

이번에도 그는 창문 옆의 거울 앞에 서 있다. 거울 앞의 남자만큼 서글픈 존재는 없다.

그는 집주인과 그의 딸이 안마당을 가로질러 정원으로 걸어가는 것을 본다. 그는 창가에서 그들을 불러 세우고는 퍽 친밀하게 말을 건다. 오랜 지인을 지나치게 스스럼없이 대하는 사람들이라서 그런지, 그들은 박사에게 정원으로 내려오라고 청하고, 박사는 나에게 같이 가자고 강권한다. 좋아, 가서 과연 누가……. 아냐, 그건 아니야. 어차피 나에겐 필요한 게 없어! 진정 나는 더 바라는 게 없다.

*

오늘의 정원은 전혀 다른 장소처럼 보인다. 공기도 다르고 사람들도 달라서 매우 낯선 풍경이다. 하지만 곰곰이 생각해 보니 이건 다 내 신경을 거스르는 옌센 박사 탓이다. 박사는 언변이 아주 좋다. 이런 얄팍한 인간들은 무슨 주제가 나오든지 재미있는 얘기를 조금은 할 줄 안다. 이윽고 프로바즈니크를 제외한 사람들이 점점 정원으로 모여 들더니 박사에게 열렬한 관심을 쏟는다. 나는 박사 같은 부류를 그리 '재미있는' 대화 상대라고 생각하지 않는다.

　나는 대화의 주도권을 잡기 위한 조그만 시도로서, 화가에게 질문을 던진다. "편지는 다 쓰셨어요?" "아니, 내일 쓸 거야. 무르익을 시간이 좀 필요하거든." 그러더니 화가는 옌센 박사에게 몸을 돌려 말한다. "박사님 하시는 일은 틀림없이 재미있을 것 같군요!" "어째서요?" "그러니까, 정신병원이란 게 재미있는 곳이잖습니까. 얘기를 좀 들려주시죠?" 나는 한쪽으로 물러난다. 프로바즈니크가 나타나주면 좋겠는데. 어쨌든 옌센 박사의 조금은 당황한 모습 덕분에 마음이 놓인다. 그가 조증과 울증의 차이에 관한 설명을 시작하지만, 사람들은 관심을 보이지 않는다. 그들이 듣고 싶어 하는 것은 '자기 자신을 다른 누군가로 상상하는 사람들'의 얘기이다. 예를 들어 왕을 자칭하는 남자라든가, 자기가 성모 마리아인 줄 아는 여자 말이다. 그러나 옌센 박사는 기대에 부응하기를 거부하면서 임상의학적 설명들을 늘어놓더니, 급기야 "사람들은 대부분 조금씩은 정신 질환을 앓고 있습니다."라고 말한다. 사람들은 그 말을 듣고 분개하지만, 집주인만은 진지하게 고개를 끄덕이며 "건강한 사람들은 도통 자기가 행복한 줄을 모른다니까"라고 말한다.

드디어, 꼭 다시 오겠다는 인사를 남기고 옌센이 정원을 떠난다. 가급적 먼 훗날 오도록 해! 나는 속으로 생각한다.

프로바즈니크는 오늘 나타나지 않았다.

옌센이 떠난 뒤에도 사람들은 그에 관해 얘기를 한다. 지나치게 오랫동안 말이다. 오틸리에는 나에게 "그 사람 때문에 너무 놀랐어요!"라고 속삭인다. 나는 "어설픈 재치가 화를 초래하는 법이죠"라고 대답한다.

*

클리케시는 끈질기게 셈프르를 꼬드기고, 술집 주인은 두 사람 주변을 어슬렁거린다. 주인은 헛기침을 해 대면서, 클리케시를 잡아먹을 듯 쳐다본다.

*

9시인데 벌써 옌센이 찾아왔다. 그는 정원과 오솔길을 응시하더니, 적어도 세 차례, 오랫동안 거울을 들여다본다. 그는 나에게 이렇게 이른 시간에도 정원을 산책하는 사람이 있는지 묻는다. 나는 퉁명스럽게, 없다고 대답한다. 급기야 박사는 자신이 나를 귀찮게 하고 있느냐고 묻고, 나는 공부를 시작할 시간이 지났다고 대답한다. 옌센은 기분이 상해서 돌아간다. 쌤통이다!

*

정오가 될 때쯤, 화가는 내게 하녀를 보내어 봉투 한 장을 부탁한다. 지금 창문으로 화가의 모습이 보인다. 그의 아내와 아들은 테이블 옆에서 그가 봉투에 주소를 쓰는 모습을 지켜보고 있다.

*

화가가 편지 봉투를 꽉 쥐고 방안을 왔다 갔다 한다. 그는 이따금 멈춰 서서 그의 정신노동의 결과물을 곰곰이 들여다본다. 자신이 쓴 편지를 자랑스러워하는 것 같다.

*

오늘 오후 정원에 나간 사람은 내가 처음이다. 사람들이 오기까지 영원과도 같은 시간이 흐른다. 먼저, 한 시간 정도가 지나자 집주인이 오틸리에를 데리고 나타난다. 집주인은 나를 정치에 관한 대화로 끌어들인다. 금세 그는 세상의 모든 문제는 '왕들이 자기가 소유한 것들에 결코 만족하지 않는' 현실로부터 비롯된다고 결론을 내린다. 나는 적극 동의한다. 그리고 나서 그는 자신이 알고 있는 다른 몇 가지 격언들을 말하고, 나는 그것들을 모두 칭찬한다. 이윽고 그가 덩굴을 묶는 작업에 착수하자, 나는 오틸리에를 옆으로 데리고 가 친밀하게 대화를 나눈다. 그리고 어느 순간, 어찌된 영문인지 모르겠지만, 나의 장점들에 관한 대화가 이어진다. 마치 구두장이가 친구에게 줄 구두를 만들려고 다른 구두를 만들 때 쓸 가죽을 쭉쭉 늘여 여분의 가죽을 만들 듯이, 오틸리에는 나의 장점들을 열렬히 늘어놓기 시작한다. 대체 어디서 나의 그런 장점들에 관해 알게 된 걸까?

화가와 그의 아내가 다가온다. 화가는 만족스럽다 못해 의기양양한 표정을 짓고 있다. 아내의 말투는 여전히 예리한 칼날 같다. "편지 다 쓰셨어요?" 나는 묻는다. "그럼, 물론이지." 마치 반나절 만에 유럽 전역에 편지를 뿌리는 것쯤은 애들 장난이라는 듯한 말투이다. "기관사 마누라 얘기도 쓰지 그랬어요." 화가의 아내가 웃으면서 말한다. "신부님들은 그런 얘기 듣는 거 좋아하잖아요." 기관사 아내에 관해 무슨 얘기를 쓰라는 거지? '타르노프에 사는 또 다른 형님에게도 편지를 써야 돼. 우리는 1년에 두 번은 편지를 주고받기로 약속했지." 아무도 그의 말에 귀를 기울이지 않고, 화제는 다시 기관사의 아내에 관한 것으로 돌아온다. 그리고, 기관사의 아내가 예의 중위를 기다리면서 창밖으로 애타게 고개를 내밀어 댄다는 얘기가 나온다. 그들은 계속 그런 야릇한 얘기들을 나누며 나를 보고 웃는다. 그때 나는 문득 깨닫는다. 그러니까 내가 '멍청하다'는 소리를 듣는 거구나! 기관사의 아내와 중위의 관계를 눈치 채지 못했다니! 나는 그때 너무 화가 났던 탓에, 무슨 말을 했는지도 기억이 나지 않는다.

그리고 우리는 3인조로 슈이스트카 게임을 한다. 나는 집주인의 실수들을 묵묵히 참아 내며 그의 말에 계속 맞장구를 쳐준다. 심지어 그가 마음껏 즐길 수 있도록 발을 테이블 아래에 일부러 방치한다. 그는 오르간 연주자가 페달을 밟듯 내 발을 밟아 댄다.

오늘도 프로바즈니크는 모습을 보이지 않는다.

살면서 이렇게 멍청한 짓을 저지르긴 처음이다!

나는 친구인 모로우세크의 집에 밤참을 먹으러 갔다. 모로우세크는 저 멀리 스미호프의 끄트머리에 살고 있었기 때문에 나는 그곳까지 마차를 탔다. 그와 함께 유쾌한 시간을 보내다 보니 어느덧 밤이 깊었고, 나는 집까지 걸어가기로 했다. 밤은 아름다웠고 내 머릿속은 생각들로 가득했다. 주변에는 졸음에 겨워하는 마부 말고는 아무도 없었다. 마부는 겨우겨우 걸음을 떼고 있는 지친 말을 재촉하면서 집으로 돌아가는 중이었다. 천천히 나아가는 마차 바퀴의 단조로운 소리를 들으니 기분이 좋았다. 그런데, 집까지 두 건물 정도가 남은 지점에서 마차가 나를 따라잡더니 마부가 몸을 굽혀 내게 묻는 것이었다. "젊은 양반, 마차 안 탈 거요?" 이건 아까 내가 탔던 마차잖아! 요금을 내고 돌려보내는 걸 깜빡했더니 마부는 아무 말 없이 밤새 나를 기다렸던 것이다! 결국 나는 그 불한당 같은 놈에게 3길더나 지불했다!

틀림없어. 나는 사랑에 빠져 있다!

*

 신문에는 "크루믈로브스키 박사와 그의 사랑스러운 신부 오틸리에 양은······"이라고 실리겠지. 그런 기사들은 신부들을 무조건 '사랑스럽다'고 표현하니까 말이야. 우리의 결혼을 남들에게 알릴 필요는 없다. 단지, 우리들끼리는 확실히 해야 한다!

*

 이게 무슨 일이란 말이냐! 아직도 화가 나서 몸이 떨린다! 너무 분해서 죽겠다!
 문밖에서 군도가 덜컥거리더니 누군가 문을 두드린다. "들어오세요!" 그리고 예상과는 달리, 중위가 아니라 소위 하나가 들어온다. 나는 자리에서 일어나, 장식물이 달린 원통형 군모를 포함한 완전한 제복 차림의 방문객을 의아한 눈길로 바라본다. 그가 경례를 한다.
 "실례합니다. 크루믈로브스키 박사십니까?"
 나는 고개를 끄덕인다.

"루바츠키 중위의 명을 받고 왔습니다." 루바츠키는 내가 선술집에서 봤던 뚱뚱한 중위이자, 매일 아래층에 기관사의 아내를 만나러 오는 남자이다.

"무슨 일이신데요?"

"루바츠키 중위는 박사께서 여기 정원에서 사람들과 대화를 나누는 도중 중위 자신 및 그가 좋은 벗으로 여기고 있는 기관사 댁 부인을 대상으로 사용한 일련의 표현들로 인해 모욕을 느꼈습니다. 그는 당신으로부터 명예 회복의 기회를 얻고자 합니다."

나는 이마를 움켜잡고 소위를 바라본다. 분명 어제 이런저런 얘기가 오고 갔다는 것은 기억난다. 나도 무슨 말인가 하기는 했을 거다. 하지만 무슨 말을 했는지는 도저히 기억이 나지 않는다.

소위는 참을성 있게 나의 대답을 기다린다. 나는 몸이 떨리는 것을 느끼며 그를 향해 다가간다. "죄송하지만……" 나는 더듬거린다. "뭔가 착오가 있을 겁니다. 누가 중위에게 그런 말을……"

"모릅니다."

누가 고자질을 했나? 아니면 기관사의 아내가 내 방에 있다가 창문으로 얘기를 엿들은 건가? 어쩌면 중위도 같이 있었을지 몰라.

"제가 무슨 말을 하긴 했어요. 그건 분명히 기억해요. 하지만 별 얘기 아니었을 겁니다. 저는 중위를 알지도 못해요! 몇 번 본 적밖에 없다고요!"

"미안합니다만 그건 제가 상관할 바가 아닙니다. 저는 명예 회복의 기회를 요청하라는 명령을 받았을 뿐입니다."

"하지만 제 말 좀 들어봐요! 제가 도대체 왜 중위에게 모욕을 줄 말을 하겠어요? 저는 중위가 매우 훌륭한 사람이라고……"

"말씀드렸다시피, 저는 확실한 대답을 들어야 합니다."

"좋아요. 만일 중위가 헛소문을 믿고서 제가 그를 모욕했다고 생각한다면, 물론 맹세컨대 저는 절대 안 그랬겠지만, 제가 용서를 청한다고 그에게 전해 주십시오."

"그것으로는 부족합니다."

"그럼 뭘 원하는 거요? 사람들 앞에서 사과라도 할까?"

"루바츠키 중위는 결투를 통한 명예 회복을 원합니다."

"그 양반 제정신이 아니로군. 나는 평생 싸워본 적도

없고 앞으로도 싸울 계획이 없습니다!"

"그렇게 전달하겠습니다." 그는 경례를 하더니 문을 쾅 닫고 나간다.

휴, 겨우 보냈네!

온몸이 분노로 떨리고 있다! 결투라니! 평생 칼을 잡아 본 적도 없는 나한테! 어처구니가 없군. 변호사를 지망하는 법학 박사 후보에게 형사법전 제57항이 금지하는 행위를 요구하다니. 그런 행위로 인해 어떤 대단한 결과들이 초래되는지는 제158항과 제165항에 잘 기술되어 있다고!

미친놈들! 전부 미친놈들이야!

*

나는 기관사의 아내가 부엌에 있는 낌새를 채고 그녀를 보러 간다. 이 사태에 관해 얘기하고 싶어서 말을 꺼내려는데, 그녀가 꾸중하듯 거세게 다그친다. "돌아가서 살이나 찌워요!" 그러더니 그녀는 등을 돌리고 자기 방으로 돌아가 버린다. 그래, 돌아가서 '살이나 찌워'야겠다! 뭐 저런 이상한 말이 다 있나.

*

오늘 정원은 분위기가 아주 이상하다. 마음의 불안이 뚜렷해지는 것을 어찌할 수가 없다.

프로바즈니크가 다시금 우리와 합류한다. 그는 부엉이처럼 사람들을 바라보며 계속 "오늘 별로 안 좋아 보이는군!"이라고 말한다.

나는 오틸리에와 나무 쉼터로 가서 앉는다. 이제 슬슬 사랑에 관한 얘기를 해야 할 텐데……. 나는 말을 꺼낼 준비가 됐지만 단어들이 목구멍에 걸려 나오지 않는다. 일상적인 얘기밖에 할 수가 없다. 오늘은 그냥 이렇게 끝내기로 한다.

프로바즈니크가 다가온다. 그는 잠시 우리를 바라보더니 "박사양반은 결혼을 할 생각인가?"라고 묻는다.

저런 거북한 질문을 하다니, 나는 당황스럽지만 애써 입술에 미소를 떠올리며 대답한다. "네, 프로바즈니크 씨. 그럴 생각입니다."

"그럼, 그래야지! 아주 좋구먼. 애들이란 게 참 귀엽잖아. 푸줏간 개보다 훨씬 귀엽지."

저 망할 인간!

오늘의 대화는 제대로 진행될 것 같지가 않다. 나는 군대로부터 찾아온 방문객에 관해서는 아무 말도 하지 않는다.

*

아, 이런 끔찍한 일이! 나를 말라스트라나로 불러들인 것은 틀림없이 악마였을 거야!

*

이제 나는 어쩌지?! 이번엔 정말 빼도 박도 못하게 됐다! 그냥 간단히 싫다고 할 수 있었잖아! 어차피 그는 협박한 대로는 하지 못했을 텐데……. 하지만 지렁이도 밟으면 꿈틀하는 법, 그는 분명 나에게 부상을 입힐 거야. 반대로 나는 그에게 상처 하나 못 입히겠지! 부상 때문에 몸져눕게 될 것이다. 시험 준비도 못 마칠 거야. 어쩌면 아예 시험을 못 치를지도…… 아, 차라리 놈의 손에 죽는 편이 낫겠다!

그러니까, 방금 전에 칼이 짤그랑거리는 소리가 들리

더니 누군가 문을 두드렸다. 그리고 어제처럼 제복을 갖춰 입은 소위가 방으로 들어왔다. 그는 경례를 하더니, 사태를 그런 식으로 정리할 수 없으니까 다시금 결투를 통한 명예 회복을 요청한다는 루바츠키 중위의 전갈을 전한다. "싫소!' 나는 좀 언짢은 표정으로, 어제와 똑같은 대답을 전하는 바라고 소위에게 말한다. 소위는 만일 그렇다면, 중위는 추후 나를 마주칠 때 채찍으로 내 뺨을 갈길 것이라고 통보한다. 나는 화가 치밀어 자리에서 벌떡 일어나 소위의 얼굴에다 대고 소리 지른다. "절대 그러지 못할 거야! 내가 가만있을 것 같아?" "절대로 그럴 겁니다. 안녕히 계십시오." "잠깐! ······결투에 무슨 무기를 사용합니까?" "군도입니다." "좋아, 하겠소." 소위는 당혹스러운 눈으로 나를 바라본다. "결투하겠소." 나는 분노로 몸을 떨며 되풀이한다. "하지만 두 가지 조건이 있습니다. 우선 내가 사용할 무기를 제공해 줄 것, 그리고 이 결투에 관해 아무한테도 말하지 않겠다고 명예를 걸고 약속할 것!' 그는 그러겠다고 약속을 하고는, 다소 과하게 예의를 갖추더니 자리를 뜬다. 그는 결투 일시와 장소를 의논하기 위해 내일이나 모레 다시 들르겠다고 말한다.

아, 결국 내가 저지르고 말았다! 만일 얘기가 새어 나가면 어떡하지! 어쩌면 기관사의 아내가 대화를 엿들었을지도 몰라! 그도 그럴 것이, 엄청나게 큰 소리로 떠들고 있었잖아! 분명 들었을 거야. 사실 그녀가 이 모든 사태의 원흉이다. 나는 내가 처음부터 그녀의 여성적 감수성에 상처를 입혔음을 깨닫는다. 하지만 그건 '멍청한' 것과는 다르다! 이제 나는 비로소 정말 '멍청해'졌다. 만일 그 여자가 내 얘기를 하고 다닌다면⋯⋯. 법학박사 학위와는 작별이다! 평생 사무원 노릇이나 하게 되겠지! 그래, 일단 내게 모아둔 돈이 조금 있고 오틸리에도⋯⋯. 잠깐만, 오틸리에가 나와 결혼해 줄지 말지도 모르잖아!

*

당연하게도 더 이상 공부를 할 수가 없다. 나는 그저 책만 들여다보며 스스로를 저주한다.

*

우편으로 편지 한통이 배달된다. 말라스트라나 소인이다. 익명의 편지⋯⋯. 아, 이 망할 놈의 프로바즈니크!

친애하는 박사 후보께,

당신을 박사 후보라고 부르기보다는 신랑감 후보라고 부르는 편이 옳겠군요. 그런데 결혼을 향한 당신의 바램에는 저질스러운 꿍꿍이가 있지요. 그것은 당신이 배우자를 원하는 게 아니라 집과 돈을 원한다는 사실입니다. 시들시들한 늙은 암소 같은, 나사가 다섯 개는 빠진 것처럼 멍청하기까지 한 저 여자를 당신이 진심으로 원할 리가 절대로 없습니다. ('나사 다섯 개가 빠졌다'는 표현은 프로바즈니크가 전에 말했던 것이다.) 자신의 젊은 날을 그렇게 헐값에 팔아먹다니, 부끄러운 줄 아십시오. 수치스럽고, 창피하고, 정말 백 번 부끄러워 할 일입니다.

동일한 의견을 가진 여러 사람들을 대표하여 씀

이 자식, 기다려라! 중위 때문에 그렇지 않아도 힘들어 죽겠지만 네 녀석도 가만두지 않을 테다! 나는 지금 불타는 투지에 사로잡힌 나머지 온 세상이라도 상대할 수 있을 것 같은 기분이다!

인간 군상 **335**

*

나는 목숨을 잃는 것이 두렵지 않다. 다칠까 봐 겁나는 것도 아니다. 마음은 오히려 무척 평온하다. 하지만 나는 공포가 곧 이빨을 드러낼 것임을 알고 있으며, 바로 그 공포가 두려운 것이다. 나는 결투하는 광경을 본 적도 없고 굳이 상상해 본 적조차 없지만, 공포가 닥쳐오리라는 것쯤은 알 수 있다. 그러면 불안에 겨운 나머지 신경들이 움찔거리고 근육들은 전율하겠지. 몸은 고열 때문에 덜덜 떨릴 것이고 입은 공포로 인해 쩍 벌려질 것이다.

아, 끔찍할 거야!

*

우리는 정원에서 얘기를 나눈다. 이건 정말 고역이다! 오늘 나는 아무런 고백도 하지 않으리라. 한다한들 무슨 소용 있겠는가? 스카프를 챙겨요, 오틸리에. 그리고 붕대를 준비해요! 만일 내가 죽음을 당한다면 그걸로 끝이다. 한편, 부상당한다면 오틸리에가 나를 돌봐주겠지……. 적어도 그럴 거라고 나는 믿는다. 그렇게 되면 고백은 저절로 나오게 될 거야. 소설처럼 말이다.

어쨌든 지금은 억지로라도 뭔가 말을 해야 한다. 하지만 무슨 말을? 가까스로 나는 그녀에게 내일 국립극장에 가겠느냐고 묻는다. "무슨 연극을 하나요?" 틸의 '얀 후스'라는 극이다. 내일은 후스가 화형을 당한 7월 6일이다. "극장에 가고 싶지만 '얀 후스'는 못 보겠어요." "왜요? 후스가 이단자라서 그러는 건 아니죠?" "아니에요, 내일은 금요일이잖아요. 단식일이에요. 그래서 못 가는 거예요!"

못된 프로바즈니크라면 여기서 '빠져버린 나사 다섯 개' 밖에 볼 수 없겠지만, 나는 순진무구함을 본다. 순진무구함은 언제나 사람을 끌어당기는 매력이 있다. 참으로 그렇다!

프로바즈니크가 다가온다! 나는 달려가 그를 옆의 나무 쉼터로 끌고 간다. "이 못된 인간아! 나한테까지 감히 그런 익명 편지를 보내다니! 이유가 뭐야!?"

"익명 편지 얘기를 어디서 들었소?" 프로바즈니크가 분필처럼 새하얗게 질린 채 묻는다.

"네가 얘기했잖아, 이 자식아!"

"내가?" 그의 놀란 얼굴이 하도 얼간이 같아서 나는 웃음을 참느라 몸을 돌려야 했다.

"잘 들어. 다시 한 번 그런 짓 하면 채찍으로 개 패듯이 패버릴 거야!" 나는 자리를 뜬다.

내가 중위한테서 뭔가 배우긴 배웠군.

잠시 후, 나는 사람들과 슈이스트카를 하려고 자리에 앉는다. 그런데 서랍에서 카드를 꺼내던 화가가 별안간 페피크의 목덜미를 붙잡는다. 또 한 차례의 매타작. 카드들에서 하트 무늬들이 모조리 잘려 나간 것이다. 알고 보니, 페피크가 하트들을 종이에 풀로 붙여서 셈프르의 딸 마린카에게 선물한 것이었다.

나에겐 다행스럽게도, 게임은 할 수 없게 된다.

우리는 얘기를 하고 또 하지만 별 얘기가 나오지는 않는다. 나는 오틸리에와 화단 사이를 거닌다. 갑자기 그녀가 나에게로 돌아서더니 내 눈을 들여다보며 무슨 일이 있느냐고 묻는다. 나는 어리둥절해 하다가 겨우 "아니, 아무 일도 없어요."라고 대답하며 애써 웃음을 짓는다. 그녀는 고개를 저으며 분명 무슨 일이 있는 것 같다는 말을 반복한다.

그녀는 나에게 애정을 느끼고 있다. 그래, 틀림없어.

*

나는 방에 앉아 생각에 잠긴다. 심경은 놀랍게도 평온하다. 공포는 아직 몰려오지 않았다. 하지만 조만간 나타나겠지! 나는 결투가 벌어질 것임을 실감하지 못하고 있나 보다.

하지만 내일이면……

*

그렇다! 오늘 난 일찍 일어났다. 세 시도 되기 전에 잠에서 깼는데, 침대에서 뒹굴거리지 않고 바로 일어났다. 기분은 지독하게도 심각했다.

시간이 아직 많지만 그동안 무엇을 해야 할지 모르겠다. 벌써 두 차례나 정원으로 내려갔다가 바로 방으로 돌아왔다. 나는 물건들을 하나하나 집어 들다가 거칠게 내려놓았다.

소위는 지금 어디 있을까!

나는 겁을 내는 것일까? 몸이 약간 떨리고 있지만 그것은 다만 흥분과 조바심 때문이다.

 소위가 왔다. 시간은 내일 아침 여섯 시. 장소는 성채 막사의 어느 정원. 나는 속으로 '그래, 정원에서 실려 나가게 생겼군!'이라고 생각하며 웃는다.
 소위는 굉장히 정중하다. 그는 심지어 "중위는 이 유감스러운 사태가 어떻게든 잘 해결되기를 바라고 있습니다"와 같은 말도 한다. "필요 없소!' 나는 불쑥 내뱉자마자 곧바로 나 자신을 발로 걷어차 버리고 싶은 생각을 어찌할 줄 모른다. 아이고, 이 멍청한 놈아!
 그래서 어쩌라고?

*

 나는 친구 모로우세크를 만나러 스미호프로 간다. 그 이유는 첫째, 집에 가만히 앉아 있을 수가 없다. 둘째, 모로우세크는 검술이 뛰어나고 싸울 때 용맹하기로 유명하다. 그로부터 조언을 좀 얻을 수 있을 것이다.
 모로우세크의 태도는 매우 불쾌하다. 상황을 모조리 애

기해 주자 그는 웃어 댄다. 세상에는 상황의 심각성이라는 것을 도통 깨닫지 못하는 인간들이 있다! 나는 도움 될 만한 기술을 아무거나 가르쳐달라고 부탁한다. 그는 이렇게 짧은 시간에 배울 수 있는 것은 없다고 딱 잘라 말한다. "그렇지 않아!" 나는 분개하며 외친다. "한번 해 보자고!"

그는 끝에 솜방망이를 단 플뢰레 칼을 두 개 꺼낸 뒤, 내게 마스크와 가슴막이를 건네준다. 준비! 이렇게! 그래 그거야! 아니 그거 말고! 칼끝을 잘 보라고! 아하! 그러다가 나의 칼이 바닥에 떨어진다. "칼을 단단히 잡아." 그는 웃으며 말한다. "하지만 칼이 너무 무거워." "군도는 이것보다 가볍지 않을 걸세. 자, 한 번 더!" 나는 마치 한 손으로 모루를 들어올리기라도 한 듯 금세 녹초가 된다. 하지만 호리호리한 모로우세크에게는 이런 것쯤 아무것도 아니다. "휴식." 그는 다시 웃으며 말한다. 나는 모로우세크가 지금보다 훨씬 상냥한 사람이었음을 상기하고는, 그에게도 그렇게 말한다. "두려움 때문에 그런 말이 나오는 걸세." 그가 대꾸한다. "아니야. 나는 지금 더할 나위 없이 침착하다고!" "좋아. 다시 연습!" 나는 또다시 금세 녹초가 된다. "무리하지 말자고." 모로우세크가 말한다. "자칫하다간 내일 팔도 못 들어 올리게 될 테니까. 저녁은 우리 집에서 먹도록 해. 쉬엄쉬엄 연습하기로 하세. 한 번에 조금씩 말이야." 처음부터 집으로 돌아갈 생각은 없었다. 그의 아내가 우리를 바라보면서 웃는다. 아마도 우리가 장난치는 걸로 보이는 것 같다. 이 사람들은 만사가 다 웃기나 보군!

저녁을 먹기 직전에 모로우세크는 루바츠키가 검술 실력이 좋으냐고 묻는다. 나는 모른다고 대답한다. "그렇다면 기습 속공을 배워야겠군. 그것이 자네의 유일한 희망이야." 그는 다시 내게 가슴막이를 입힌다.

이 기습 속공이라는 것은 정말이지 대단하다. 나는 도저히 터득할 수가 없다. 나의 기습 속공은 그다지 '속' 공 같지가 않다. 모로우세크는 그래 가지고는 아무도 기습하지 못할 거라고 말한다. 그게 내 탓이야? "식사 하세요!" 모로우세크의 아내가 외치는 소리에 나는 마음을 놓는다.

하지만 숟가락을 드는 것이 힘에 겹다. 손이 심하게 떨리는 탓에 수프가 쏟아진다. 모로우세크가 웃는다. 과연 네 녀석이 내일 친구 시체를 보면서도 그렇게 웃을 수 있을지 두고 보자! 나는 모로우세크가 눈물 흘리는 꼴을 보고 싶다는 생각에, 차라리 내일 진짜 살해당하고 싶을 지경이다!

그날 오후, 모로우세크는 두 차례 더 나에게 칼을 쥐어준다. 나는 미친놈처럼 칼로 허공을 가르며 그를 공격하다가 마스크와 가슴막이를 착용한 채 바닥에 나뒹군다. 나는 일어서기를 거부한다. "일어나게나. 브랜디로 마사지를 해줄 테니까." 모로우세크가 말한다. 나는 브랜디를 가지고 직접 마사지를 한다. 술 냄새가 심하게 났는지, 모로우세크 부인이 일어서더니 바느질감을 들고 정원의 반대쪽 끄트머리로 가 버린다. 나야말로 어디론가 사라지고 싶다!

나는 늦게 귀가한다. 팔꿈치와 무릎이 심하게 얼얼하다. 펜싱할 때 다리도 사용한 건가?

*

내 앞으로 편지가 한통 와 있다. 오틸리에가 보낸 거군!

크루믈로브스키 박사님께,
오늘 꼭 박사님과 할 얘기가 있습니다. 귀가하시면 바로 정원으로 내려와 주세요. '트라비아타'를 휘파람으로 불어주시면 곧 정원으로 나가겠습니다. 글씨가 엉망이라서 죄송해요. 순수한 호의로 이렇게 편지를 드립니다.

오틸리에

 기관사의 아내가 까발린 거야! 이제 한바탕 난리가 나겠구나!

 나는 정원으로 내려간다. 달이 밝은 탓에 안마당 건너편으로 건물 2층의 복도가 보인다. 그곳에는 아무도 없다.

 나는 잠시 정원을 거닌다. 아, 복도에 누가 있다! 하얀 형체. 나는 잠시 달빛 속에 발을 들여놓다가 다시 어둠 속으로 물러난다. '트라비아타'를 불러야 된다! 아, 그런데 내가 도대체 왜 이러는 거지? 매일매일 불러대던 염병할 멜로디가 어째서 지금…… 지금 기억이 나지 않는 거냐! 누가 내 목에 칼을 들이댄다 해도 도무지 기억해낼 수가 없다! 하지만 오틸리에가 여기 있는 나를 봤을 테니 아무거나 불어도 되지 않을까? 그런데 지금 떠오르는 멜로디는 '페피크야, 페피크야, 우리 꼬마 카차는 무슨 생각을 하는 걸까?' 뿐이다. 좋아, 그거라도 부르자.

 갑자기 화가의 방 창문에서 목소리가 들린다. "박사 양반, 정원에 있기엔 좀 늦은 시간 아닌가?" 화가가 원기 왕성한 벗은 몸을 드러낸 채 창가에 기대어 있다. "상쾌한

밤이지? 잠자리에 들고 싶은 생각이 전혀 들지 않는구먼. 나랑 얘기나 좀 하지 않겠나?'

복도에 있던 형체가 사라진다. "아, 저 지금 방으로 돌아가던 참입니다!' 나는 일부러 큰 목소리로 대답한다. 이곳에 서서 화가와 얘기를 나누고 싶은 생각은 조금도 없다. 자칫하다 밤을 새게 될지도 모른다!

나는 안마당을 가로지르며 크게 휘파람을 부르기 시작한다. '트라비아타'의 멜로디가 갑자기 생각난 것이다. 나는 휘파람을 멈추고 주위를 둘러본다. 계단에도, 복도에도, 아무도 보이지 않는다. 내가 '페피크야'를 부르는 바람에 오틸리에는 화가 난 걸까?

오늘은 그녀와 얘기를 나누지 않는 편이 나을 것 같다. 그래, 그 편이 낫다! 하지만 내일은…….

*

화가가 창가에 기대어 있다. 나는 건너편 복도를 살펴보고 싶지만, 화가가 나를 보면 말을 걸 것이다. 나는 커튼을 친다.

재산 처분을 명세한 나의 유언장! 별로 쓸 것은 없다.

물건들을 잘 정리해 두어야겠군.

짤막한 메모: 나의 전 재산을 여동생에게 남깁니다. 그걸로 끝.

*

이제 잠자리에 들기로 한다. 마음은 평온하다. 지나칠 만큼 평온하다. 하지만 내일이면 젤리라도 된 것처럼 벌벌 떨겠지. 틀림없이 그럴 거야!

자명종의 태엽을 감아 둬야겠다.

화가는 아직도 창가에 있다. 잠이나 자라고, 이 엉터리 그림쟁이야.

*

나는 겨우 두 시간밖에 못 잤지만 몸 상태는 매우 상쾌하다. 바깥은 흐릿하다. 7월에는 세 시면 날이 밝기 시작한다. 새벽 공기가 싸늘하다. 나는 큰 소리로 하품을 한다. 몸이 살짝 떨리기는 하지만 진짜로 떨고 있는 것은 아니다.

수중에 남아 있는 시간 동안 뭘 해야 할지 모르겠다. 정원으로 내려가고 싶지는 않다. 거리로 나갈까? 아니, 이렇게 흥분한 상태로 나갔다가는 계속 뛰어다니다 지쳐 쓰러질지도 모른다. 게다가 어제의 훈련 때문에 팔이 욱신거린다. 아무래도 일기를 쓰며 정리나 하는 편이 낫겠다.

*

어느새 다섯 시 반이다. 시간 참 빨리 가는군. 나는 잊어버린 것이 없는지 방안을 둘러본다. 사실 딱히 잊어버릴 것도 없지.
자, 그럼 작별이다!

*

나는 날아갈듯 계단을 달려 내려가 안마당을 가로지른 뒤, 현관문을 지나 말 그대로 거리로 뛰쳐나간다. 벅차오르는 기쁨에 눈물이라도 쏟아질 것 같다. 실제로 지금 내 눈은 촉촉하다. 마치 어두운 지하실에 갇혀 있다가 갑자기 환희에 넘치는 오후의 빛줄기 속으로 들어온 기분이다! 나는 오른쪽으로 돌다가 다시 왼쪽을 향한다. 어느 쪽으로 가야할지 모르겠다.

"웬일인가, 크루믈로브스키?"

모로우세크! 아아, 모로우세크! 나는 그의 목을 확 감싸 안는다. 눈물이 뺨을 타고 흐르지만 아무 말도 나오지 않는다. "자네, 결투 하러 안 가나?" "모두 끝났어!" "잘 됐군! 그런데 이 손은 좀 놓고 말하게나. 이러다 손 부러지겠어." 그러고 보니 나는 마치 바이스로 쇠붙이를 붙잡듯 그의 손을 꽉 쥐고 있다. 놓기 전에 한 번만 더 잡아보자!

"저기, 내가 마차를 불렀거든. 자네 아침 식사는 했나?" "식사? 안 했는데……." "그럼 나랑 같이 와인 가게로 가세." "좋아. 아니! 우선 집부터 가야 돼. 그 다음에 와인 가게에 가도록 하지." 오틸리에게 내가 무사히 살아 있음을 알려야 한다.

우리는 함께 마차에 올라탄다. 나는 줄곧 어린애처럼 웃고 떠든다. 내가 무슨 말을 하고 있는지조차 모르겠다. 정신을 차려보니 벌써 집에 도착해 있다. 나는 계단을 뛰어오르면서 온 집안에 들릴 만큼 큰 소리로 떠든다.

기관사의 아내가 부엌을 나와 그녀의 방을 향해 휙 지나가는 것이 보인다. 놀랐겠지? 하지만 기다려. 이건 시작에 불과하니까!

집안의 낯익은 광경들을 보니 정신이 든다. "무슨 일이 있었는지 얘기 안 해줄 건가?" 모로우세크가 담배에 불을 붙이더니 소파에 편히 드러누우며 말한다.

맞아. 아직 아무 얘기도 안 했구나. 먼저 진정부터 좀 하고······.

*

"막사 입구에서 두 명의 남자가 나를 기다리고 있었어. 그들은 안마당을 가로질러 정원으로 나를 데리고 갔지. 그곳에는 루바츠키 중위와 의사 한명이 기다리고 있었어. 입구에서 나를 맞이한 장교들 중 하나가 내 결투 보조자더군. 그는 모든 준비가 끝났으며, 동일한 무기가 사용될 것임을 알려줬지. 나는 아마도 고개 숙여 인사를 했을 거야. 그리고 루바츠키의 결투 보조자 역할을 맡은 예의 소위가 다가와 말했지. '제가 알기로 두 사람은 서로에 대해 사적인 원한이 없습니다. 그러므로 결투는 진행됩니다. 그러나 어느 쪽이든 피를 흘리는 순간 결투는 중지됩니다. 동의하십니까?' 루바츠키와 나는 동의를 하고 외투를 벗었다네.

 우리는 칼을 건네받고 자세를 취한 후, 서로 칼을 교차했지. 자네가 어제 가르쳐준 것처럼 말이야. 그때, 갑자기 '기습 속공'이란 말이 나의 뇌리를 스친 거야! 머릿속에서 천둥이 치고 눈앞에서 별이 번쩍이는가 싶더니, 갑자기 양쪽의 결투 보조자들이 "그만!"이라고 소리 지르며 중위와 나 사이로 뛰어들더군. 뒤로 한걸음 물러나보니 상대방의 얼굴에서 피가 조금 흐르는 게 보였어. 나는 장교들이 하듯이 군도를 가지고 경례를 했던 것 같아. 그래, 맞아. 난 경례를 하고서 군도를 내 결투 보조자에게 넘겼지. 고개 숙여 인사하면서 말이야. 나는 차분하게 외투를 입었어. 의사가 '그냥 가벼운 상처예요'라고 말하는 게 들리더군. 그곳을 나서는데 누군가 '악마처럼 사나운 전사로구먼!' 하고 말하는 게 들렸지. 지금 나는 온 세상과 맞붙을 수 있을 것 같아! 게다가 이 일은 비밀로 남을 거야! 상처는 가벼운데다가 명예를 걸고 약속까지 했으니까. 아무도 이 일에 관해 모를 테지. 사랑하는 친구여, 다 자네 덕분이네."

 모로우세크가 웃으며 말한다. "상대방의 검술 실력이 별로였거나 자네의 기습이 진짜로 먹혔던 거군. 어쨌거나

자네가 자랑스럽네. 심지어 결투는 한 번도 해 본 적이 없잖은가!'

나는 영웅이 된 기분이다. 나는 방안을 왔다 갔다 하다가 거울 앞에 멈춰 서서, 거울 속의 나를 보며 웃어 본다. 조금 바보 같아 보인다.

모로우세크가 자리에서 일어선다. "아, 배가 너무 고프군. 이제 와인 가게로 가세!' 놀랍게도 나는 아직 배가 고프지 않다. "자네도 아직 식사 안 했는가?' 내가 묻자 그가 대답한다. "밥 먹을 시간이 있었겠는가?'

불현듯 나는 모로우세크의 고결함과 배려를 깨닫는다. "자네 어떻게 이런 이른 시간에 마차를 부를 수 있었나?' "어제 정오 자네가 우리 집에 와 있을 때 주문해 뒀다네."

아, 내 착한 친구 모로우세크! 나는 달려가 그를 얼싸안는다. 그는 나를 떨쳐내느라 무척 고생한다. 이따금 나에게는 어마어마한 힘이 넘쳐날 때가 있다.

*

작은 와인 가게. 아는 사람이 두 명 보인다. 재봉사 셈프르와 선술집 주인. 나는 선술집 주인에게 손 내밀어 악수를 청하며 말한다. "선술집 주인도 가끔은 밖에서 먹고 마실 때가 있군요?" "10년 만에 처음입니다!"

나와 모로우세크는 다른 테이블에 앉아 식사를 하며 술을 마신다. 모로우세크는 나에게 하루 빨리 숙소를 옮기라고 종용한다. 기관사 아내와의 사이는 호전되지 않을 것이고, 집안은 공부하기에 너무 소란스럽고, 시험까지 남은 시간은 얼마 없다. 모로우세크의 말이 전적으로 옳다. 그럼 어디로 가야 되나? 전에 살던 곳으로 돌아가는 것이 최선일 게다. "좋아, 그럼 같이 마차를 타고 가서 다시 그곳에 방을 얻을 수 있는지 물어보기로 하지." 모로우세크는 진정 훌륭한 친구다! 모든 면에서 최고. 내가 어째서 한순간이라도 그를 못마땅하게 여겼는지 영문을 모르겠다.

선술집 주인은 점점 열을 받는가 싶더니 급기야 언성을 높이고 있다. 그는 셈프르에게 결혼하면 안 된다고 설득하는 중이다. 그는 클리케시를 악의 뿌리라고 욕하면서 무차별적으로 헐뜯는다. 여자들을 경멸하는 말도 던진다. 셈프르가 담배를 사러 나간 사이, 나는 술집 주인에게 다가가 묻는다. "왜 셈프르 씨한테 결혼하지 말라고 하는 겁니까?" "보세요, 저는 술집 주인이잖아요. 그러니 단골손님들을 붙잡고 싶은 게 당연하지 않겠습니까?" "하지만 셈프르 씨에게는 집을 돌봐주고 딸을 아껴줄 부인이 필요하잖아요?" "그렇지 않아요. 저 친구는 훌륭한 단골입니다! 우리 가게에서 나와 함께 하루에 두 번 식사를 하고 맥주를 마시……" 셈프르가 돌아왔다.

*

예전의 방은 아직 비어 있었고, 집주인은 내가 다시 들어오는 것을 반겼다. 모레 월요일에 무슨 일이 있어도 이사를 해야겠다. 오틸리에는 뭐라고 할까? 분명 이해해 줄 거야. 같이 얘기를 좀 해야겠다. 상황 설명을 하면서 동시에 고백을 하는 거야! 나는 그녀를 보러 이틀에 한 번, 아니, 매일이라도 찾아올 수 있다. 결투에 관한 소문이 나면 사람들이 나를 우러러보기는 하겠지만, 그것보다는 직업적 성공이 중요하다.

모로우세크가 자기 집에서 함께 저녁 식사를 하자고 청했다. 우리는 밥을 먹으면서 결투에 관해 이야기를 나눈다. 모로우세크가 이런저런 말들을 떠들어 대는데, 왠지 나를 놀리는 것 같다. 그건, 좀 부드럽게 표현하자면,

경솔하고 쓸데없는 행동이다.

*

나는 저녁 무렵 집에 돌아온 뒤 곧바로 정원으로 나간다.

오틸리에는 정말로 화가 나 있다! 그녀는 질문에 대답도 하지 않고 나를 피한다. 그녀가 기뻐할 줄 알았건만······.

여자들의 변덕이란!

*

나는 예전에 다녔던 구시가지의 선술집에서 저녁을 보낸다. 무척 즐거운 시간이다! 이렇게 말해도 될지 모르겠지만, 나에게서는 말 그대로 위트가 넘쳐나고 있다. 다들 내가 기분이 좋고 건강한 것에 놀라워한다. 사실 어제까지만 해도 관 속에 드러눕고 싶은 심정이었는데!

오늘밤은 편히 잘 수 있기를!

*

 나는 어제의 일들을 생각하며 매우 이른 시간에 잠에서 깨어난다. 마치 따뜻한 목욕물에 몸을 담근 신생아처럼 마음이 침착하고 고요하다. 나는 기지개를 켜고는 아홉 시까지 꾸벅꾸벅 존다.

*

 옌센 박사가 왔다. 무슨 연유냐고? 들으면 놀랄 것이다!
 박사는 유난히도 따뜻하게 내 손을 꼭 잡더니 수차례 담배에 불을 붙이려는 시도를 한다. 그는 자신이 그동안 들락날락거린 것을 내가 이상하게 생각하지 않도록 그 이유를 설명해 주겠다고 말하며, 성냥을 가지러 테이블로 걸어간다. 그 이유를 내가 모를 거라고 생각해? 지금 그는 또다시 거울 앞에 서 있다. 형편없는 자기도취증 환자로군!
 "저기 건너편 3층에 사는 프로바즈니크 씨 말인데……." 그가 말을 시작한다. "자네도 그 사람 얘기를 몇 번 했었지만, 그는 우리 정신병원에서 두 차례 치료를 받은 적이 있다네. 10년 전에 한 번, 8년 전에 한 번. 그의 부유한 친척들이 나더러 가끔씩 그의 상태를 살펴봐 달라는 부탁을 했지. 그런데 운 좋게도 자네가 이 집에 살고 있지 않겠나. 프로바즈니크 씨가 나를 피하고 있어서, 몰래 관찰을 해야 했거든. 자네도 눈치 챘겠지만 내가 정원에 있을 때 그는 한 번도 모습을 나타내지 않았어. 알다시피 매일 정원에 나온다는 사람이 말이야. 자네 방의 거울을 이용하면 그의 모습을 뚜렷하게 볼 수 있지. 지금도 커튼 뒤에 숨어서 고개를 쑥 내밀고 있는 게 보이는군. 여하튼 지금까지의 관찰 결과, 다시금 신경 쇠약이 일어날 것 같지는 않더구먼."

나는 입이 쫙 벌어지고 눈이 휘둥그레진다. 뭐야? 그게 이유였어?

나는 갑작스러운 안도감과 함께 약간의 실망감을 느낀다.

*

박사는 자리를 뜬다. 나는 그를 불러 세워 말하고 싶다. "하지만 이봐……. 단지 그 때문인 걸 내가 알았더라면…… 나로서는…… 나는 그렇게 하지 않았을……."

내가 그와의 경쟁을 진지하게 고민했다니, 상상조차 하고 싶지 않다. 지금 내 기분은······.

아, 남자란 정말이지 이상한 동물이야!

나는 기관사의 아내에게 다음날 저녁에 이사하겠노라고 짧고 단호하게 통보한다. 그녀는 눈을 들어 올리거나 입을 열지 않고 묵묵히 내 말을 듣는다. 그녀는 이제 나를 바라보지도 못한다. 드디어 이 여자의 기세를 꺾는 데 성공했군!

그런데 진짜 불가사의한 것은 내가 여기 머무는 동안 단 한 번도 기관사의 얼굴을 보지 못했다는 사실이다. 생각해 보면 그는 늘······. 아니, 차라리 다행이다. 만났으면 아마 측은한 생각이 들었을 테니까.

*

오틸리에는 여전히 내게 화가 나 있다. 솔직히 말하자면, 나는 별로 상관없다. 조금 모욕당하는 기분이 들 뿐이다. 정원에서 사람들에게 내가 곧 이사할 것임을 알렸을 때, 그녀는 마치 내가 숟가락쯤 떨어뜨린 듯 그저 쌀쌀맞고 무심하였다.

여자란 동물도 이상하긴 마찬가지야!
'사랑' 고백을 하지 않아서 어찌나 다행인지 모른다!

*

나는 다시 구시가지의 선술집에 와 있다. 그런 사람들과 어울리다 돌아오니 어찌나 기분이 후련한지! 덕분에 정신노동은 오히려 수월해진 기분이다. 공부! 다시 공부! 변호사 시험이 끝나면 시험과는 영원히 작별이다!

*

나는 지금 이사를 하는 중이다.

*

화가의 방에서 또 한 차례 소동이 일어난다. 대단한 난리법석이다. 화가가 또 다른 편지를 쓸 준비를 하고 있는 것이다. 그가 보낸 하녀가 나에게 편지지를 부탁하자, 나는 지금 짐을 다 싸버린 상태라 종이를 찾을 수 없다는 말을 전해달라고 부탁한다.

*

집주인의 딸이 정원에서 양상추를 썰고 있다. 나는 냉철한 눈길로 그녀를 관찰한다. 정말 시들시들한 여자로군!

*

부탁하건대, 네루다 씨, 말라스트라나 이야기는 이제 그만!

(1877)

1890
1890

I

아침 9시

 이자벨 남작은 눈을 뜨고 기지개를 켰다. 그러면서 천장을 보았다.―우리 소설가들은 까마득한 옛날부터 사람들의 생각을 읽을 줄 안다. 따라서 나는 이자벨 남작이 지금 무슨 궁리를 하는지 전해줄 수 있다.
 "나는 인류가 나를 찬미한다고 생각했어. 그들이 소리쳤지. 인류 영혼의 선구적 교육자여, 영원하라!―이런 꿈보다 더 멍청한 것은 세상에 없을 거야! 인류의 영혼을 가르치다니―도대체 우리한테 무슨 소용이 있단 말인가! 물질을 교육하는 거, 바로 그게 중요한 거지! 모든 자연적인 힘들이 우리에게 무조건 복종하게 될 때까지, 그들이 우리를 대신해 모든 걸 하게 될 때까지, 우리가 세상에서 아무것도 하지 않게 될 때까지, 그럼 그때 가서 우리는 정말 미친 사람들이 되겠지!'

그는 하품을 하며 게으르게 이불 위로 다리를 뻗었다.

"하지만 무지 천천히 진행된단 말이야!' 그는 편안하게 계속 생각을 이어 나갔다. "형편없는 국가 체제, 그거야 바로! 절대주의. '상위' 관점으로부터의 살해지. 에디슨이 막 자신의 팔백 번째 발명을 시작했을 때 그들은 그를 독살했지. 에잇! 하지만 그건―그렇지만!'

그리곤 다시 게으르게 오른손을 위로 뻗었다.

침대 위의 벽에는 친숙한 기계 '레곤'이 설치되어 있었고 그 은색 자판이 아침 햇살에 빛나고 있었다. 바로 남작의 머리 옆에는 상아로 상감장식이 되어 있는 멋진 마이크로폰이 돌출되어 있다. 막 남작의 손이 자판에 닿으려 할 때 집사 요세프가 들어왔다.

남작의 손이 자판에 머물렀고 레곤에서 명료하고 콧소리가 섞인 말이 웅웅 울렸다.

"건달, 자네 또 늦잠 잤군!"

그러자 "입 닥쳐, 멍청아!"라고 얇은 은색 소리가 마이크로폰으로부터 울려왔다.

남작이 화들짝 놀랐다. "자네 뭔가 소곤거렸나?" 레곤이 콧소리 섞여 웅웅 울렸다.

"전 입술도 달싹하지 않았습니다." 요세프는 자신의 독특한 바리톤으로 말했다. ─ 당시에 귀족들은 이미 오래 전부터 자신들의 모든 논의에 레곤 기계를 사용하고 있었고, 다만 평범한 사람들은 아직도 인간의 말로 이야기하고 있었다.

"아마 분명 누군가 아래 거리에 있나보군." 남작은 생각했고 요세프 쪽으로 머리를 돌렸다. "근데 자넨 술 때문에 완전 벌겋군." 다시 레곤이 웅웅거렸다. ─ 시간관계상 독자들이 모든 걸 이해할 수 있도록 설명하면, 남작이 말하는 어떤 것이든 그를 대신해서 레곤이 말하고 있다.

"입 닥쳐, 멍청아!"라고 다시 분명하게 마이크로폰에서 울렸다.

그때 남작은 요세프의 입이 전혀 움직이지 않는 것을 분명하게 보았다.

"도대체 왜 자네는 주머니에 손을 계속 넣고 있나? 내가 그건 분명 예의 없는 거라고 말하지 않았나?"

요세프는 순종하듯 바지 주머니에서 손을 뺐다.

"요초는 뭘 하고 있나?"

"앵무새를 가르치고 있습니다."

"그래 뭘 가르치고 있나?"

"우리 주인님 만세!"

"축음기에 새 은박 판을 올려놓고 이 말을 녹음하게. '우리 바베타의 아름다운 다리 만세!' 앵무새가 그걸 익히면 자네는 그걸 바베타에게 가져다 놓아두게."

바베타 양은 발레리나였고 남작의 애인이었다. 요초는 국립유인원연구소 혹은 브르쇼비체 원숭이보호소에서 인공적으로 태어난 그저 그런 원숭이였고 오랑우탄이었다.

지능이 있는 그 짐승은 축음기의 손잡이 돌리는 법을 배웠고 그걸로 동료인 앵무새에게 말하는 걸 가르쳤다. 명석한 독자는 벌써 남작 이자벨이 실제로 모든 면에서 교육받은 신사라는 것을 알아차렸을 것이다.

II

9시 15분

요세프는 자신의 주인이 석면으로 된 값비싼 파자마 입는 것을 도왔다. 당시는 이미 오래전부터 몸에 해롭지 않은 식물성이나 광물성 천으로 된 옷을 입었는데, 양이나 송아지의 천이 뇌에 나쁘게 작용한다고 과학이 증명했기 때문이었다. 남작은 방 중앙에 놓여있는 탁자에 앉았고, 그 위에는 다시 레곤의 자판들, 마이크로폰, 수백 개의 이상한 폰, 그라프, 스코프(scope) 등이 고정되어 있었다.

요세프는 블랙커피를 가져왔고 모퉁이에 있는 녹색 금고를 열어 거기서 주인님에게 크리스털 병을 건네주었다. 남작은 마개를 열고 보랏빛으로 빛나는 세 방울을 커피에 떨어뜨렸다. '하나—둘—셋' 수를 세며 동시에 남작은 요세프를 소심하게 옆으로 쳐다보았다. '아홉—열둘을 넣을 수 있으면 좋으련만! 하지만 악마인들 알겠어! 이 자가 비밀 국가기관 사람이 아니란 걸 누가 알겠냐고—내가 고통스럽게 아플 수도 있고.'

지적인 독자는 이미 그 방울들이 다름이 아닌 피코에리트린(홍조소)이라는 걸 알았을 것이다. 홍조류라고 우리가 부르는 해초류군 안에—그들 종種 중에서 어떤 것들인지 지금 순간적으로 모르겠고, 소설가에게 종 이외에 다른 게 중요하지 않기도 하고—피코에리트린이 함유되어 있으면서 단순한 색소 이외에 다른 효과가 있다는 것을 과학이 알아내는 데까지 꽤 오랜 시간이 소요됐다. 그것이 인간의 삶의 힘을 몇 배로 배가시킬 수 있다는 것이다.

물론 안타깝게도 사람은 하나의 몸뚱이만을 가지고 있고, 만일 어리석은 자연이 미리 정해놓은 것보다, 예를 들어 사람이 열배 정도 빨리 산다면 신체는 열배 먼저 소비돼야만 한다. 인간의 삶은 피코에리트린이 없을 때 걸리는 시간의 십분의 일 정도만 걸릴 것이다.

우리 모두가 일반 역사를 통해 알고 있다. 먼 옛날부터 모든 것에 허가도 없이 연관하고 있는 국가 행정기관이 즉각적으로 이렇게 죄 없고 유용한 것에 참견을 했고, 어떤 시민도 삶의 반 이상을 단축해서는 안 된다고 규정했다. 물론 지식층에서의 불만은 컸지만 정부는 권력을 지녔고 이를 실행에 옮겼다. 그럼에도 당시의 삶은 이전 어느 때보다 비교도 안 되게 더 즐거웠다. 누군가 원한다면 지금은 하루에 먹고 마시고 춤추고 사랑하는 것 등등을 이전보다 두 배 더 할 수 있다. 아이들은 네 달 반 만에 태어났다. 도둑들은 오년 형 대신에 이년 반 형에 처해졌다.

실제로 이미 '1년'이라고 말하지 않았고 '쌍'이라고 불렀다. 이자벨 남작의 시대에, 여전히 많은 수의 나이든 사람들은 이런 새로운 법을 이해하고 싶어 하지 않았다. 이에 대해 모든 젊은이들은 진화의 측면에 서 있었다. 그래서 몇 몇 가정에서는 아들이 아버지보다 더 늙은 경우가 생겨났다.

이자벨 남작은 이제 14쌍의 나이이지만 이미 늙은 총각으로 남겠다고 결정을 내렸다. 그래서 열두 명의 발레리나를 애인으로 두었다. 하지만 이들 중에서 바베타 양을 가장 사랑했다. 자신의 귀족적 영혼을 온통 불살라서 그녀를 사랑했다. 핑크빛으로. 형언할 수 없이. '신의 가장 아름다운 창조물' —그래, 그는 그녀를 그렇게 불렀다.

이자벨 남작이 블랙커피를 들이킬 때 눈에서 빛이 났다.

"기다려, 보수적인 무리들아, 실은 우리가 당신들의 '국가 질서'를 어지럽힐 것이다, 어떻게 생각하시나! 오늘 2시 45분에 협정에 따라 파리에서 무슨 일이 있었는지, 소식이 여기로 전해지기만 한다면." 이라고 생각했다.

그리곤 남작의 시선이 참을성 없게 천정의 비단 줄에 자유롭게 걸려있는 작은 자석으로 된 바늘을 건드렸다.

바늘은 이전의 시계를 대신해서 시간을 나타냈다. 바늘은 가벼운 터치로 플래티늄으로 된 작은 판을 매 5분마다 때렸다. 여기에는 다른 일반 가정집들처럼 바늘 밑에 확성기가 설치되어 있어서 초경량의 소리를 일반 시계의 소리로 확대할 수 있었다.

III

9시 30분

"담배!" 남작이 명령했다.

요세프는 흑단으로 된 상자에서 담배를 꺼냈고 그걸 남작의 입에 물렸다. 그리곤 문설주에 전기 배터리가 설치된 문 쪽까지 물러났다. 하이니슈 산 '각도기'에 의해 정확하게 방향이 규정되도록, 그리고 푸른 빛 불꽃이 담배 끝을 스치도록 약간 허리를 굽혔다. 그리고 남작은 빨아들였다. 연기의 소용돌이가 공기와 어우러졌고 방은 순식간에 달콤한 내음으로 가득 찼다.

'좋은 궐련이야. 훌륭해.' 남작은 생각 속에서 만끽했다. "작년 생각을 하면 소름이 끼쳐. 카토라무스 담배벌레가 쿠바 섬 전체를 집어삼켰었고, 매 순간 담배 속에서 무슨 구워진 애벌레가 탁탁거리며 튀었으니까!—자, 지금은 좀 예술적인 거!'

"클레오파트라의 아리아, 3막—닐슨 거"라고 명령했다. "아냐, 기다려보게—아델리나 파티 것으로 하지—그게 더 매력적이거든."

요세프는 책장을 열었고 거기서 알루미늄으로 된 판을 꺼냈다. 그걸 책상 위에 있는 축음기에 끼워 넣고 축음기 손잡이를 선으로 전기 배터리와 연결했다. 그리곤 자기 일을 하러 문으로 나갔다.

그 순간 축음기가 작동을 시작했다.

클레오파트라가 자신의 가슴에 뱀을 놓는 구나! 열정적인 영혼의 절망! 잔인한 사랑의 고통! 석류꽃과 같이 작열하는 단어들. 멜로디가 바로 장엄하게 들려오다가 이내 다시 심금을 울리게 흐느꼈다. 거기에 아델리나의 목소리여! 은의 종소리 같은 흐름이 화려한 연주 속에서 펄럭인다. 마치 종달새가 구름 속에 매달려 있는 것처럼.

당시는 이미 좀 더 나은 계층의 사람들이 극장을 방문하는 일이 드물어졌다. 그리고 명문가 사람들이나 자신의 명성에 조심스런 사람들은 이전에 그렇게 인기 있던 초연에—연극 혹은 오페라의 첫 공연에—전혀 다니질 않았다. 첫 몇 번의 공연은 박스 석과 좌석이 돈벌이 때문에 항상 저속한 사람들만으로 가득 채워졌다. 그 속된 인간들은 모두 무릎에 축음기를 얹어 놓고 긴장한 채 앉아 있었다. 서막이 시작할 때 극장의 모든 사람들은 핸들을 돌리기 시작했다.

흉측한 광경이라니!

그리고 그들은 자신의 전리품을 예술품 생산 상인들에게 팔았다.

갑자기 남작은 기분이 언짢아져 몸을 움츠렸다. 손가락으로 핸들을 멈췄다. 그러고 나서 책상 위의 벨을 건드렸다. 요세프가 들어왔다.

"어디서 파티의 아리아를 사나?"

"보한카에서요."

"다시 또 손을 주머니에 넣고 있나?"

"입 닥쳐, 멍청아," 마이크로폰에서 울려 나왔다. 요세프는 손을 뺐다.

남작은 머리를 설레 흔들며 요세프 쪽을 슬쩍 보았다.

"보한카는 런던 버드에서 가져오지, 후진 회산데. 버드는 항상 아델리나를 점심식사 후에 고용했단 말이야. 르제비체크에서 사도록."

"그날 아델리나양은 도대체 뭘 먹은 거야?' 남작은 생각하며 축음기에서 알루미늄 판을 꺼냈다. 그는 책상에서 금으로 만든 작은 꼬마눈을 집었다. 그것은 마치 두 개의 유리로 된 작은 극장용 코안경처럼 생겼는데 그는 그걸 그의 콧구멍에 끼웠다.

"오늘 내가 감기 기운이 있는 것 같아," 그리고는 나사를 돌렸다.

"스테이크―양파를 곁들였군! 아델리나와 양파라! 웩!'

IV

9시 45분

그 순간 바닥의 작은 문이 열렸고 신문 꾸러미가 날아와 바닥에 떨어졌고 다시 문이 닫혔다. 우편 통제소로부터 당시의 모든 우편물들은 지하의 압축 공기관을 통행 각각의 주택으로 직접 운송되었다. 물론 주택이라는 것은 주택 관리인들에게 배송되었다는 것이다. 관리인은 즉시 그걸 다시 기압을 이용해 각각의 집으로 보냈다.

요세프는 몸을 굽혔고 소포를 주인님에게 전하려고 했다.

"놔두게." 남작이 명령했다. 요세프는 다시 사라졌다.

"신문에서 내가 뭘 알아낼 수 있겠어!" 남작은 경멸하듯 말을 했다. "아직까지 파리로부터 소식이 없는데……." 그의 시선이 참을성 없게 다시 시계바늘을 건드렸다.

"근데 지금쯤은 내 천사가 일어났겠지." 그는 다시 생각을 이어갔다. "살짝 기대되는 걸."

그는 전화를 선으로 전신 장치에 연결했다. 그때는 사람들이 이미 전화 소리 자체가 전신 장치 버튼에 작동하도록 소리를 확대하는 설비를 할 줄 알았다. 물론 전화에 대고 직접 인간의 목소리로 말할 필요는 없었다. 레곤이면 충분했다. 다른 연결된 쪽에서는 반대 과정이 일어났다.

"아침 햇살이 장밋빛 손가락으로 이미 나의 바베타를 간질였겠죠?" 남작의 손가락이 레곤 위에서 뛰어 놀았다.

잠시 침묵이 흘렀다.

"히히히, 벌써 간지러운 걸요." 전화기로부터 달콤하게 들려왔다.

"사랑스런 혀는 이미 커피를 음미하고 있나요?"

"물론이죠, 자기!"

"맛보게 해줘요." 남작은 '달톤(Dalton)의 미각 선'을 전화와 자기 혀에 연결했다

"설탕이 적어요, 허니!"

"어제 당신과 정말 즐거운 시간을 보냈어요! 당신은 정말 야성적이었어요!"

"신성한 순진함이야!"라고 남작은 생각했고 다시 무엇인가 우스갯소리를 하고 싶었다. 그러나 그 순간 아래로부터 관리인이 남작과 중요한 얘기가 있다고 전보를 알려왔다.

"뭘 원하시오?"

"남작님, 예지바바 남작님께서 남작님이 돌아가시지 않는지 물으십니다. 오늘 벌써 대답 없는 전보를 여섯 번이나 보내셨답니다."

"좋아!"

전화와 전신선을 살짝 옮겼다. 생각의 흐름은 다른 방향으로 흘렀다. '예지바바는 겁쟁이인데.' 남작은 번득 생각이 들었다. '그는 우리와 함께 역모에 가담했고 지금은 무서워서 죽으려고 하지. 설마 내가 파리로부터 소식을 받았는지 물어보려고 하는 건 아니겠지? 아주 작은 실수만으로

도 우리 예리한 경찰이 모든 걸 알아차리게 될 텐데!

기계는 설치되었다. "친구, 왜 그러나?"

고요.

"이봐—내 말이 안 들리나?"

다시 고요. 남작은 버튼을 눌렀다.

요세프가 주머니에 손을 넣은 채 안으로 들어왔다. "도대체 계속 밖에서 뭘 하나?"

"부엌을 치우고 있습니다. 그런데, 오늘은 어쩐지 태양솥이 작동하질 않습니다. 자꾸 계속 끊기는 데요."

'태양에 다시 무슨 폭발이 일어난 게지.' 라고 남작은 생각했다. "아직도 계속 믿을 수 있는 동력원으로 태양 광선을 사용할 수가 없단 말이야!" 그의 시선은 요세프의 감춰진 손에 닿았다. 가벼운 미소가 남작의 얼굴에 떠올랐다. 남작은 책상에 손을 올려 무슨 자그마한 기계 같은 것을 가지고 놀기 시작했다. 그 기계에는 수평 바늘이 진동하고 있었다.

"예지바바 남작과 전신을 주고받는데 연결할 수가 없네."

요세프는 살짝 당황했다.

그리고 말을 더듬으며 "저, 어제 폭풍우가 위협적이었

습니다. 그래서 제가 여기 덜 사용하는 전기선들을 격리시켰습니다."

"그럼 오늘 게으름뱅이가 그걸 다시 연결시키는 걸 잊어버린 거군!"

"입 닥쳐, 멍청아!" 마이크로폰에서 흘러 나왔다.

남작은 세심하게 바늘을 주시했다.

바늘은 꼼짝 않고 멈춰 있었다.

"자네 주머니에 뭘 가지고 있지?" 남작이 갑자기 물었다.

요세프는 놀라서 움찔했다.

"금속 같은 거군!"

요세프는 입도 뻥긋하지 않았다. 하지만 속으로는 놀라지 않았다. 그는 땅속 깊은 곳에 있어도 확실하게 금속의 존재 여부를 찾아내는 기계에 대해서 알고 있었다.

"이리로 오게!" 레곤이 으르렁거렸다.

요세프가 다가왔다. 남작은 그의 주머니에 손을 넣어 아주 쪼그만 축음기를 꺼냈다. 버튼을 돌리자 희미하게 "입 닥쳐, 멍청아!"라고 들려왔다. 요세프는 자기 주인한테 욕을 하는데 자기 뇌를 계속해서 쓰지 않기 위해서 그 기계를 샀다. 이리 저리 몇 걸음 옮기는 것으로 쪼그만 축음기가 소리 내는데 충분했다.

"10분 뒤에 일을 그만둔다!"

요세프는 무릎을 꿇고 싶었다.

"10분 뒤!―그리고 지금은 선들을 고쳐놔!"

V

10시

남작의 시선이 시계 바늘에 닿았다. 남작이 빠르게 몸을 떨었고 오른손 검지를 눈까지 들어 올려 푸르고 검은 점들이 가득한 하늘을 쳐다보았다. 반지에는 '비쉬 쉐레(Biches soeures)' 회사의 훌륭한 망원경이 감춰져 있었다.

보는 순간 그는 온몸을 떨기 시작했다. "붉은―푸른―하얀 작은 배―파리에서 온 우리 비행선이야!" 그의 심장이 어찌나 고동치기 시작했던지 가장 근접한 마이크로폰이 아주 크게 반복되었고 메갈로폰(megalophone)이 큰 북처럼 울리기 시작했다. 남작은 손을 흔들었고 메갈로폰이 멈췄다.

요세프는 모든 것이 정상이라는 소식을 가지고 들어

왔다.

"나가!"

문이 닫히자 남작은 포토텔레그라프(phototelegraph)를 잡았다.

"미안하네, 친구! 기계가 문제가 있었어. 말해 보게."

"드디어! 난 자네에 대해서도 그렇고, 지금처럼 적당한 시기를 놓칠까봐 미리 걱정을 했었단 말이네."

"무슨 얘긴지 빨리 말해 보게."

"자네의 바베타가 부정不貞을 저지르고 있어."

이 말이 남작을 의자에서 벌떡 일어나게 만들었다.

"거짓말이야, 비열한 파렴치한 같으니!"

"자네의 어리석은 모욕은 돌려주도록 하지! 거짓말이 아냐. 내가 만일 친구로서 자넬 안타깝게 여기지 않았다면 결투를 신청했을 거야—다른 건 나중에 더 얘기하기로 하고. 지금은 내가 자네에게 거짓말을 하는 게 아니라는 걸 증명해야겠지. 들어보게!"

잠시 침묵이 흘렀다.

곧 "셧—토니!"라고 달콤하게 울렸다.

"바베타의 목소린데." 남작의 레곤이 속으로 속삭였다.

"듣고 있어." 웬 남자 목소리가 대답했다.

"오전에 내 품으로 와. 오후에는 다시 머저리 남작이 올 거거든. 그럼, 지금은 안녕! 난 조심해야 해. 그가 어쩜 다시 나랑 즐기고 싶어 할지도 모르거든. 오늘 너를 위해서 금화 3천을 뽑아낼 거야. 안녕!"

"배신―완전 배신이야!" 남작의 레곤이 절망적으로 으르렁 거렸다.

순간적으로 남작은 모든 걸 알아차렸다. 무수한 지하 철로와 기압 우편물 등 때문에 모든 사적인 전신은 공기를 통해 갔다. 물론 연鳶을 이용 하지만 말이다. A집의 지붕에 예를 들어 5백 미터 높이로 연을 띄우고 B집 위에 정확하게 측량된 같은 높이에 다른 연을 띄웠다. 비단선의 내부에는 전도체 선이 위로 향해 있었다. 같은 공기층을 통해 알다시피 마음 놓고 전보를 주고받을 수 있다. 국가 행정기관은 어떤 높이로 어디에 두 개의 선을 연결할 수 있는지를 지정했다. 모든 개인용 연들은 공공 연들보다 2미터 낮게 두어야만 했다. 하지만 당시 이런 설비는 여전히 고가였는데―허가를 내는 데만 금화 2천이 들었다. 프라하 위처럼 대도시 위의 하늘은 연들로 가득했다.

남작은 숭배하던 바베타 때문에 그와 그녀의 집 사이에 연을 띄웠다. 배신한 바베타는 자기 연을 다시 '토니'와 연결해서 사용했다—그렇게 반을 사용하면 더 싸기 때문이었다. '토니'와 가깝게 살고 있던 예지바바 남작은 우연치 않게 그의 소중한 친구가 속고 있다는 것을 관찰하게 되었다. 그는 노력했고 실험했고 마침내 그 부정한 전기 흐름을 잡아내는 데 성공했으며 모든 것을 폭로한 것이다.

독자여, 남작이 어땠을지 묻지 마시라. 인생에서 한 명의 발레리나를 사랑했고 배신당했던 사람은 그게 뭔지를 안다.

이자벨 남작은 화살처럼 이쪽저쪽으로 날아다녔다. 남작은 정열적인 남자였다. 피코에리트린이 정열을 두 배로 만들었다.

남작은 책상 옆에 멈춰 섰다. 버튼을 눌렀다. 요세프가 들어왔다.

"자네 내 옆에 있고 싶나?"

"정말 그러고 싶습니다."

"계속 있어도 좋은데—조건이 있네. 그리고 자네에게 넘치도록 보상하겠네. 레곤은 마치 쪼그마한 초파리가 날아다니는 것처럼 피아니시모로 속삭였다. "자네도 알다시피, 지금 사람들은 드디어 누구에 의해서도 어디에서도 위조할 수 없는 지폐를 만드는 방법을 고안해 냈다고 믿고 있어. 하지만 위조할 수 있지. 내가 자네에게 가르쳐주겠네. 그 보답으로 뭘 좀 도와줘야겠어."

"그러십시오." 요세프의 얼굴이 빛을 냈다.

"우리가 사람을 죽일 거야."

"도대체 왜 그런, 하지만……." 요세프가 정중하게 말했다.

"천한 영혼 같으니, 자넨 신사의 말을 믿지 않는군! 자네에게 방법을 미리 가르쳐 주겠어. 모든 선을 분리시키고 모든 마개들은 걸쇠로 걸고 모든 폰의 구멍들은 막게!"

요세프는 그렇게 했다. 남작은 일어났고 그에게 다가와서는 귀에 대고 무언가를 속삭였다. 자신의 자연적인 목소리로. 아마도 그는 아주 어릴 적 이후 처음으로 그렇게 말을 했다.

VI

10시 15분

"다시 모든 기계를 열게!"

요세프는 이 기계에서 저 기계로 분주했다. 압축 공기

관의 밸브를 풀자마자 뚜껑이 열리면서 바닥으로부터 크지 않은 양철 상자가 날아 들어왔다.

"놔두게!"

남작은 상자를 뚫어지게 쳐다보았다. 분명히 파리 비행선으로 온 소식들로 가득할 것이다. 지금은 그 소식들에 흥미가 없다. 만일 알았었더라면! 하지만 운명이 어떤 때는 관대하기도 하다. 이번만큼은 남작의 고귀한 영혼이 또 다른 고통으로 찢기게 놔두지 않았다.

역모는 성공적이지 못했다! 여기서 우리는 이에 대해 일반적인 역사에 의지해서 설명하려 한다. 물론 더 긴 인용을 할 수도 있겠지만 아주 짧게 하겠다. 어떤 소설가들은 역사로부터 곧 바로 책 반권을 쓰기도 한다지만.

같은 생각을 하며, 진보를 사랑하는 모든 시민들의 사회는, 당시 국가 질서를 전복시키려고 유럽에서 역모를 꾀했다. 이 역모의 선도자는 메노티의 아들이자 주세페 가리발디의 손자인 젊은 카를로 가리발디였다. 중요한 것은 '파리 점령'이었다. 낮에는 어려움이 있었다. 기로氣路를 사용한다? 당시 비행선은 크기가 여전히 버스만 했다. 국가 행정기관은 하늘을 매우 엄격하게 감시하고 있었다. 밤을 이용하는 수밖에 없었다. 하지만 이것도 위험한 것이었는데 왜냐하면 전기 정거장은 이전의 철도 정거장처럼 설립되어 있어서 거의 모든 지역이 마치 낮인 것처럼 조명이 되어 있었기 때문이었다. 역모자들이 아는 한, 벨빌-팡텡(Bellevill-Pantin) 방향만이 조명 시설이 되어있지 않았다. 그래서 그들은 정해진 밤에 팡텡에서 만났다. 하지만 그날 밤 두시에 벨빌에서 처음으로 역에 불이 들어왔다. 역모자들은 들통이 났고 소란이 일어났으며 역모자들은 뷔트 쇼몽 공원(Parc des Buttes Chaumont)에 도착하기도 전에 증기 자동 절삭기에 의해 갈가리 찢겨졌다.

남작은 맴도는 생각을 멈췄다. 그는 음성전신기로 다가갔다.

"관리인, 우리 집 선을 국립 선과 연결하게!"

"됐습니다." 대답이 울렸다.

"고명한 국립전신국! 국립 선을 런던에 소식을 보내도록 대여 바람! 이자벨 남작."

"허가함." 잠시 후에 들려왔다.

"런던, 피그스노르트 씨, 번첼 스트리트." 남작이 다시 전신을 보냈다. "휴대용 공뢰公雷 하나 급히 송부 바람. 이자벨 남작. 프라하."

"어제 우리가 휴대용 공뢰 화물을 프라하 회사인 크리지슈코프스키에 기압 우편으로 급송했습니다. 그곳에서 마음대로 쓰시기 바랍니다. 피그스노르트 귀하."

"관리인, 크르지슈코프스키 회사에 전보를 쳐서 내게 휴대용 공뢰 하나를 즉시 보내도록 하게."

다시 침묵이 흘렀다. 그리곤 바닥에 기압 밸브가 열렸고 바닥에는 플래티늄 덮개로 쌓여진 작고 어여쁜 공뢰가 놓여 있었다.

"사격용 테이블을 가져오게!"

요세프는 옆방으로 가서, 예전에 오스트리아 군대에서 콩그리브 로켓(congreve rocket) 발사에 사용했던 것 같은, 아손(ason) 양식의 삼발이 테이블을 가져왔다.

남작은 손수 열려진 창가에 테이블을 놓았다. 고도측량 저울을 관찰했다. 그리곤 공뢰를 지정된 우묵한 곳에 설치했다.

"수리 탐지기에 가서 서게!" 요세프는 벽으로 가서 섰다. 벽에는 금속으로 되어 있고 수백 개의 숫자로 덮인 판이 매달려 있었다.

"우리 집의 해발 높이는? 정확하게?"

"일구이, 이일육."

"바베타 집의 일직선거리는?"

"삼일이, 오이 미터."

"다음 고도는?"

"일이, 공공공일."

"지면으로부터 집의 높이는?"

"오, 이일."

"컴퍼스에 의한 편향은?"

"북북서 2, 오육삼이."

"창문으로부터 그녀의 음성전신기까지의 거리는?"

"일, 이삼사오."

"선을 이리 주게." 남작은 요세프의 데이터에 따라 계속 나사를 돌렸다. 바로 배터리 선을 테이블에 연결했다. 테이블에서 물러났고 자신의 음성전신기 쪽으로 향했다.

"바베타—사랑스런 나의 바베타여!"

"어쩐 일이세요, 허니?"

"잘 들어요. 머리를 기계 쪽에 대요. 알았죠?"

"그러죠!"

"발사!" 남작이 명령했다.

전류가 날카로운 소리를 냈다. 공뢰는 창문을 통해 날아갔고 부메랑처럼 집 위로 방향을 돌렸고 아름다운 곡선을 그리며 약간 왼쪽으로 날아갔으며 먼 곳으로 사라졌다.

눈 깜짝할 사이 음성전신기가 마치 몸서리를 치며 울부짖는 것처럼 울려댔다.

남작은 달톤의 미각선을 손에 들었다. 한쪽 끝을 전화에 대고 다른 한쪽 끝을 자기 혀에 댔다.

"피와 뇌란 걸 알겠군!" 그는 만족스럽게 말했다.

VII

10시 30분

경찰 사무관 짐머한즐은 자기 사무실—공안, 7호를 오갔다. 음성전신기가 울렸다.

사무관은 받았다. "무슨 일이야?"

"3112호 관리인이 살인을 알립니다."

"좋아." 사무관은 옆방에 전신을 쳤다.—법의학자, 법정 화학자, 법정 수학자는 즉시 비행선에 착석하고 3112호로 간다. 살인.

사무관은 신문을 손에 들고 재미나는 부분을 펼쳤다. 거기서 좋아하는 안토닌 바르보르카의 가장 새로운 이야기를 읽었다.

오랫동안 읽지는 않았다. 벨이 다시 그의 주의를 끌었다.

메시지는 다음과 같았다.—살인. 휴대용 공뢰에 의함. 수학 공식이 증명함—들로우하 트르지다, 56미터, 지상 5점 36미터.

"곧 그곳으로 날아가 살인자를 잡아서 법정에 세울 것."

그리곤 게시판을 둘러보았다. "아하—6214호, 2층." 속으로 소리치며 오른손 검지를 계속해서 오른쪽으로 옮겼다. "이자벨 남작. 좋아!'

그리고는 계속해서 바르보르카의 이야기를 읽어 내려갔다.

VIII

10시 45분

법원은 막 그날의 법정 공판 시간인 '웅웅'이었다. 잘 아는 독자는 공판을 '웅웅'이라고 부르는 것이 레곤 소리 때문이며, 동시에 사용되는 여러 소리 때문이란 걸 스스로 추측해 낼 것이다.

남작과 요세프는 끌려왔다. 남작에 대한 웅웅은 단지 1분 30초 정도로 짧게 걸렸다. 자기 주인님에 대한 모범적인 집사이자 유일한 증인으로 여겨지는 요세프는 거짓말하길 원했지만 남작은 그의 노력에 단지 잠시 웃을 뿐이었다. 수학적 증거에 맞서는 모든 증언이 무슨 필요가 있겠는가!

법정은 협의를 위해 물러갔다.

남작은 앉아서 침착하게 기다렸다. 그는 사형선고를 예상했다. 지금 그에게 죽음은 안중에도 없었다.

법정이 돌아왔다.

"법의 이름으로! 이자벨 남작은 살인을 했고 유죄를 드러내는 정황을 고려하여 유죄판결을 선고한다. 첫째 많은 사람들이 좋아했던 발레리나 바베타를 죽였고, 두 번째로 고귀한 과학을 악용했기에—종신형에 처한다. 그는 카르토우제 기관에서 보내게 될 것이며, 그의 처벌은 기관에 설비된 가능한 모든 안락함으로써 강화될 것이다."

남작은 몸을 떨었다. "자비를—사형이 더 좋으련만—사형을 내리소서!"

"사형은 절대 안 되지!" 재판장이 말했다. "누구나 원하는 것일 테니까!"

남작은 당당하게 고개를 들었다.

"그를 잘 살피시오. 독, 피코에리트린―거 알잖소!"

3분 뒤에 남작은 프라하 법원 건물과 카르토우제 형무소를 연결하는 지하 공기역학 철도의 차량 안, 두 명의 헌병 사이에 앉아 있었다.

그는 귀족적으로 냉정하게 행동했다.

IX

11시

남작은 카르토우제 건물로 들어갔다.

기관의 의사가 벌써 오늘의 공급물을 기다리고 있었고 즉시 남작을 발가벗기도록 명령했다.

안경을 끼고 작고 뚱뚱한 금발머리의 의사는 남작의 몸 전체를 두드려 보았다. 그리고는 혀를 찼다. "멋지고 건강한 몸이군!"

남작은 무시하듯 미소를 지었다.

의사는 서기에게 받아쓰게 했다.

"동쪽 해가 드는 크고 멋진 방. 죄인은 8시 이후에 기상한다. 정원 산책, 날씨가 좋지 않거나 겨울에는 겨울 정원에서 산책. 9시에 간소한 아침식사—차, 부드러운 계란, 햄 약간. 반시간 휴식. 그리고 나서 건강에 좋은 어떤 직무—내일 재능에 따라 확정한다. 12시에 두 번째 아침식사—까르보나라, 보르도나 라우엔탈러 와인 반병. 거기다—남작님, 승마하십니까?"

남작은 고개를 끄덕였다.

"그러면 말 타기. 그리고 나서 자유로운 레크레이션—독서, 당구. 5시에 점심식사: 진한 스프, 야채를 곁들인 비프스테이크, 닭고기, 디저트 빵, 플젠 맥주 1리터."

남작은 괴로웠다.

"그 후에 1시간 휴식. 다음엔 극장 관람—남작님, 멋진 오페라와 굉장한 연극이 있거든요!—아니면 콘서트 관람. 그 후 한 시간은 차를 마시며 자유 시간. 만일 죄인이 먹는 것을 꺼려하면 소화용 기체가 있는 방에 넣는다. 그 후 증기 방에 입실—맛있는 증기로 배를 채우게 한다! 결국 말하자면 바라건데 남작님이 자진해서 맘마 드시길 바란다는 겁니다. 우리 비프스테이크를 드셔 보시기만 하세요. 우리는 그걸 우리 위의 구름 낀 공기로부터 주입하는 전기로 굽는데—전기는 요리하고 난방하고 조명하고 모든 기계를 작동하는 데 쓰입니다.—비프스테이크가 정말 혀에서 녹습니다! 자, 남작님, 백 년은 사실 겁니다!" 의사는 남의 불행을 기뻐하듯 악마처럼 덧붙였다.

비로소 남작은 만신창이로 바닥에 푹 쓰러졌다.

X

반 년 뒤

〈나로드니 리스트〉(나로드니 리스티(Národní listy): 1861년-1941년 사이에 발간되었던 체코 신문. 카렐 차페크나 비체즈슬라프 할레크처럼 유명한 작가들이 편집위원을 했고 얀 네루다 역시 편집위원을 역임했다.)에, 바로 30년 호에, 다음과 같은 일간 기사가 실렸다.

"미수로 그친 탈출. 오늘 밤 카르토우제에서 죄인인 이자벨 남작이 탈출을 시도했다. 지금까지 알려지지 않은 방법으로 비행선에 오르는 데 성공했다. 하지만 공중으로 떠오르자마자 커다란 경비 자석에 의해 잡혔다. 아마도 죄인은 이 설비에 대해 몰랐던 것 같다. 도와준 사람은 이

친(보헤미아 북동쪽에 위치한 도시)에 있는 '달을 향해'라는 이름의 호텔에 머문 어떤 신사였다고 추정된다. 이 신사는 거기에 단지 요세프라는 이름만을 서명했고 엄청나게 부유한 남자였다는 인상을 주었으며, 어디론가 사라졌다. 수학적 수사는 내일까지 우리에게 진상을 밝혀줄 것이다."

(1878)

• 해설

천년 독서의 이야기*

이바나 보즈데호바 씀 · 마렉 제마넥 옮김

체코의 문학은 천 년에 걸친 장구한 역사를 가지고 있어 슬라브어계 중에서도 그 유래가 가장 깊다고 할 수 있다. 본문에 들어가기 전에 먼저, 체코문학의 역사를 이해하고 『체코 단편소설 걸작선』에 실린 작품들에 쉽게 다가갈 수 있도록 체코문학의 전반적인 개요를 간단히 살펴보고자 한다.

우선, 체코문학 역사에는 변하지 않는 몇 가지 특징이 있다. 첫째, 모국과 외국의 대비가 잘 드러난다는 점. 둘

---

* 이 글은 『체코 단편소설 걸작선』(2011, 행복한책읽기)에 실린 해설이다. 얀 네루다를 포함한 체코문학 전반에 대한 독자의 이해를 돕기 위해 필자의 허락을 얻어 재수록하였다.

째, 슬라브어 문학을 비롯한 외국 명작 번역이 많다는 점. 셋째, 여성 작가의 활동이 적극적으로 이루어졌다는 점 등이다. 이러한 특징이 나타난 중요한 요인 중 하나는 프랑스어, 이탈리아어, 카탈루냐어, 네덜란드어에 이어 1360년, 성경이 다섯 번째로 번역된 언어가 바로 체코어였다는 점이다. 부분적인 번역들은 이미 13세기와 14세기에 주로 수녀원에서 이루어지고 있었으며, 성경의 번역은 표준어의 발달에 매우 중요한 역할을 하였다. 성경을 번역하면서 이용된 체코어에서 기본 문어체가 발달했고, 이로부터 최초의 문법책(옵타트Optát · 그젤Gzel · 필로마테스Filomates 저, 1533년; 얀 블라호슬라프Jan Blahoslav 저, 1571년)이 발달되었다.

표준 체코어의 기원은 9세기 때 대모라비아 제국(833년부터 906년 또는 907년까지 체코, 슬로바키아, 헝가리 지역에 위치한 최초의 서슬라브 제국으로 당시 중앙 유럽에서 가장 강한 나라였다.)인 그리스 데살로니키 지역에서 사용했던 슬라브 방언에 의한 소위 고대교회슬라브어의 도입과 관련이 있다. 대모라비아 왕의 부탁을 받아 동로마 제국의 황제가 863년에 콘스탄틴과 메터데이에 전도사 두 명을 보냈고, 이들이 슬라브어로 미사를 지냈던 것이 새 교회의 기초가 되었다. 그들은 대모라비아에서 활동하면서 흘라호리체 문자를 창조하고 고대 교회슬라브어를 미사용 언어로 선택하였다. 이러한 고대 교회슬라브어는 현재 체코의 한 지방인 모라비아로부터 보헤미아로 전래되었고, 10세기부터 천주교와 더불어 라틴어도 전래되었다.

11~13세기 로마네스크 시대의 문학가들은 주로 종교 성인의 설화를 집필하는 신부들이었다. 고대 교회슬라브어와 라틴어는 13세기까지 이용되었으며, 그 이후에 최초의 체코어 문학이 나타나기 시작하였다. 이와 더불어 문맹의 비율이 낮아지면서, 고딕 시대에는 체코어가 일반 언어가 되어 종교 문헌 외에도 영웅 서사시 『알렉산드레이스Alexandreis』, 『달리밀 연대기Dalimilova Kronika』, 그리고 풍자극 『돌팔이 의사Mastičkář』와 같은 세속적인 문헌 등에도 널리 쓰였다. 15세기에는 당시 천주교를 비판하는 얀 후스Jan Hus 종교개혁 운동이 체코문학에 영향을 미쳤다. 이 혼란스러운 시대에는 주로 종교적인 논설의 집필과, 『이스템니체 성가집Jistebnický kancionál』 등 찬송가의 작업이 많이 이루어졌다.

15세기에는 유럽 휴머니즘과 르네상스(1433-1620) 사상이 체코문학에 도입되었다. 유럽의 인쇄 기술의 발명

(구텐베르크, 1448)도 체코문학의 발전에 큰 영향을 끼쳤으며, 최초의 체코어 인쇄물이 1468년에 플젠Plzeň에서 출판되었다. 이때를 체코문학의 황금기라고 부른다. 이 시기의 가장 중요한 작업 중 하나는 성경 전체를 번역한 『비블레 크랄리츠카Bible kralická』(1579-1588)의 출판이다. 이 성경 번역본은 이후 몇 백 년 동안 체코문학의 언어와 문체의 모델이 되었다.

체코는 1620년 백산Bílá hora 전투에서 패배한 이후로 300년에 걸쳐 주권을 상실하게 되었고, 나중에 다민족 국가인 오스트리아헝가리 제국의 한 구역이 되면서 독일어 혹은 라틴어가 문어(文語)의 위치를 차지했다. 보헤미아는 다시 가톨릭화 되었고, 가톨릭과 더불어 바로크 시대(1620-1729)가 시작되었으며 가톨릭 위주의 사회문화 경향은 문학 분야에서도 나타났다. 체코인의 입장에서는 언어적, 민족적 구속으로 인해 암흑시대(1729-1773)라고 칭하는 시기가 이어지는데, 당시에 체코문학의 보존에 있어서는 민속 문학과 종교적 사유로 추방된 사람들의 집필 작업이 매우 중요한 역할을 담당했다. 이들 중에서도 특히 '민족의 선구자' 얀 아모스 코멘스키Jana Ámose Komenského의 작품 『미궁의 세계와 마음의 천국Labyrint světa a Ráj srdce』이 중요하다.

체코문학의 발달에 매우 큰 영향력을 끼친 시대는 민족부흥기(1773-1848)였다. 이 시대에 체코어는 당시 고급 언어로 여겨진 독일어와 같은 계급, 즉 과학과 문학에서 사용하는 언어의 지위를 획득하였기 때문이다. 300여 년 동안 거의 유일하게 종교적 용도로만 사용되던 체코어가 18세기 말, 비로소 민족적 필요에 의해 체코문학에서 사용되기 시작했다. 그리고 당시의 작가들은 애국주의, 민족부흥, 정치적·언어적 의식에 많은 관심을 가졌다. 한편으로는, 서구 개명주의의 영향을 받아 체코 지식인들도 특유의 문화를 수립하게 되었고, 독일 등 기존 외부 문화의 영향에서 벗어나고 있었다. 이를 위해 과학, 언론, 문학 등에 있어서 언어의 계발이 선행되어야 했던 것이다.

민족부흥 시대는 대략 60~70년 동안 이어졌고, '혁명의 해'인 1848년에 절정에 이르렀다.

민족부흥의 첫 세대(1774-1815)는 바로크의 종교적 경향에 대립적인 사상으로 합리주의, 논리, 휴머니즘을 강조하며 파스칼, 데카르트, 뉴턴 등의 과학적 저술에 바탕을 두고 있는 18세기 개명주의 사상을 기반으로 하였으며, 대표 인물로는 체코 언어학자, 역사학자이자 체코에서의 슬라브학 창립자인 요세프 도브로브스키Josef Dobrovský가 있다. 고전주의 시대(1815-1830)의 뒤를 이어 프랑스혁명 사상을 도입한 낭만주의 시대(1830-1859)가 시작 되었으며, 대표 작가로는 체코 언어학자, 사전 편찬자이자 작가이며 번역가인 요세프 융만Josef Jungmann이 있다.

19세기 후반에는 세계 다른 지역과 마찬가지로 비판적 현실주의와 자연주의(스탕달, 발자크, 졸라, 디킨스, 고골, 투르게네프, 도스토예프스키)를 표방했다. 비판적 현실주의 작가들은 차별과 긴장이 늘어나는 사회를 개방적이면서도 무자비한 방법으로 접근하여 사회적 갈등에 대한 해결을 시도해 보고자 하였다. 한편, 자연주의 작가들은 인생의 어두운 면을 보여주려 하였다. 그들의 작품에서는 사회 계급과 자기 본능으로 정의되는 인간을 주인공으로 등장시켰고, 각 등장인물은 인격 파괴의 경향을 나타냄과 동시에 자기 운명에서 벗어날 수 없는 인물 등으로 묘사되고는 하였다.

근대문학의 시대(1848-1938)는 낭만주의 시인이자 『봄 Máj』(1836)의 저자인 카렐 히네크 마하Karel Hynek Mácha로부터 시작된다. 동시에 카렐 하블리체크 보로브스키

Karel Havlíček Borovský의 『러시아의 그림들Obrazy z Rus』(1843) 등, 근대 산문도 발달하기 시작한다. 그러나 19세기 전반까지는 『꽃다발Kytice』(1853)의 카렐 야로미르 에르벤Karel Jaromír Erben, 『할머니Babička』(1855)의 보제나 넴초바Božena Němcová 등 문학에서 여전히 민족부흥의 영향을 느낄 수가 있었으며, 이러한 민족주의적 경향은 비판적 현실주의가 등장하고 나서야 사라졌다.

현실주의 작가의 첫 세대(1858-1868)는 이른바 봄파라고 한다. 봄파는 마하의 『봄』에서 이름을 따온 것으로 마하, 보로브스키, 에르벤을 모델로 둔 작가와 시인 집단이다. 대표 인물로 『말라스트라나 이야기Povídky malostranské』(1878)의 얀 네루다Jan Neruda, 비테슬라프 할레크Vítězslav Hálek, 카롤리나 스베틀라Karolina Světlá, 야쿠프 아르베스Jakub Arbes 등이 있다. 둘째 세대에는 루흐파와 루미르파가 있다. 루흐파는 문집 『루흐』와 관련된 시인들의 집단으로 당시 민족적, 사회적 문제들을 중심에 두었으며 대표 인물로는 일리슈카 크라스노호르스카Eliška Krásnohorská와 스바토플루크 체흐Svatopluk Čech가 있다. 루미르파는 잡지 『루미르』와 관련된 작가들의 집단으로 대표 인물로는 야로슬라브 브르흘리츠키Jaroslav Vrchlický

와 요세프 바츨라프 슬라덱Josef Václav Sládek이 있다. 이들은 체코문학이 독일 문학에 의지하는 상황을 극복하려고 하였으며, 그로 인해 프랑스와 영미권 문학의 영향을 받게 된다.

*

『체코 단편소설 걸작선』에 실린 작품들은 19세기 후반 이후에 나온 것이며, 비판적 현실주의의 조류를 따른 것이다. 다른 나라의 문학처럼, 당시 사회적 문제와 일상생활을 사실적으로 묘사하고자 한 노력이 현실주의 소설과 단편소설 탄생의 계기가 되었다. 이 시기의 구세대들은 사회 문제의 해결책을 역사적인 사실들 속에서 찾았기 때문에 역사소설이 많이 발달되었다. 이러한 역사소설의 대표 작가로는 지크문드 윈테르Zikmund Winter와 알로이스 이라세크Alois Jirásek 등이 있다. 역사소설은 민족사에 있어서 각 단계의 의미를 해석하는 데 실제적으로 정치적 의의를 갖는다.

1870년대부터는 소설이 문학의 주를 이루었으며, 당시의 소설은 독자들에게 널리 사랑 받았고 사회적으로도 큰 영향을 미쳤다. 최초의 목적은 교육과 재미였기 때문에 내용의 흥미를 중요하게 여겼고, 소설에서 나타난 세상은 비현실적일 만큼 이상적이며 심지어 공상적으로 그려지기도 했다. 이러한 소설의 대표 작가로는 요세프 이르지 콜라르Josef Jiří Kolár, 안탈 스타셰크Antal Stašek, 야쿠프 아르베스 등이 있으며, 민족의 일상에 대한 실망, 그리고 꿈과 현실 차이에서 나온 투쟁을 반영하는 율리우스 제이에르Julius Zeyer의 작품이 주목 받는다. 특히 소시민들과 그들의 개인주의적이면서 기생적인 생활 방식을 비판하는 스바토플루크 체흐 등에 의해 비판과 풍자가 자주 사용되었다.

또한, 독자들이 매력을 느끼는 주제는 시골이었다. 이것은 사학적이면서 민속학적인 성질을 자주 나타냈으며, 대표 작가로는 므르슈틱 형제bratři Mrštíkové, 가브리엘라 프라이쏘바Gabriela Preissová, 테레자 노바코바Tereza Nováková, 요세프 홀레체크Josef Holeček 등이 있다. 체코소설의 창립자로 여겨지는 카롤리나 스베틀라의 작품은 앞서 말한 경향과 달리 예외적인 것이었다. 그녀는 보제나 넴초바의 낭만주의의 영향을 받아 글을 쓰기 시작했는데, 주로 다룬 주제는 사회에서 여자의 지위에 대한 것으로,

그녀의 신념의 핵심은 윤리적 규칙의 위반을 통해서는 행복을 얻을 수 없다는 것이었다.

비판적 현실주의 시대 이후로 근대문학의 세대가 등장했다. 근대문학에는 데카당과 전쟁 중의 아방가르드가 포함된다. 데카당의 시조는 율리우스 제이에르였고, 이르지 카라세크 제 르보비츠Jiří Karásek ze Lvovic가 대표 작가로 손꼽힌다. 아방가르드의 대표작은 야로슬라프 하셰크 Jaroslav Hašek의 『세계대전 중의 용감한 병사 슈베이크의 운명Osudy dobrého vojáka Švejka za světové války』(1923)이다. 데카당의 예술가들은 예술의 독립성을 주장하고 일생의 지루함에서 벗어날 수 있는 방법을 찾고 있었다. 현실의 세계를 좁고 불완전하다고 느꼈기 때문이었다. 이들은 자주 몽상과 신비의 세계로 탈출하거나 슬픔, 후회, 허무, 염세 등의 감정을 선호하였다. 그들은 데카당의 매체로서 『모던 래뷔Moderní revue』(1894-1925)를 활용하였다.

19세기 말부터 20세기 초의 체코문학은 근대 유럽의 예술 흐름에서 큰 영향을 받았다. 1890년대를 이른바 예술 세대라고는 하지만, 당시에는 젊은 작가들을 통일된 프로그램 하에 포함하는 집단이 없었다. 일시적으로 존재한

(주로 시인의) 협회로는 "체코 근대문학Česká moderna"이 있었고 그들의 의견과 프로그램을 "체코 근대문학의 선언서Manifest České moderny"(1895, 요세프 스바토플루크 마하르Josef Svatopluk Machar 시인이 지음)에 담았다. 이 집단은 저술의 개인적인 접근과 개인주의, 그리고 사회 규칙으로부터 독립을 강조하였는데, 그 결과 집필 방법은 매우 다양하였으나 그 이면을 살펴보면 비국교주의로 통일되어 있었다. 그들의 강령은 예술적이기보다는 정치적이었다. 이 집단의 대표 작가로는 카렐 하블리체크 보로브스키와 얀 네루다를 꼽는다.

20세기 초반은 역사적 사건들로 가득했고 매우 활발한 문화생활이 이루어졌으며 수많은 문학작품이 출판되었다. 제1차 세계대전(1914-1918)이 끝나고 1918년 10월 오스트리아헝가리 제국이 무너지면서 체코인, 슬로바키아인, 루테니아인, 그리고 독일인의 주요 소수파로 이루어진 체코슬로바키아 공화국이 독립하였다. 전통적인 가치관들이 무너지고 민주주의가 발달하면서 사회주의와 파시즘 등 전체주의의 움직임들도 늘어났다. 세계대전을 겪어 본 사람들은 그런 전쟁이 또 다시 나타나지 않기를 희망하였으나, 30년대의 금융위기 및 파시즘의 확대와 더불어 제2차 세계대전(1939-1945)은 이러한 희망을 앗아 갔다.

독립한 체코슬로바키아의 문화생활에 있어서는 19세기의 지방근성(provincialism)이 급격히 사라지면서 새로운 국제적 사상과 예술적 흐름이 도입되었다. 특히 프랑스(스테판 말라르메, 마르셀 프루스트, 앙드레 브레통)에서 도입된 상징주의, 큐비즘, 다다이즘, 초현실주의 등 아방가르드 예술 운동이 큰 영향을 미쳤으며, 영국(버나드 쇼, H. G. 웰스, G. K. 체스터튼, 제임스 조이스, 존 갈스워스, 싱클레어 루이스)과 러시아(톨스토이, 솔로호프)의 작가들, 그리고 프라하에 거주하는 독일어 작가(프란츠 카프카, 막스 브로드, 프란츠 베르펠)들에게서 비롯된 독일적 (특히 연극에서 나타난) 표현주의도 체코문학에 영향을 미쳤다. 나아가 개인주의를 강조하고 이성적인 인식론을 부정하는 미국 실용주의 철학도 많은 영향을 주었는데, 이는 카렐 차페크Karel Čapek의 작품에서 잘 나타난다. 풍자(이르지 하우스만Jiří Haussmann), 모험, 여행담(얀 하블라사Jan Havlasa, 조 흘로우하Joe Hloucha), 애정소설(크비도 마리아 비스코칠Quido Maria Vyskočil)에서도 이러한 경향을 찾아볼 수 있다. 특히 카렐 차페크의 공헌으로 탐정소설의 수준과 대중적 인기가 높아졌다.

20세기 초반은 중요한 전환점이라고 볼 수 있다. 예술가들은 점점 지배계급과 갈라섰고, 과거의 가치와 이상을 거부하였으며 현재에 대해서도 비판적이었다. 세상을 개인적으로 접근하고 경험하는 것에 우선권을 주면서 다양한 예술적 경향이 나타나게 되었다. 또한, 당시 작가 대부분은 제각기 여러 가지 예술방식을 선택하여 따랐으므로 분류하기가 단순하지 않다. 예컨대 자유분방하며 아방가르드적인 야로슬라브 하셰크는 좌파작가(블라디슬라프 반추라Vladislav Vančura, 이반 올브라흐트Ivan Olbracht, 마리에 푸이마노바Marie Pujmanová) 중 하나이기도 했다. 친민주주의파 작가들(카렐 폴라체크Karel Poláček, 에두아르드 바스Eduard Bass, 얀 와이스Jan Weiss)도 당시 상황에 대해 비판적이었지만 좌파 작가들과 달리 민주주의의 원리를 공격하지는 않았다.

*

19세기 후반의 체코문학과 전쟁 이전의 체코 근대 문학의 특징은 장르와 주제가 매우 다양하기 때문에 작가와 작품을 분류하고 일반화하는 것이 불가능해 보일 수도 있다. 그래서 대표적인 작품을 선택하여 분류하는 것이 쉬운 일은 아니었으나, 『체코 단편소설 걸작선』을 통해 증명하려 시도하듯이, 전혀 불가능한 것도 아니므로 사유, 장면, 운명, 감정, 의견 등을 담은 다양한 대표작을 소개할 수는 있을 것이다. 『체코 단편소설 걸작선』에 실은 작품이 다양할수록, 체코문화가 낯설고 멀게 느껴지는 한국 독자들도 체코문화와 사고방식을 자유롭게 해석을 할 수 있는 기회를 가질 수 있다고 생각한다. 『체코 단편소설 걸작선』과 같은 체코문학 선집은 한국에서 처음으로 출판되는데 책의 분량, 번역과 언어, 문화의 차이, 작품 선정의 주관과 무작위성 등 여러 가지 한계가 있었다. 그래서 무엇보다도 한국 독자들의 관심의 초점을 한 민족의 문학에 맞추고자 하였다. 독자에게 어떤 낯설고 새로운 사실을 소개하면서 세계 문학의 조류 속에서 체코문학만이 갖는 독특함을 통해 독자들이 즐거움을 느낄 수 있도록 노력하여 작품을 선정했다.

『체코 단편소설 걸작선』은 읽고, 쓰고, 말하는 몇 백 년의 전통과 더불어 '글쓰기'에 존경심을 갖고 있는 나라, 체코로 안내하는 초대장이다. 이 책의 작품을 통해 독자가 낯설음뿐 아니라 어떤 친근함도 느끼게 된다면, 그것은 이 책이 독자들을 유럽의 중심으로 데려다 줄 뿐 아니라 독자 스스로의 마음속으로도 이끌어 준다는 것을 의미한다. 사람이 자기 자신을 이해하기 위해 먼 곳을 여행 하듯이 체코문학을 통해 멀리 떨어진 문화권에서도 자신만의 새로운 가치를 찾을 수 있을 것이다. 독자들이 『체코 단편소설 걸작선』을 통해 많은 즐거움과 깊은 감동, 재미있는 경험과 발견의 순간들을 얻게 되기를 기원한다.

· 이바나 보즈데호바Ivana Bozděchová : 한국외국어대학교 체코·슬로바키아어과 교수, 프라하 카렐대학교 교양학부 교수. 셰이머스 히니의 시선집 『Jasanová hůl』, 데스먼드 이건의 시선집 『DESpektrum』과 『Smiluj se nad básníkem』, 웬디 코프의 시선집 『Zatracený chlapi』, 아일랜드 시선집 『The Distant Music of Hope』 등의 체코어 번역과 편집에 참여했다. 고은 시인의 시를 체코어로 번역하기도 했다.

· 마렉 제마넥Marek Zemanek : 프라하 카렐대학교 연구원, 불교연구가, 한국체코어 통번역가.

• 지은이 소개

얀 네루다
Jan Neruda (1834-1891)

얀 네루다는 체코문학에 있어서 가장 중요한 작가 중 하나이다. 기자로서 체코신문에 '문예란(feuilleton)'을 최초로 만들었고, 스스로 그 문예란에 무려 약 2천 편의 글을 기고하였다. 주로 프라하에 관한 문학 작품을 남긴 그는 『묘지의 꽃Hřbitovni kviti』, 『발라드와 로맨스 Balady a romance』를 비롯한 여섯 권의 시집을 발표한 위대한 시인이었으며, 동시에 문학평론가이기도 하였다. 세계적으로 유명한 칠레의 시인 파블로 네루다는 얀 네루다를 매우 존경하였기 때문에, 얀 네루다의 이름을 빌어 자신의 필명으로 사용했다.

그는 정치에도 열성적으로 참여하여, 신체코당 내 민주주의파를 설립하는 데 중요한 역할을 하였다. 유럽과 비유럽을 막론하고 독일, 프랑스, 이태리, 헝가리, 그리스, 터키, 이집트 등 광범위한 지역을 여행한 그는 『작은 여행

Menší cesty』, 『외국의 그림Obrazy z ciziny』 등 뛰어난 관찰력을 발휘해 매우 흥미로운 방법으로 여행담을 풀어냈다. 그의 섬세한 관찰자의 시선은 철도 건설 노동자들의 힘든 인생을 그로테스크한 유머로 비추어 낸 『가난한 이 Trhani』라는 소설에 잘 나타나고 있다. 그러나 고골이나 체호프의 소설처럼 이러한 유머 뒤에는 비극적인 장면이 여실히 드러난다. 시를 포함하여 그의 작품 어디서나 느낄 수 있는 회의와 반어법을 통해 그는 자기 자신의 괴로움을 가리고자 하였다. 그의 시는 당시 사람들에게 쉽사리 이해받지 못하였고, 그가 사망한 후에야 높은 평가를 받게 되었다.

소설가로서의 네루다는 체코의 비판적 현실주의의 개척자로, 자신의 작품을 통해 빈곤과 절망 등 당시의 열악한 상황을 드러냈다. 그의 최고의 작품으로 꼽히는 『말라스트라나 이야기Povídky malostranské』는 1848년 이전의 프라하 말라스트라나Malá Strana(작은 마을) 지역을 묘사한 단편소설집으로 현실적이고 물질적인 목표에 치중하는 당시 일반 시민들의 생활방식을 비판하면서, 동시에 자신의 독특한 유머를 도입하여 그들의 특징을 절묘하게 표현하였다. 이 단편소설집에 실린 작품들은 소설적 방식으로 통일된 줄거리를 이끌어 내기도 하는 한편, 여러 일상생활의 장면을 엮은 모자이크를 만들기도 하였다. 얀 네루다의 이 대표작은 세계 여러 언어로 번역 되었으며, 영문판은 『캐트펠 수사Brother Cadfael』 시리즈로 유명한 영국작가 엘리스 피터스Ellis Peters에 의해 번역되었다.

• 옮긴이 소개

신상일
서울대학교 영어영문학과를 졸업하고 유네스코 한국위원회에서 근무했다. 해야 할 일보다 하고 싶은 일을 찾다가 본격적으로 번역을 시작했다. 『지속가능발전교육 맥락과 구조의 검토』 등 유네스코 한국위원회의 출판물들과 올렌 슈타인하우어의 소설 『코드명 투어리스트』 등을 번역했다.

유선비
체코 국립대학교인 프라하의 카렐대학교에서 체코문학 박사학위를 받았으며, 현재 한국외국어대학교 체코·슬로바키아어과 외래교수로 재직 중이다. 「기호, 문체 그리고 카렐 차페크의 희곡들」, 「연극기호학의 초석을 이룬 오타카르 지흐의 이론과 영향」 외 다수의 논문을 집필했으며, 「결혼식 날, 남자 그리고 그의 어처구니없는 영혼」 등을 번역했다.

이정인
고려대학교 철학과를 졸업하고 현재 전문번역가로 활동 중이다. 순문학을 비롯해, 역사물, 추리물, 과학소설 등 다양한 분야에 깊은 관심을 가지고 있다. 옮긴 책으로 『프라하 ─ 작가들이 사랑한 도시』, 『체코 단편소설 걸작선』, 『바다의 별』, 『옥스포드 운하 살인사건』, 『숲을 지나가는 길』, 『제리코의 죽음』 등이 있다.

• 한국어 제목 및 역자 / 체코어 제목 및 출간연도

말라스트라나 이야기 / Povídky malostranské*
얀 네루다 / Jan Neruda

- 백합 세 송이 / 신상일 / U tří lilií (1876)
- 훼방 선생 / 신상일 / Doktor Kazisvět (1876)
- 성 벤체슬라오의 미사 / 신상일 / Svatováclavská mše (1876)
- 물의 정령 / 이정인 / Hastrman (1876)
- 올해 위령의 날에 쓴 글 / 신상일 / Psáno o letošních Dušičkách (1876)
- 보렐 씨가 해포석 파이프를 길들인 사연 / 신상일 / Jak si nakouřil pan Vorel pěnovku (1876)
- 한밤의 이야기 / 이정인 / Večerní šplechty (1875)
- 리샤네크 씨와 슐레글 씨 / 이정인 / Pan Ryšánek a pan Schlegl (1875)
- 다정한 루스카 부인 / 이정인 / O měkkém srdci paní Rusky (1875)
- 그녀가 거지를 망하게 만든 방법 / 이정인 / Přivedla žebráka na mizinu (1875)
- 1849년 8월 20일 오후 12시 30분에 오스트리아가 멸망하지 않은 이유 / 신상일 / Jak to přišlo, že dne 20. srpna 1849, o půl jedné s poledne, Rakousko nebylo rozbořeno (1877)
- 인간 군상 — 어느 수습 변호사의 목가적이고 단편적인 기록들 / 신상일 / Figurky (1877)
- 조용한 집에서의 일주일 / 이정인 / Týden v tichém domě (1867)**
- 1890 / 유선비 / 1890 (1878)***

* The translation of this book into Korean Language was supported by the Ministry of Culture of the Czech Republic.

** Available in e-book format.

*** Special addition for Korean readers.